자네, 살 집은 있나?

청어

자네, 살 집은 있나?

안진주 지음

발행처 · 도서출판 **청어**
발행인 · 이영철
영   업 · 이동호
기   획 · 최윤영 ｜ 김홍순
편   집 · 김영신 ｜ 방세화
디자인 · 김바라 ｜ 오주연
제작부장 · 공병한
인   쇄 · 두리터

등   록 · 1999년 5월 3일(제22-1541호)

1판 1쇄 인쇄 · 2011년 5월 30일
1판 1쇄 발행 · 2011년 6월 10일

주소 · 서울시 서초구 서초동 1588-1 신성빌딩 A동 412호
대표전화 · 586-0477
팩시밀리 · 586-0478

블로그 · http://blog.naver.com/ppi20
E-mail · ppi20@hanmail.net
ISBN · 978-89-94638-41-6 (03810)

자네, 살 집은 있나?

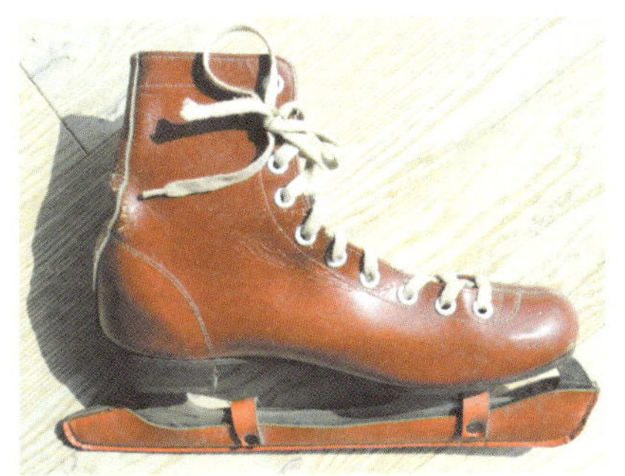

안진주 포토에세이

Contents

Prologue

집을 곧 내놓는다. 따스한 살굿빛이 감도는 노란 대리석과 원목이 어우러진 아늑한 보금자리이자, 넓은 뒷산이 마당으로 이어진 전원주택이다. 거실 한 면을 차지한 시원한 통유리는 앞 공터의 곧게 뻗은 미루나무와 얼굴을 마주하였다. 미루나무 꼭대기에는 소란스러운 까치가족이 사는데, 어느새 그들과도 정이 많이 들었다.

이 동네에 땅을 고르고 집을 지어 우리 가족이 막 이사를 왔을 무렵, 까치 두 마리가 하루도 거르지 않고 나뭇가지를 물어다가 미루나무 위에 집을 만들었다. 이내 단란한 까치가족이 새 둥지를 틀었고, 지금까지 이웃이 되어 종종 서로의 안부를 묻곤 한다.

요 근래 어느 날, 아빠가 집을 내놓을 때를 생각해서 집 곳곳의 사진을 찍어두라는 말씀을 하셨다. 흐음, 집 판매용 사진이라? 나는 이 집을 떠날 생각을 하면서 사진을 찍자니 괜스레 아쉬운 생각이 들어 마음이 조급해지고 바빴다.

'우아! 우리 집이 이렇게 아름다웠구나!' 나는 황홀한 가을과 한껏 어우러진 집 주변을 약간 얼빠진 사람처럼 맴돌았다. 그러다 보니 이 집에 오기까지 각각의 집을 거쳐 온 기나긴 여정, 전에 살던 집이며 이 집에서 있었던 일들, 지지고 볶고, 엉엉 울고, 깔깔거리고 웃었던 소소하고 떠들썩했던 지난 일상들이 나를 웃음 짓게 하였다.

우리 가족은 한 번도 아파트에서 살아본 적이 없었고, 풀 한 포기라도 자라나는 마당이 딸린 집에서 살았다. 아빠는 어릴 때부터 가족과 떨어져 힘겹게 사촌 집을 전전하셨다. 아빠가 꿈꿔온 집에 대한 아득한 동경 때문이었을까? 한 움큼 마당 잔디의 잡초를 뽑고, 향긋한 모과를 따서 집안 곳곳에 놓은 다음, 푸른 소나무에 쌓인 눈을 살살 털어주며 아빠는 흐뭇해하셨다. 이른 아침 온 가족이 마당에 모여서 헛둘 헛둘! 체조할 때면, 허공을 가르는 아빠의 구령 소리는 우렁찼다.

그동안 우리 천방지축 삼 남매는 마당이 딸린 집에서 마음껏 소리 지르고 뒹굴고 뛰어다니면서 살았다. 우리 집 마당에서는 크고 작은 사건들이 많았는데, 마당을 제외하면 우리 가족의 존재 자체가 별 의미가 없을 정도였다.

우리 가족의 역사가 살아 숨 쉬는 '집'이라는 곳을 가장 가까이서 제대로 만끽한 사람은 다름 아 닌 나, 셋째, 막내다. 그러다 보니 엄마보다도 어떤 물건이 어디에 있는지 더 잘 알고, 집 안팎 곳곳 을 참 열심히도 치우고 참 열심히도 어질렀다. 그리고 어디 멀리 계절을 찾으러 나가지 않아도 시 시각각 변하는 봄, 여름, 가을, 겨울의 아름다움을 원 없이 누리는 행운도 얻었다. 하지만 이제는 나도 오랜 둥지를 떠날 때가 되었고, 아쉽지만 이곳이 부모님과 온전히 함께한 나의 호화로운 마 지막 집이 아닐까 싶다.

말도 많고 탈도 많았던 긴 세월 동안 우리 가족을 따뜻하게 보듬어준 우직하고 든든한 집들이여! 그 뒤에는 늘 패기만만한 젊은 시절의 까까머리 청년이 함께했다. 내년이면 아빠가 칠순이라는 소식에 속으로 깜짝 놀랐다. 벌써 그렇게 되었나? 저녁을 먹으면서 아빠를 유심히 바라보니 까까 머리 청년의 눈썹에도 어느덧 하얀 눈이 살포시 내려앉았다.
이 사진집은 아빠의 열렬한 팬인 막내딸이 아빠의 칠순을 기념하여 마련한 헌정이다. 또한 각자 의 일상에 바쁜 우리 가족의 역사 되돌아보기, 그리고 바로 세우기다.
눈이 펄펄 내리는 겨울을 광주 집에서 잘 나고, 아빠의 눈썹에 파릇파릇 새싹이 돋고 얼굴에는 화 사한 꽃이 만발하여 나풀나풀 나비 떼가 날갯짓하는 부활의 계절을 기약해본다.

하늘거리는 커튼 뒤에, 마당이 바라보이는 맑은 유리창에, 집을 지탱하는 단단한 벽에, 방으로 들 어가는 다소곳한 문에 조용히 다가가 가만히 귀를 기울여 본다. 조곤조곤한 긴 속삭임이 들리는 가? 집은…… 우리 가족의 모든 걸 알고 있다.

2010 12 8

자네, 살 집은 있나?

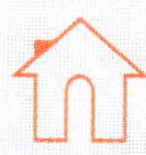

아빠의 청춘

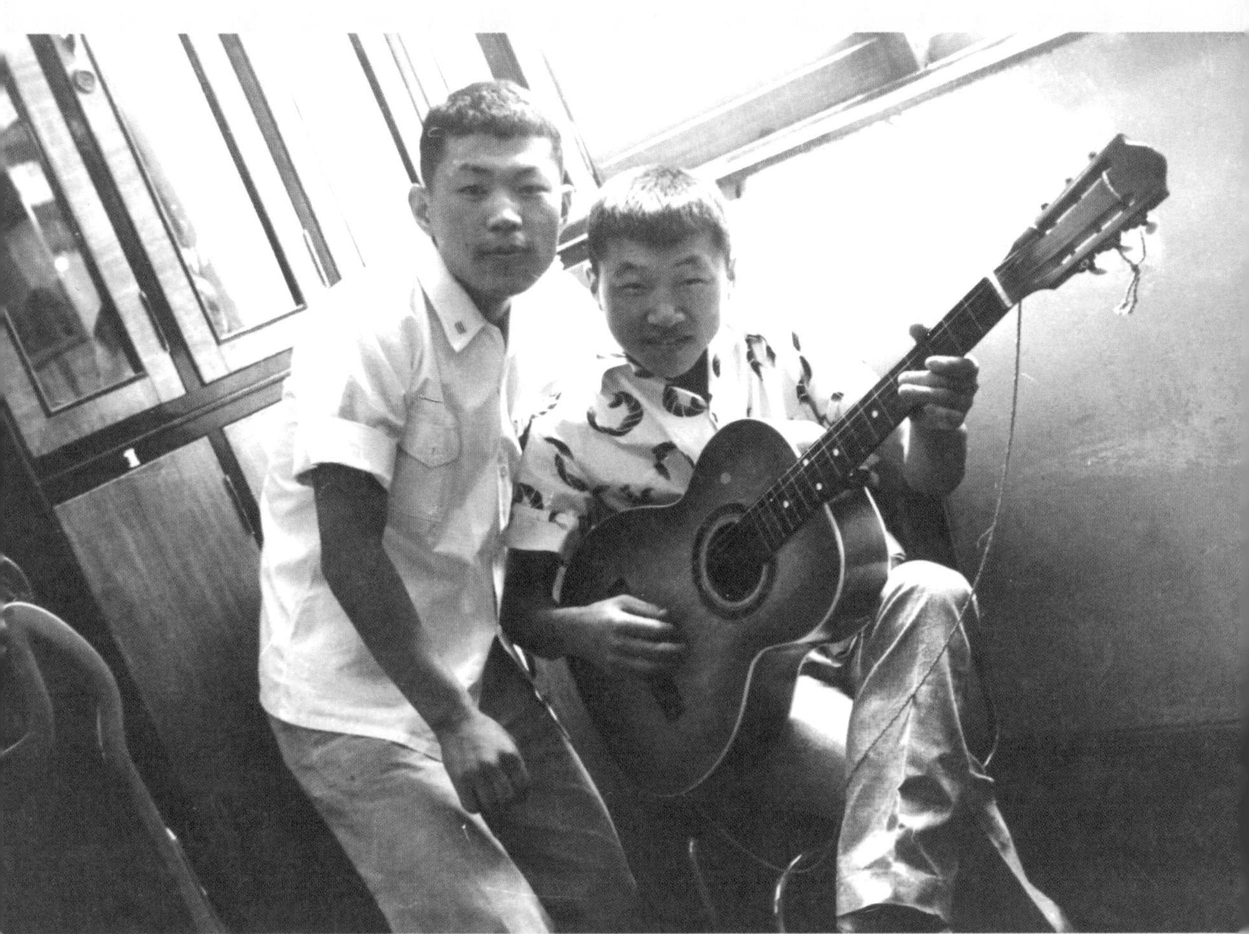

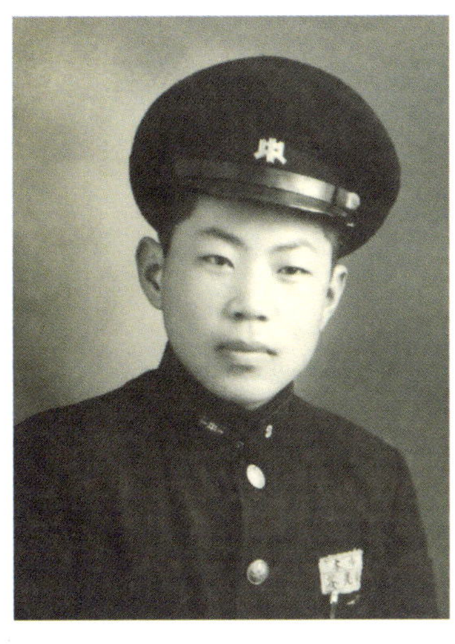

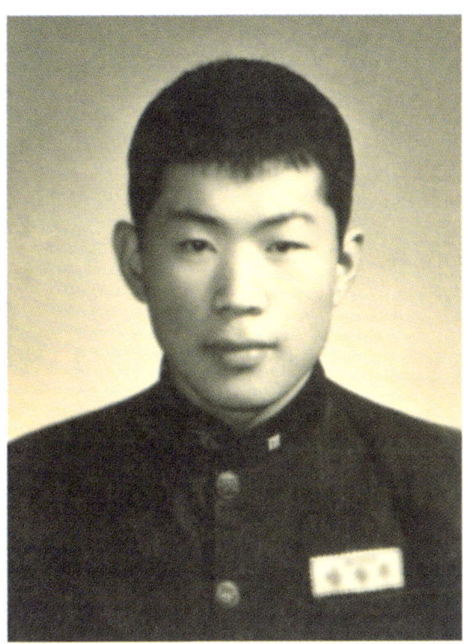

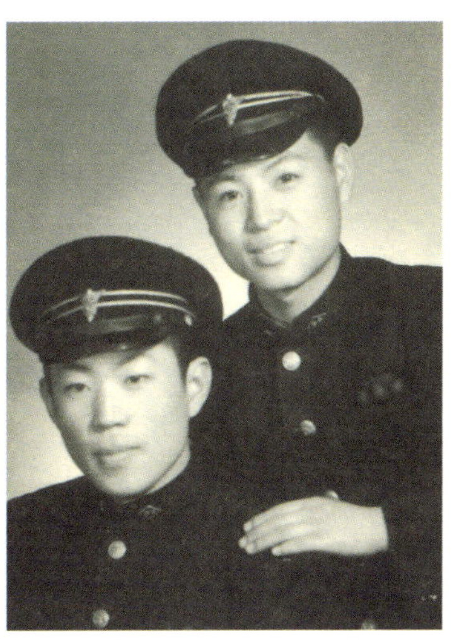

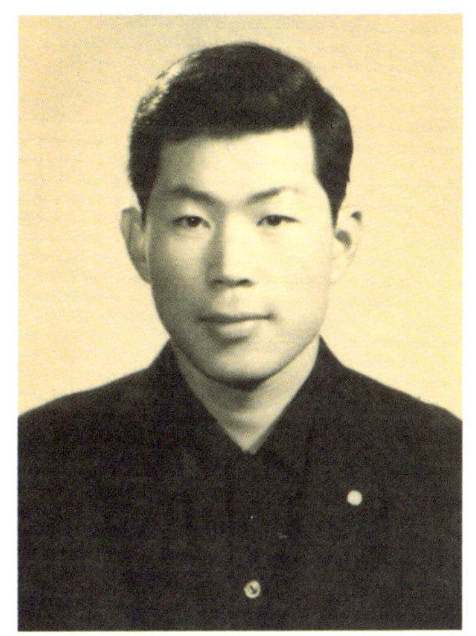

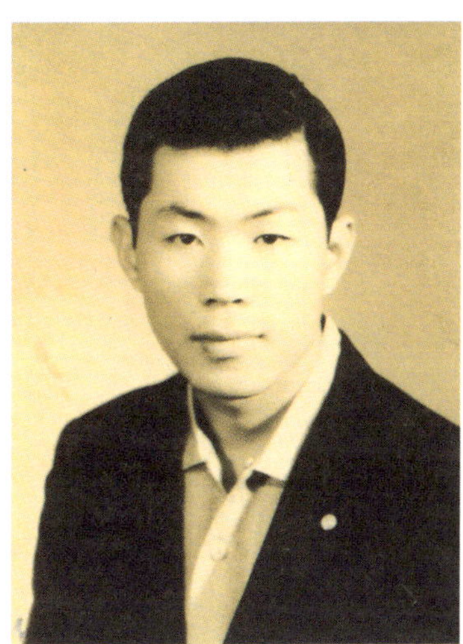

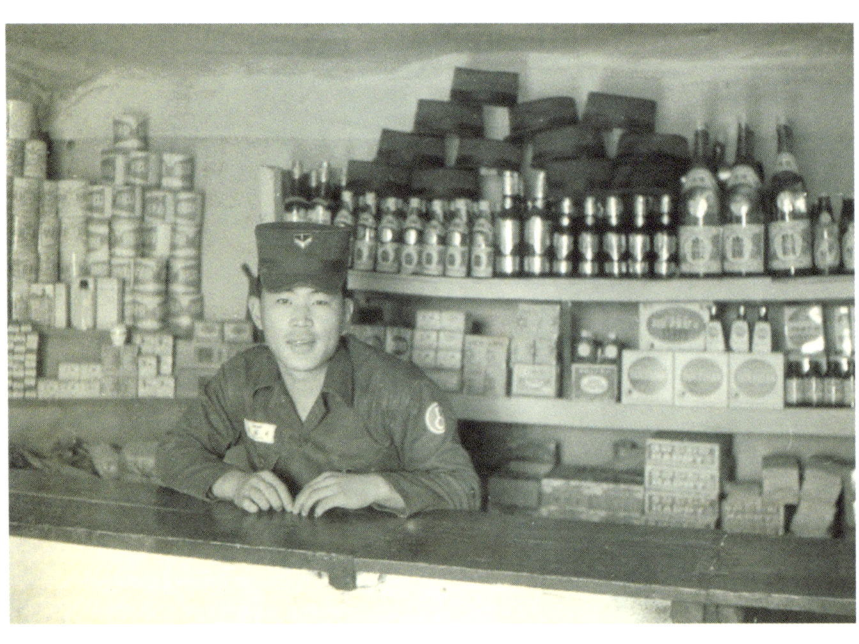

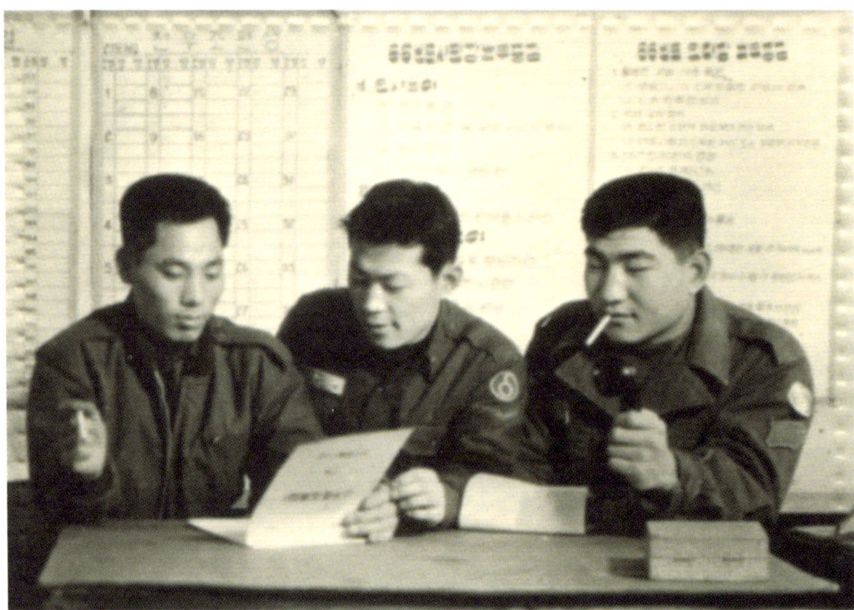

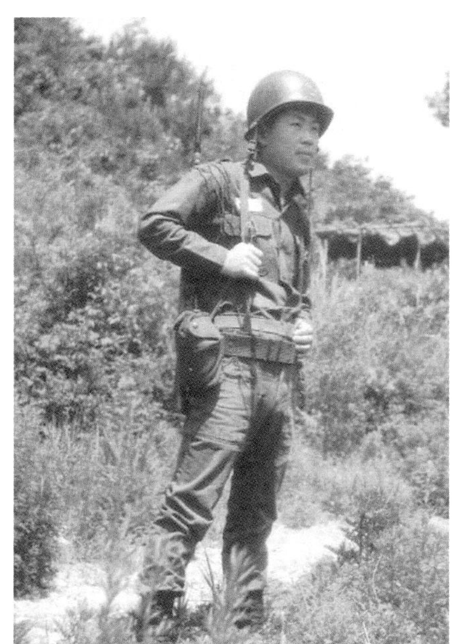
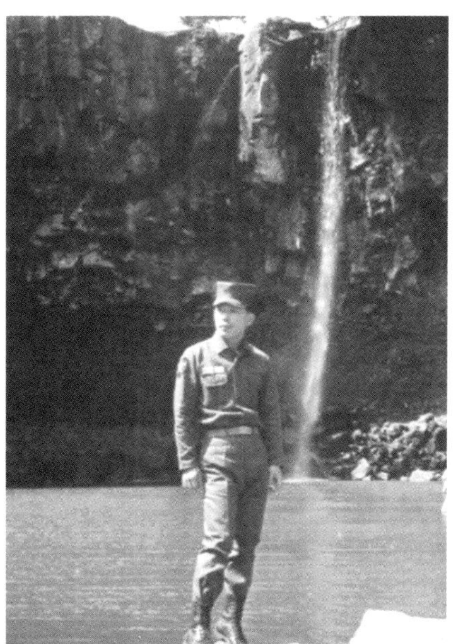
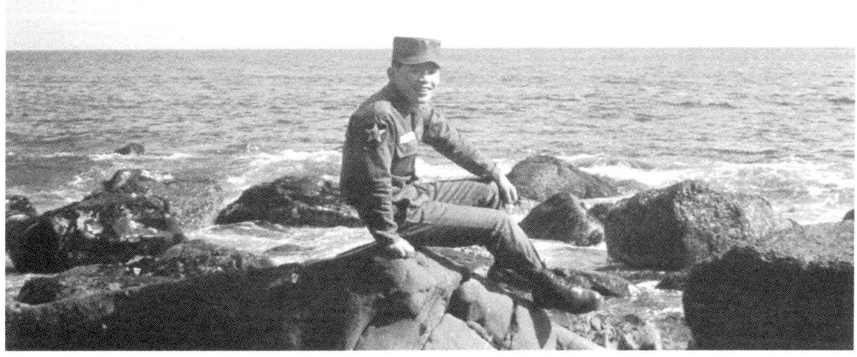

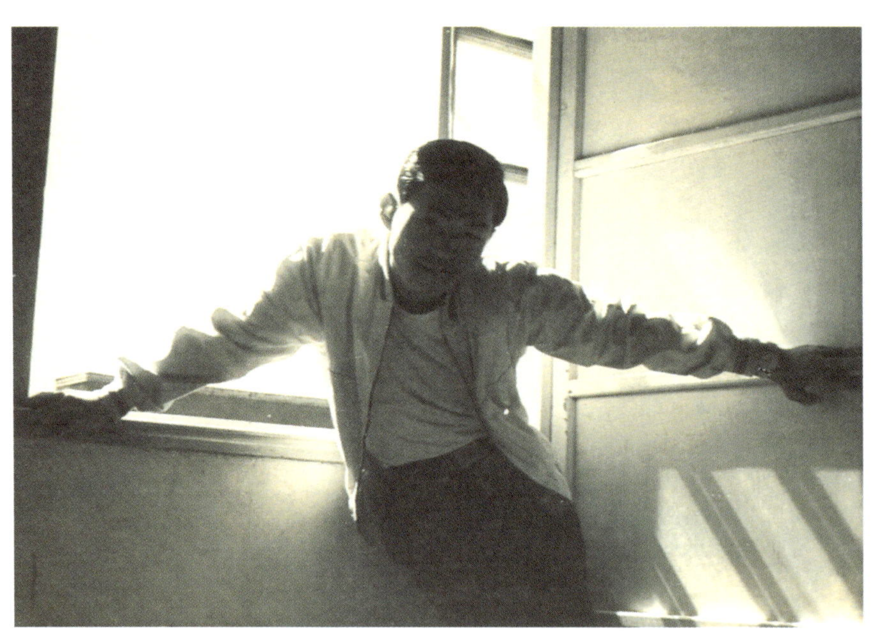

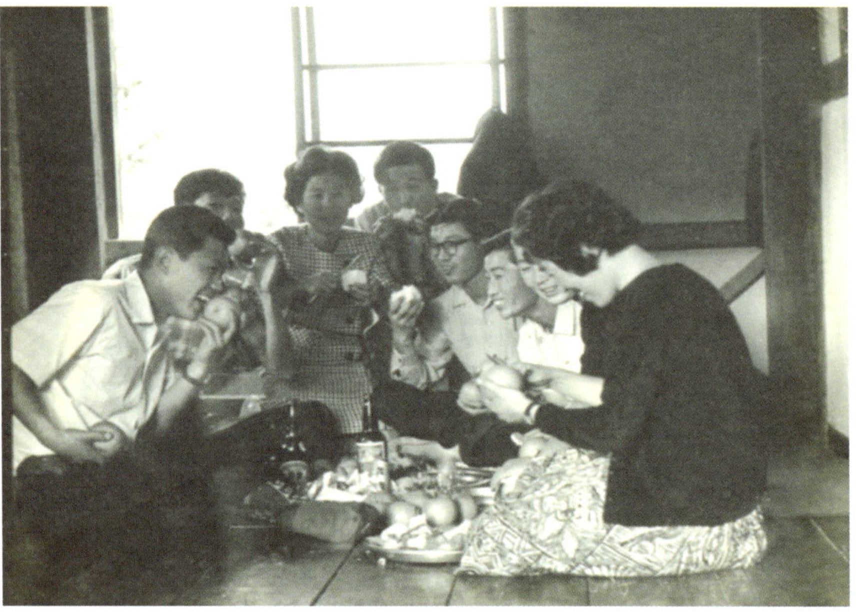

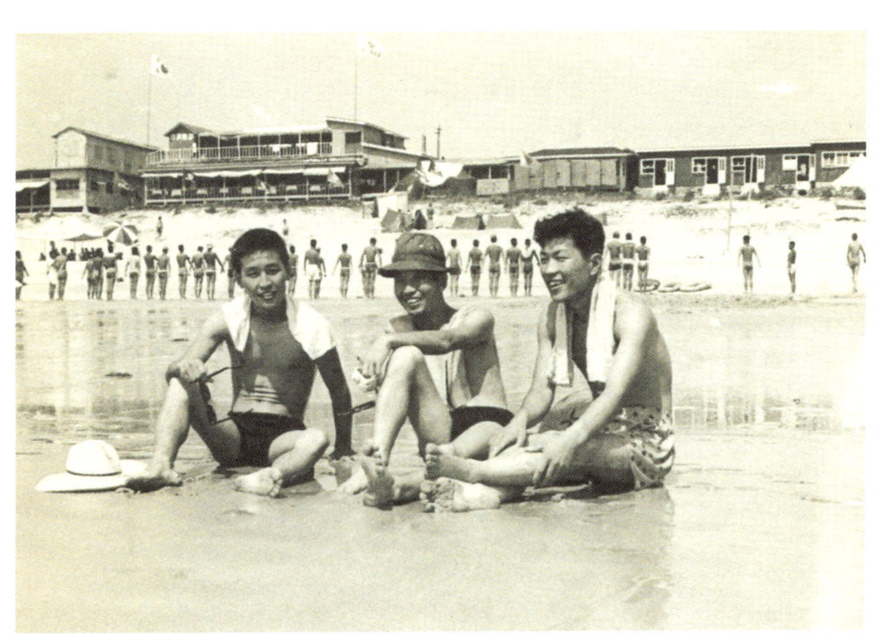

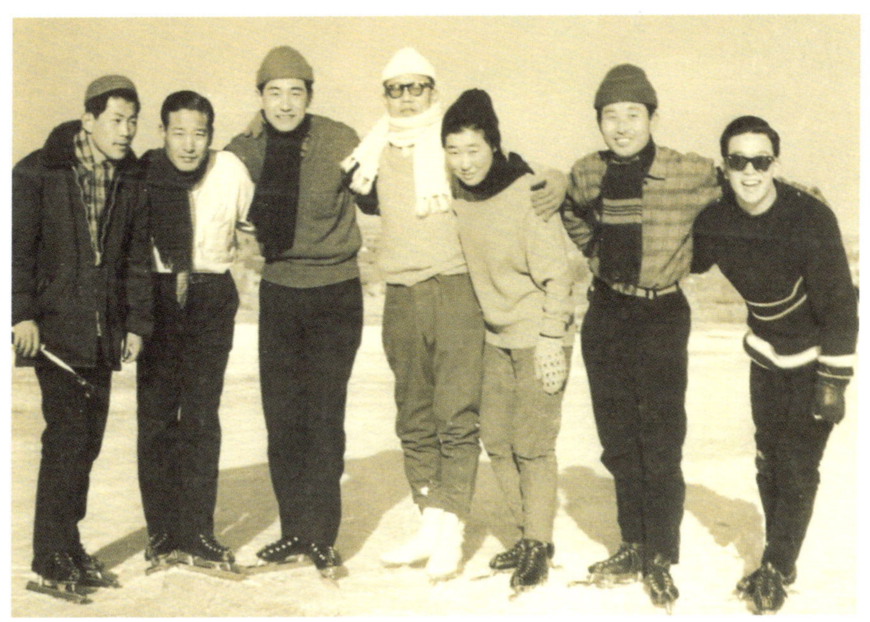

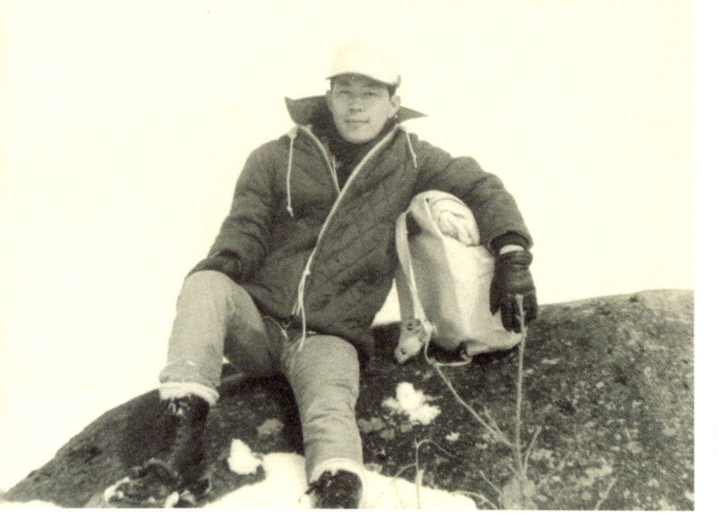

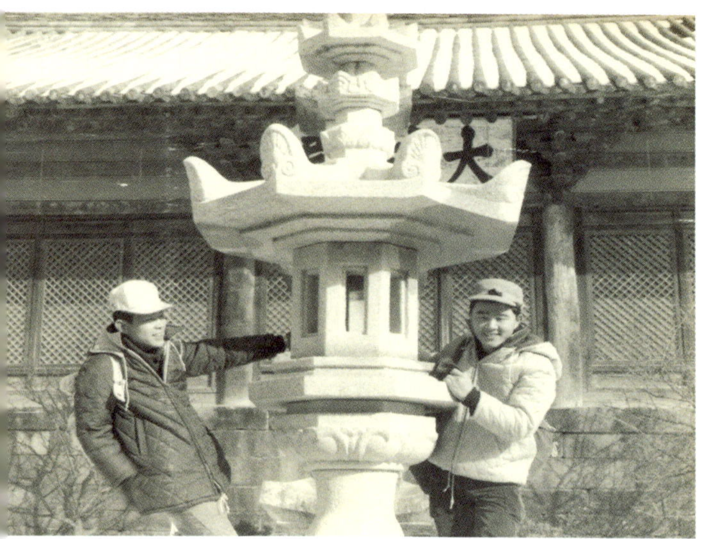

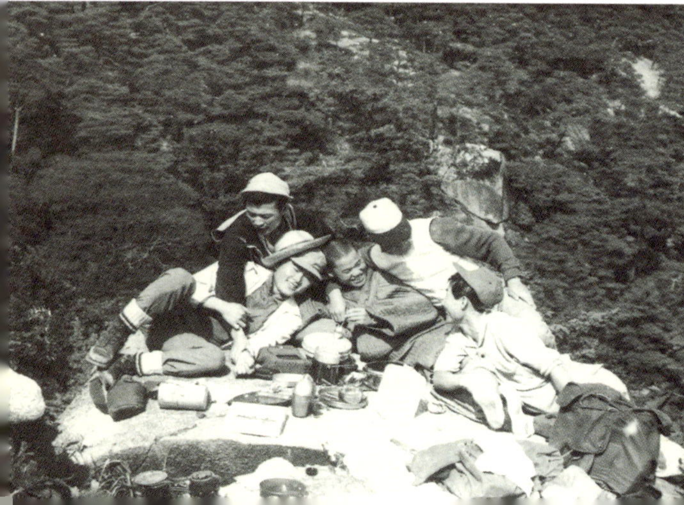

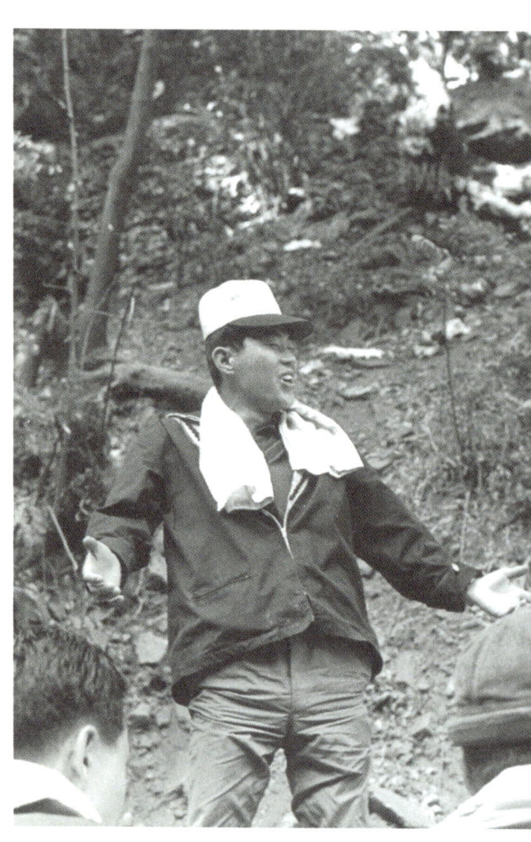

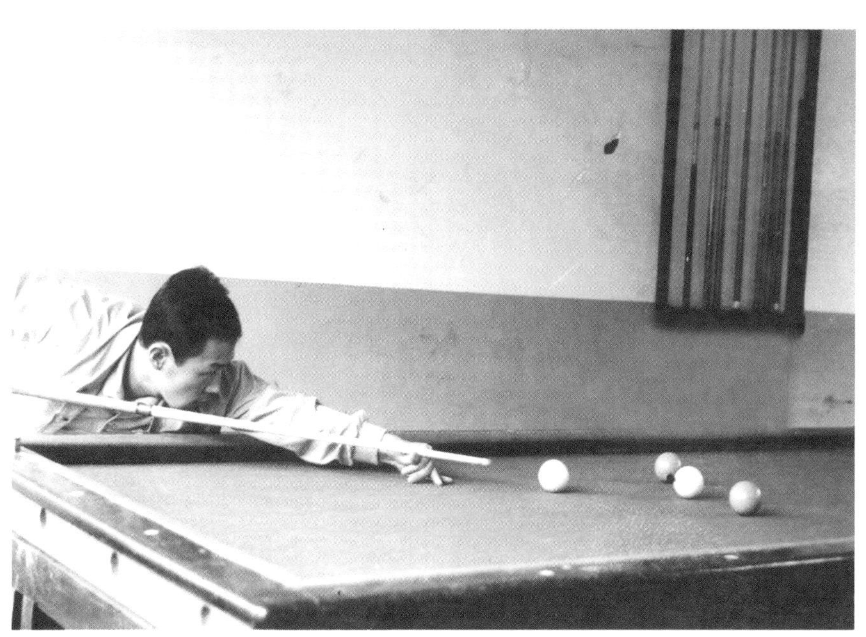

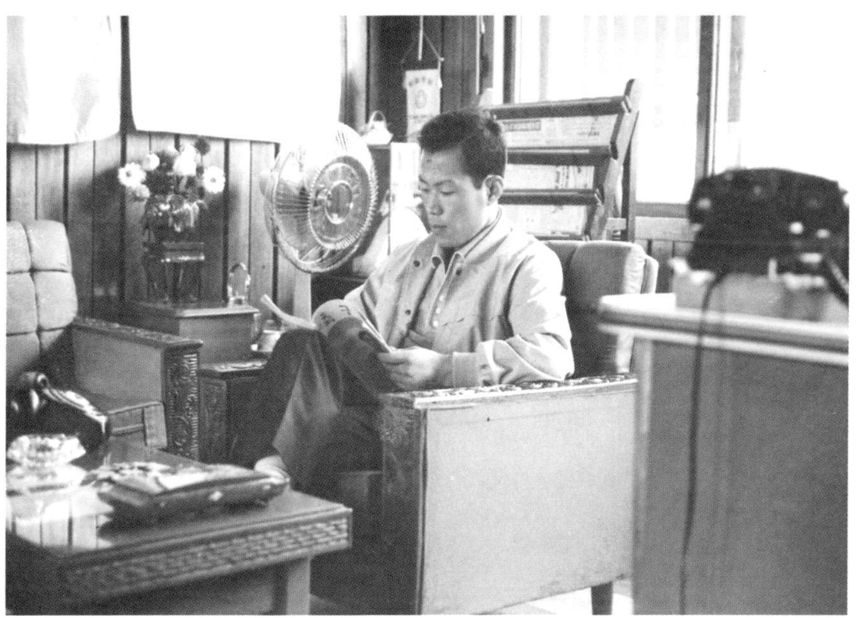

나는
길을 잡아
길을 풀어
길을 가는
둥근 홀수레
수레바퀴였습니다

김동평 「세월」

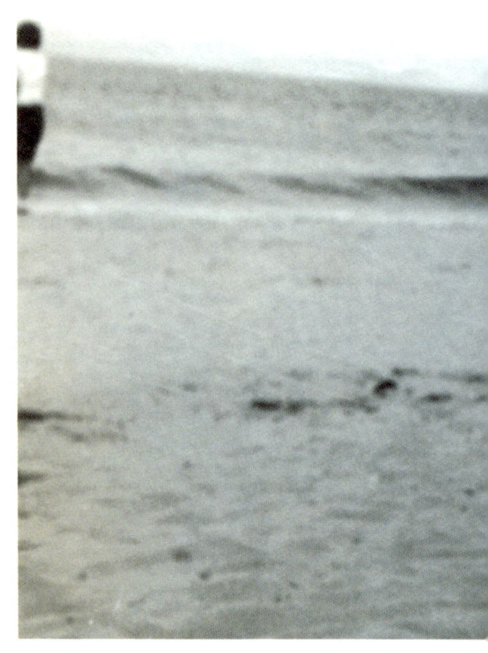

*낡은 사진첩에 아빠와 함께 자주 등장하는 김동평 아저씨는 아빠의 오랜
  친구분이시다. 미국에 거주하는 시인이자 화가로, 위의 글은 2008년에 발
  간한 『내일오늘』이라는 시집 겸 에세이집에 수록된 시다.

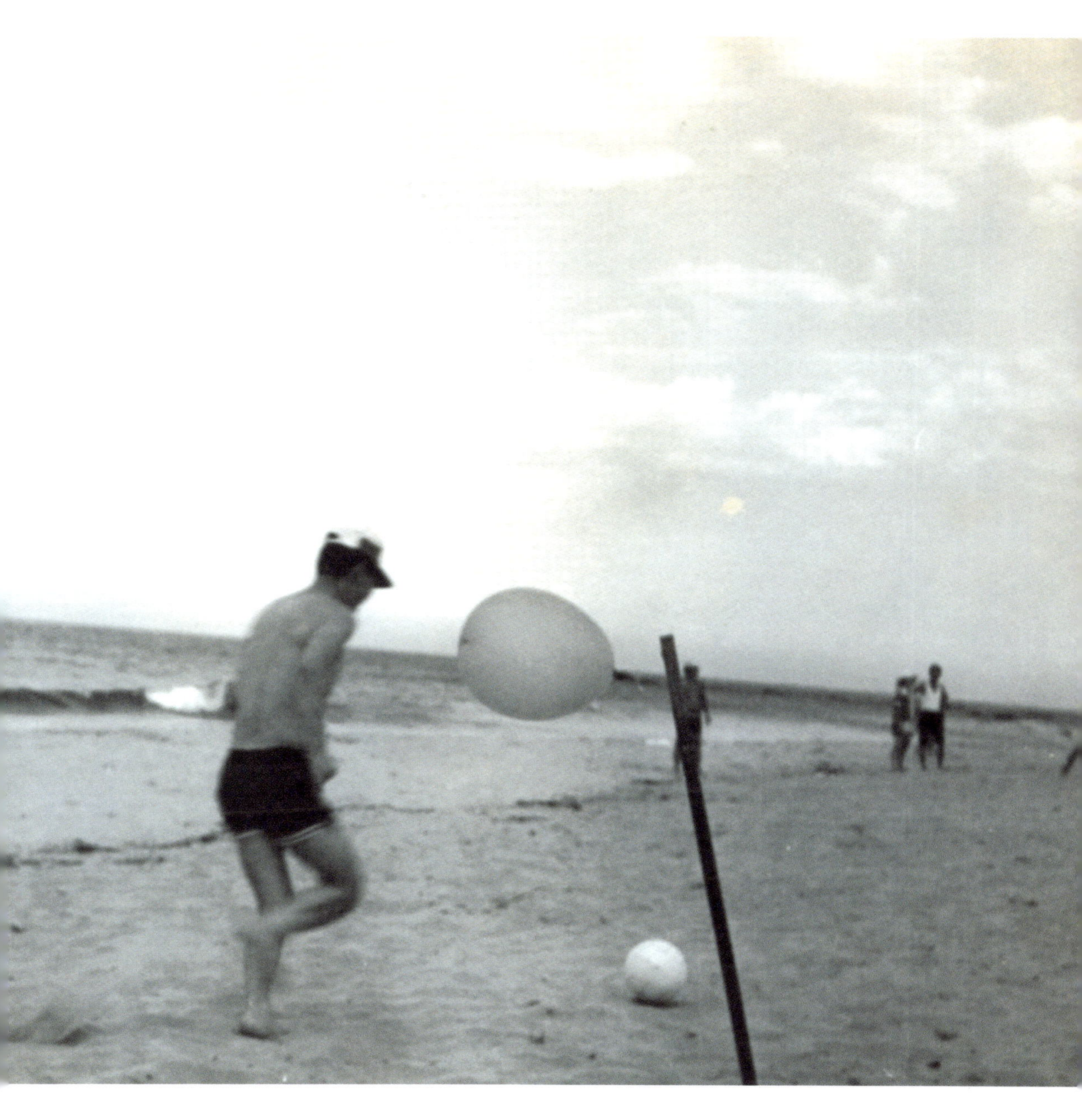

외할머니와의 인터뷰

외할머니 자네, 살 집은 있나?
아빠 …… 아직 없습니다.

셋째삼촌 왜 그 아저씨 요즘 안 오지? 과자 안 사오나…….

그 후로 3년 뒤,

외할머니 아니, 자네가 뜬금없이 웬일인가? 자네, 살 집은 있나?
아빠 네, 있습니다. 마련했습니다.
외할머니 좋네, 결혼을 허락하겠네!

자네, 살 집은 있나?

시간은 바야흐로 거꾸로 흐르고 흘러, 어느
추운 겨울날의 스케이트장. 여기 새치름한
뽀얀 얼굴에 찰랑대는 긴 생머리를 휘날리
며 얼음판에 계속 엉덩방아를 찧는 한 여인
이 있었으니! 진땀을 바작바작 흘리며 엉덩
이를 한껏 뒤로 빼고 뒤뚱거리던 그녀에게
이런! 한 젊은이가 그만 홀딱 넘어가고 말았
다. 활화산 같은 정열을 간직한 젊은이의 가
슴은 그날따라 크게 요동쳤다. 몇 날 며칠이
지나도 뒤뚱거리던 그녀는 젊은이의 눈앞
에 유령처럼 아른거렸다. 이 여인과 손을 꼭
잡고 스케이트장을 누비는 꿈도 벌써 여러
번이었다. 스케이트장 한복판에서 바람에
휘날리던 그녀의 고운 머리카락이 겨우 진
정시킨 마음을 자꾸 간질였다. 참다못한 젊
은이는 수소문 끝에 그녀의 집을 알아냈다.
그리고 주말마다 맛있는 과자와 먹을거리
를 한 아름 사 들고 그녀의 집을 찾아가기

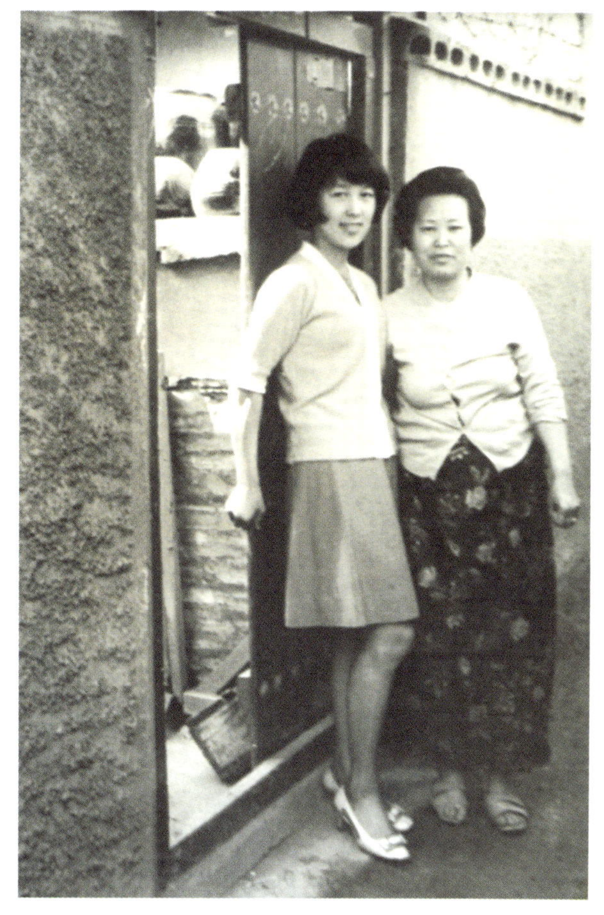

시작했다. 그러나 젊은이가 찾아갈 때마다 그녀는 다락방으로 쪼르르 올라가서 내려오지를 않았
다. 그녀의 얼굴은 다락방의 높은 장벽에 가려져 도무지 볼 수가 없었다. 결국 젊은이는 그녀의 어
머니만 멀뚱하니 마주 보다 몇 마디 나누고 돌아오곤 했다.
"젊은이, 이제 그만 오게. 매번 내 얼굴만 보고 가니 이게 뭔가. 나는 얼마 전 남편과 사별했다네.
우리 딸은 살 집이 없는 사람한테 시집보낼 수가 없다네."

"계세요. 어머니!"

어느 날 양복을 깔끔하게 차려입은 청년이 성큼성큼 효창동 집으로 걸어 들어왔다.

"거, 누구요?"

자세히 보니 그새 까맣게 잊고 있었던 그 까까머리 청년!

"아니, 자네가 뜬금없이 웬일인가?"

"따님……. 혹시 결혼했나요?"

그날도 그녀는 다락방으로 쪼르르 올라가서 얼굴도 내밀지 않았다. 하지만 이미 그날! 우리 가족의 잠재적 탄생을 예고하는 팡파르는 힘차게 울려 퍼졌고, 오색 풍선과 무지개 빛깔의 색종이가 온통 하늘을 뒤덮었다.

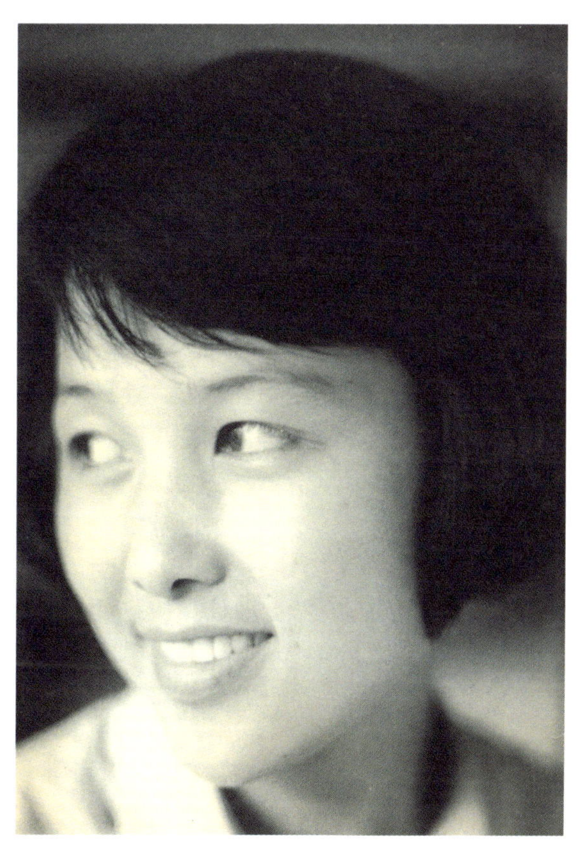

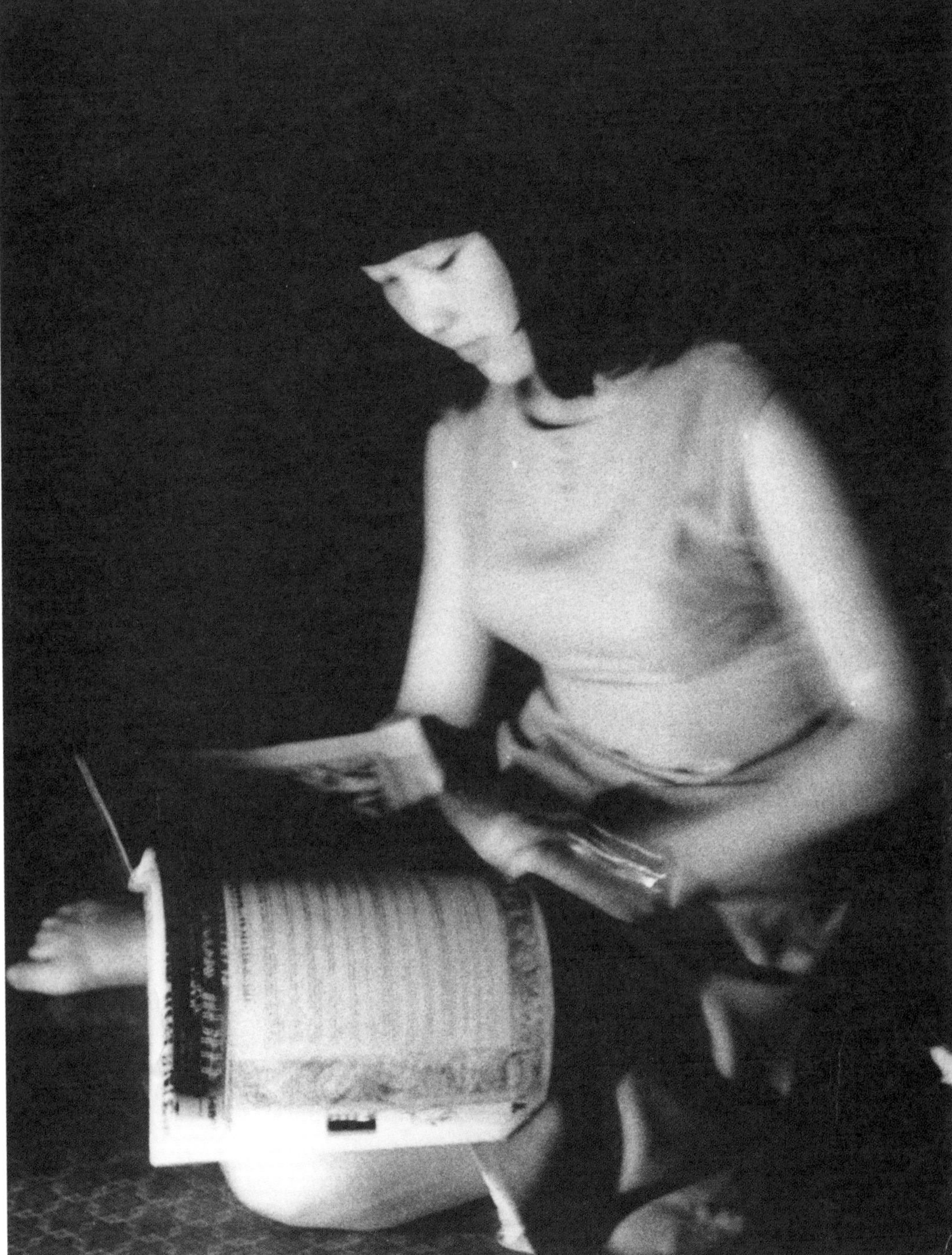

내가 첫 직장에 면접을 갔을 때다. 그날은 내가 면접을 하는 동안 엄마는 밖에서 기다리고 계셨다. 그곳은 공연장이라서 면접 장소를 나오면 테이블이 놓인 커피숍이 있었다. 첫 면접이라 무슨 말을 하는지도 모르게 횡설수설하다가 시무룩하여 밖으로 걸어 나왔다. 그런데 뒤따라 나오던 면접관 중 한 사람이 엄마랑 내가 있는 쪽으로 뚜벅뚜벅 걸어오고 있는 것이 아닌가.

'왜지? 뭐가 잘못되었나?'

면접을 하는 동안 초점 없는 동공으로 게슴츠레하기만 했던 면접관의 눈은 초롱초롱 빛이 났다. 면접관은 괜스레 무의미한 말을 몇 마디 건네며 엄마를 뚫어져라 바라보았다. 그러더니 갑자기 부산스럽게 커피 한잔을 사겠다고 했다.

첫 출근 날, 모두가 모인 자리에서 인사를 하려고 일어났는데, 그 면접관이었던 단장님이 다른 사람들에게 이렇게 말했다.

"면접날 저 친구 어머니와 마주쳐서 잠깐 이야기를 나눴는데, 참 괜찮은 분이시더라고요."

그렇다! 나는 첫 직장이자 첫 출근한 회사에서 '참 괜찮은 어머니의 딸'로 소개가 되었다. 나에 대한 소개는 그냥 그렇게 짤막하게 끝이 났다. 어쨌든 엄마의 미모에 정신이 홀린 면접관 덕분에 나는 가산점을 받으며 수월하게 회사에 입사했다.

엄마는 말 한마디 붙이기도 어려울 정도로 새침하고 깍쟁이처럼 보이지만, 알고 보면 털털하고 소탈하기가 질박한 뚝배기 같다. 값비싼 화장품은커녕 샘플용 화장품만으로도 눈에 띄게 빛이 났고, 티셔츠 한 장을 입어도 공작새가 날개를 쫙 펼친 듯 우아한 맵시가 났다. 하지만 아빠와 붕어빵인 나로서는 어찌 보면 약간 한탄스러운 일이기도 했다. 그러나 진짜인지 아닌지, 점점 성숙하면서 엄마의 분위기가 풍긴다는 소리를 주변에서 자주 했다. 우리 모녀는 성형외과에서 벌어지는 일들이나 유명메이커의 화장품 회사에서 기적의 신제품이 나왔다고 해도 별반 동요를 않는다.(나는 그럴 때가 아닌데!) 그저 엄마의 얼굴에 늘어가는 주름과 하염없이 흘러가는 무심한 세월이 참으로 아쉽고 또 아쉬울 뿐. 억지로 가꾼 외모와 타고난 외모에서 우러나오는 것은 천지 차다. 엄마처럼만 늙자, 그렇게 물 흐르듯이 자연스럽고 아름답게!

웨딩마치

1970년 11월 19일. 세운(世運) 예식장. 흰색
넥타이를 매고 씩씩하게 단상 위에 올라선
신랑은, 단단한 밤처럼 깔끔하고 다부진 모
습이다. 신부는 다소 긴장을 했던지 입술에
바른 립스틱 색깔이 무척 여리고도 신비롭
게 보인다. 약간 피곤해 보이기도 하지만,
긴 웨딩드레스의 베일에 둘러싸인 아름다운
백조 같다. 이제 고대하던 웨딩마치가 거룩
하게 울려 퍼지는 순간이다. 다락방의 높은
장벽은 허물어지고, 실로 대단한 여정의 시
작이다.

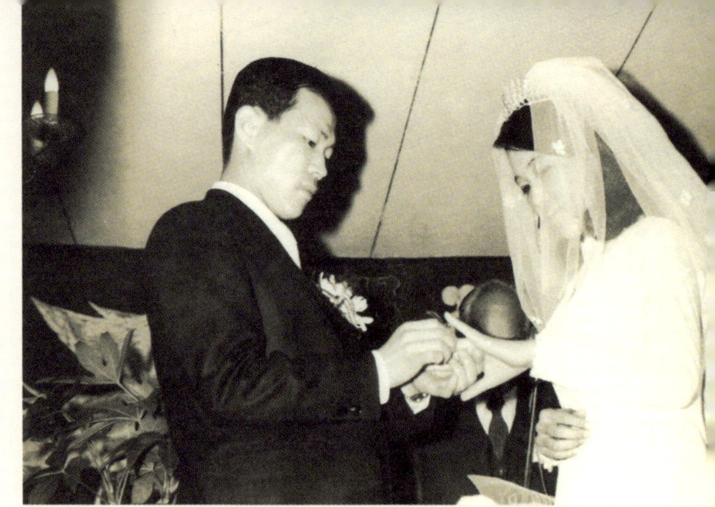

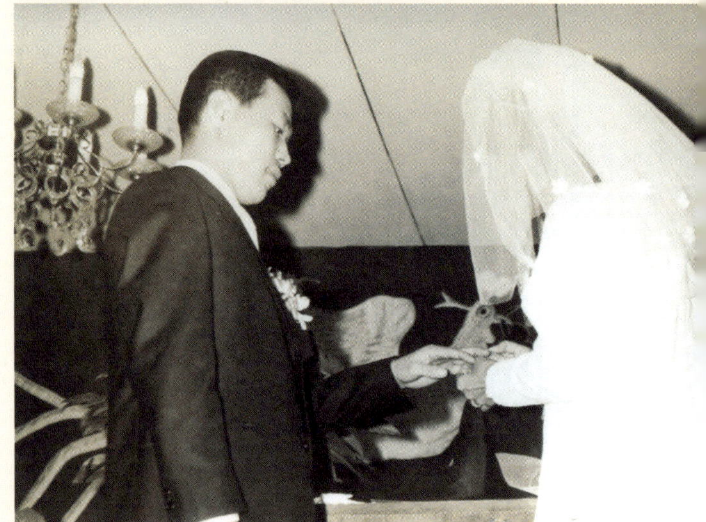

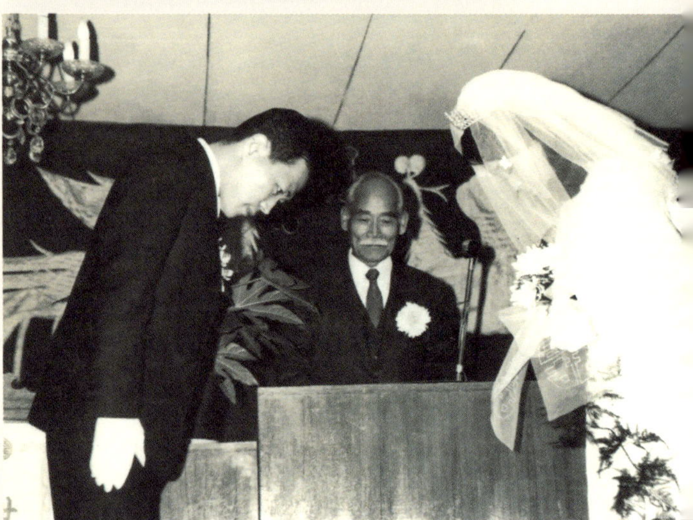

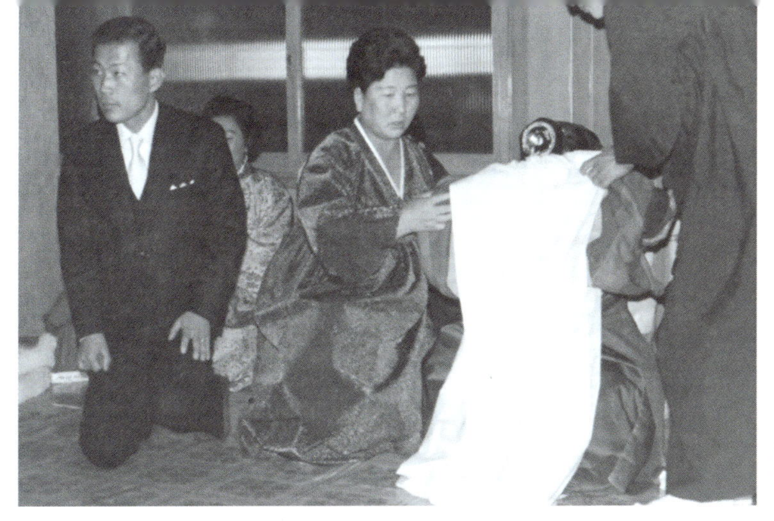

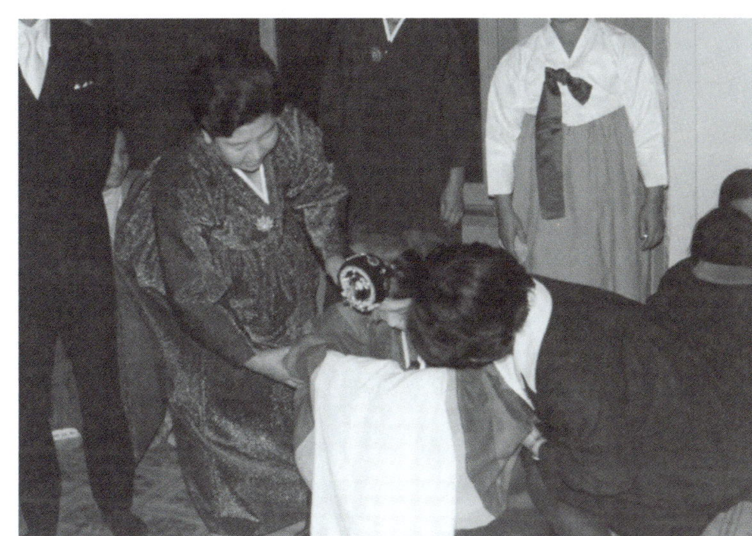

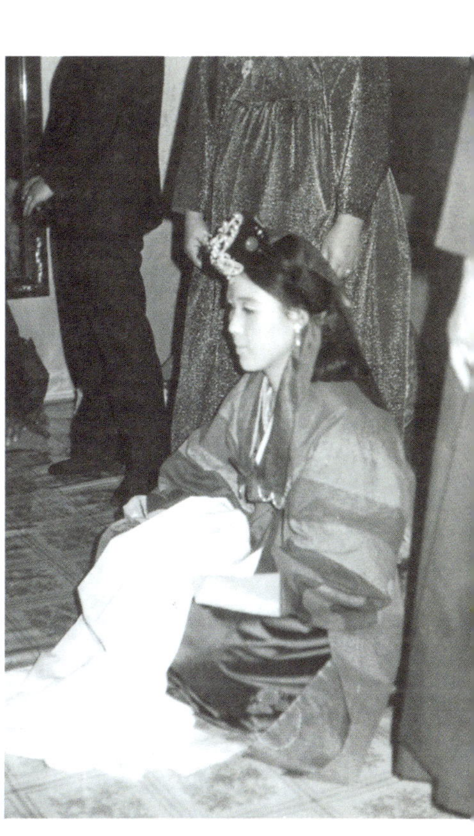

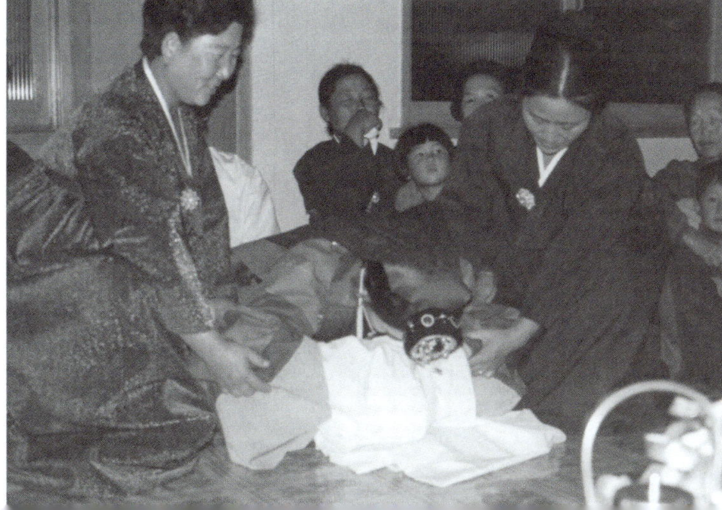

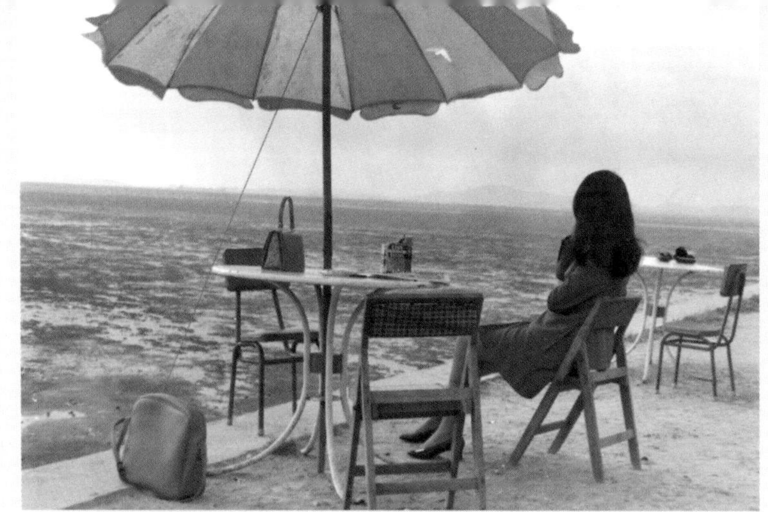

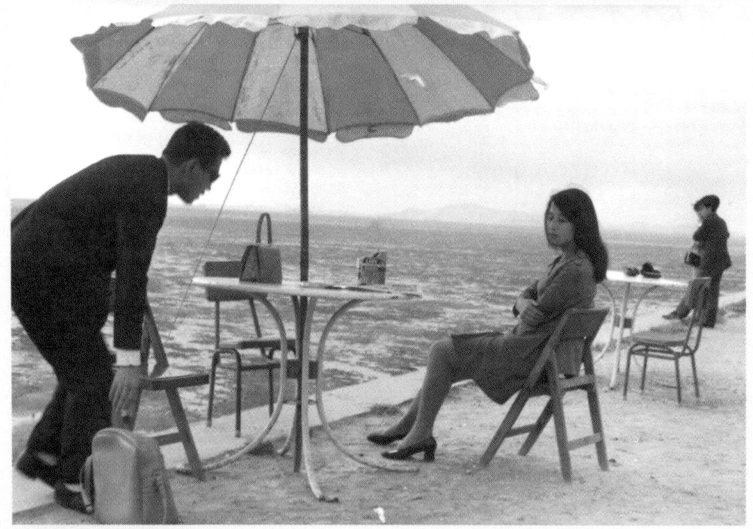

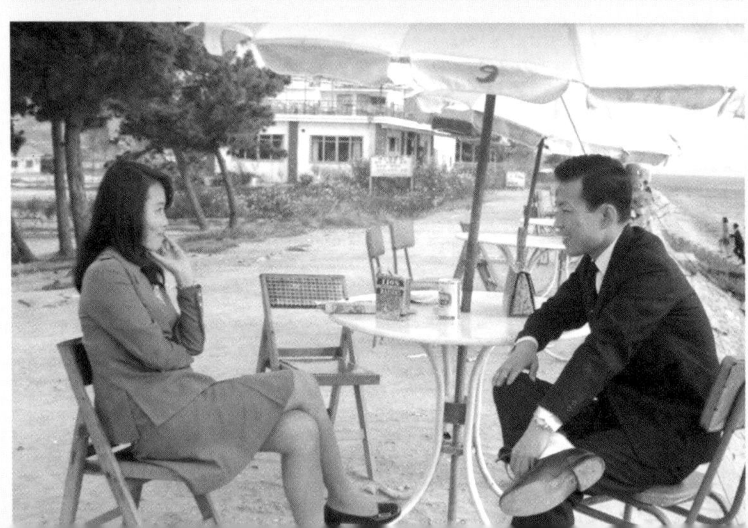

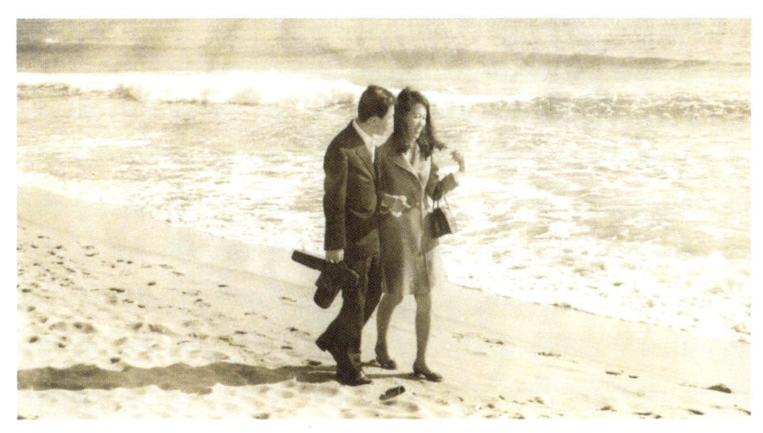

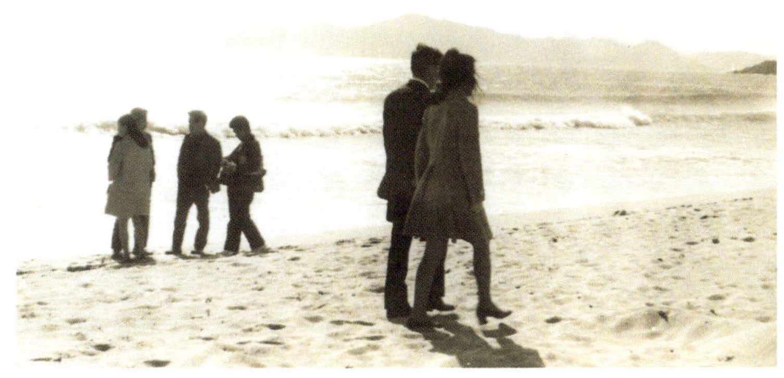

삼각스탠드와 사진기

바닷가를 거니는 새신랑의 손에 든 물품을 유심히 살펴보라. 신혼여행 중에도 새신랑은 삼각스탠드와 사진기를 보물처럼 손에 꼭 쥐었다.

아빠의 사진들은 놀랍게도 당시에 떠돌던 향기와 소리, 그날의 온도와 습도, 하물며 공기 중의 미세먼지까지 그대로 재현한다. 또한 사진 속의 인물들은 조금도 주저함 없이 자신의 감정을 솔직하게 툭 털어놓는다.

'조물주시여! 이게 말입죠. 단 한 순간만이라도! 잠깐 과거로 되돌아갔다가 다시 돌아올 수는 없을까요? 잠시 그 모래사장에 들러 발자국 몇 개만 남기고 돌아오겠습니다! 바닷바람에 흩날리던 아름다운 여인의 긴 머리칼을 쓰다듬고 금방 돌아올게요!'

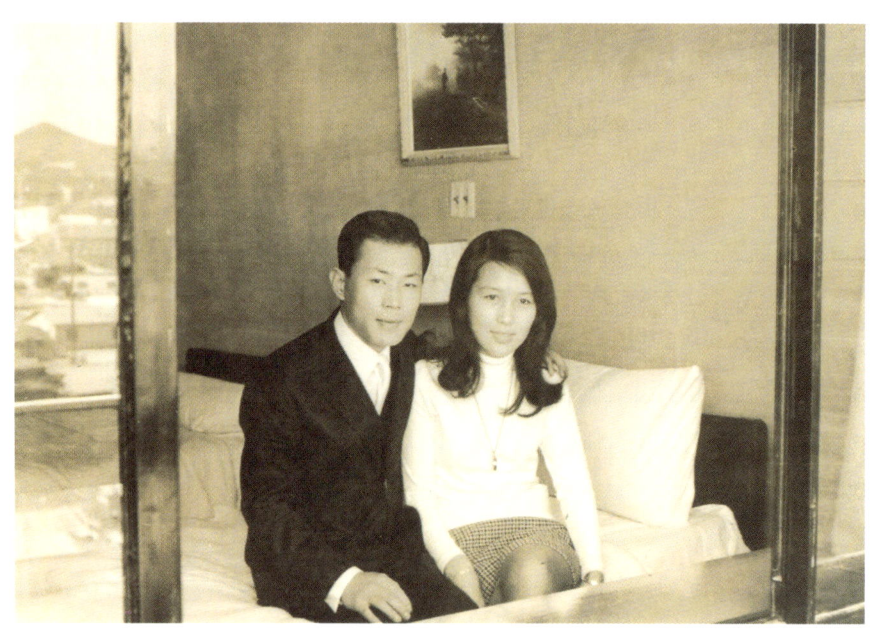

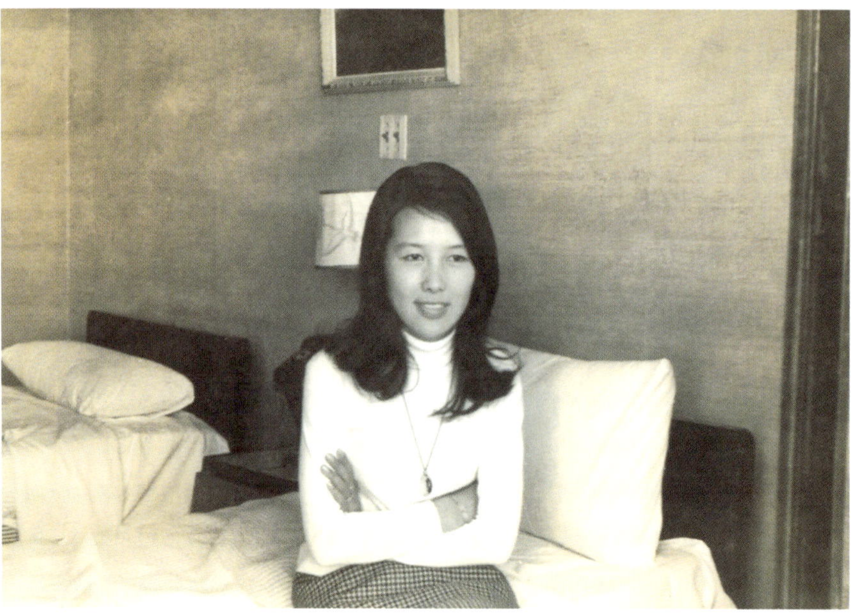

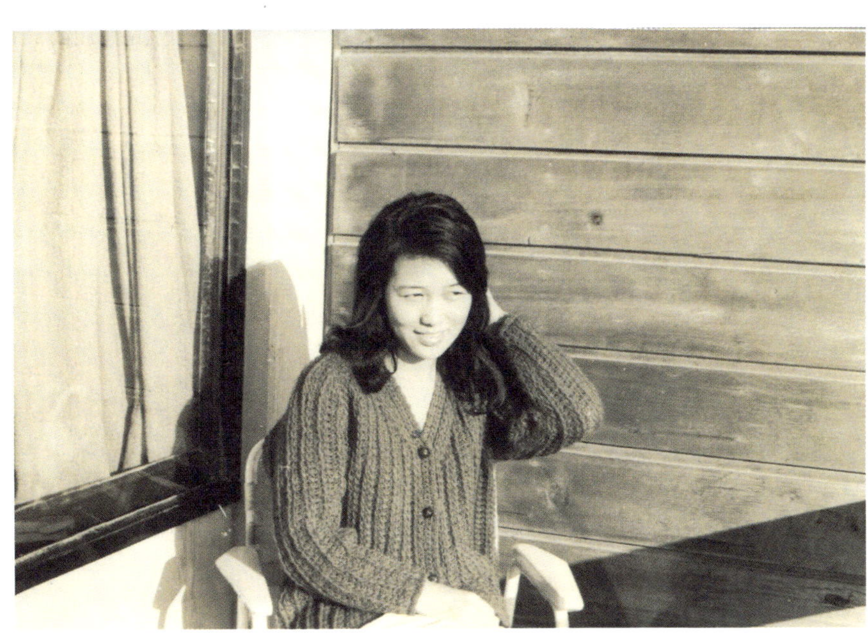

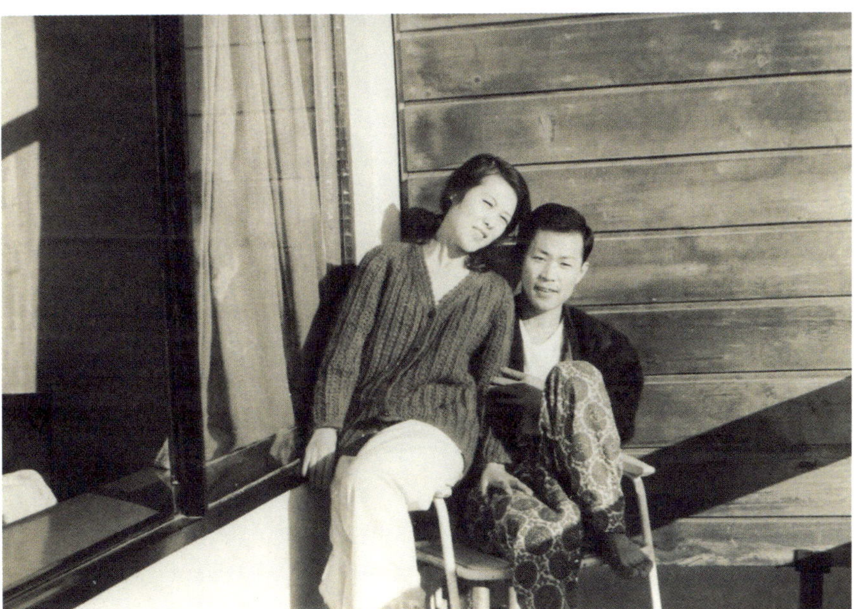

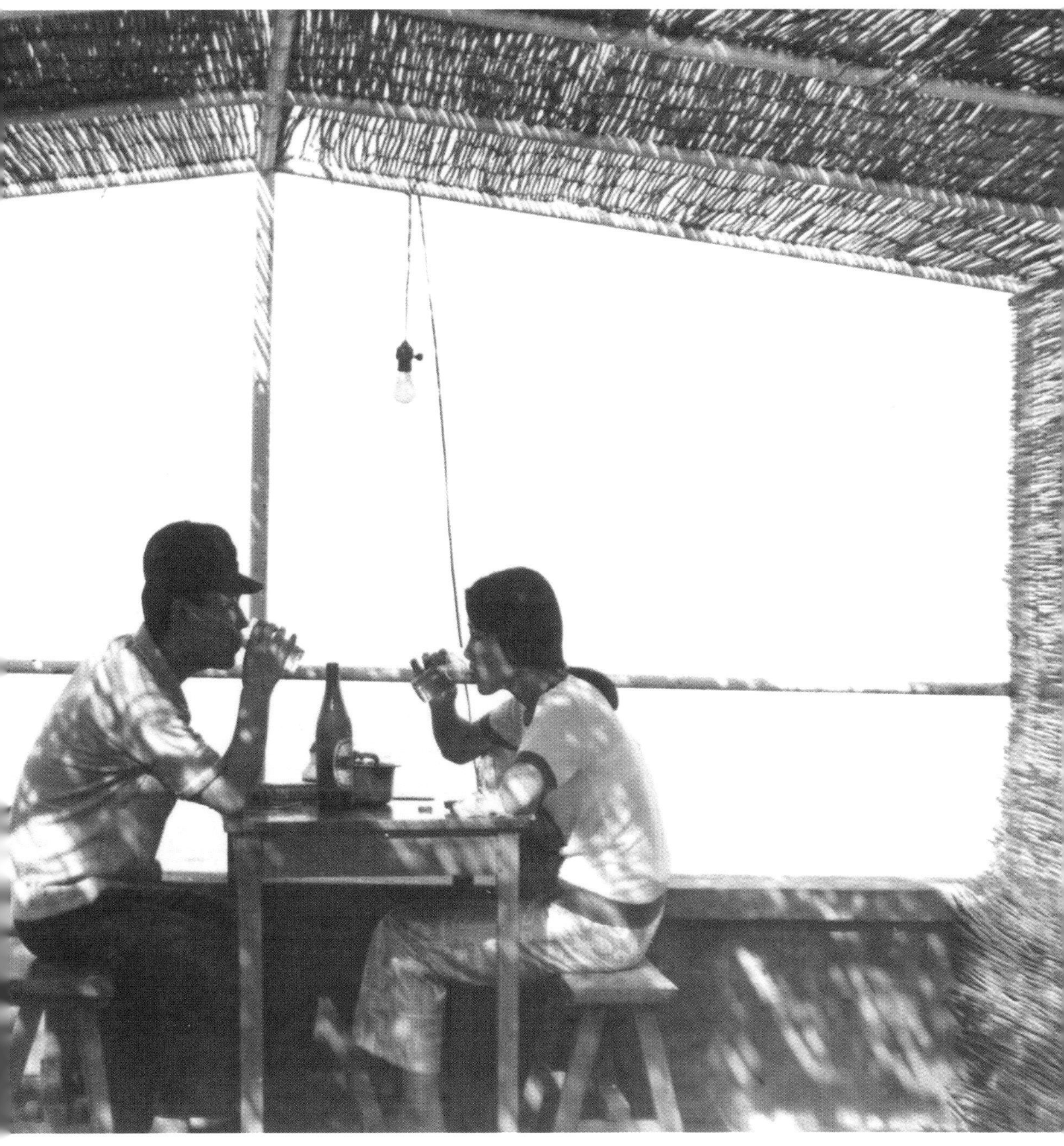

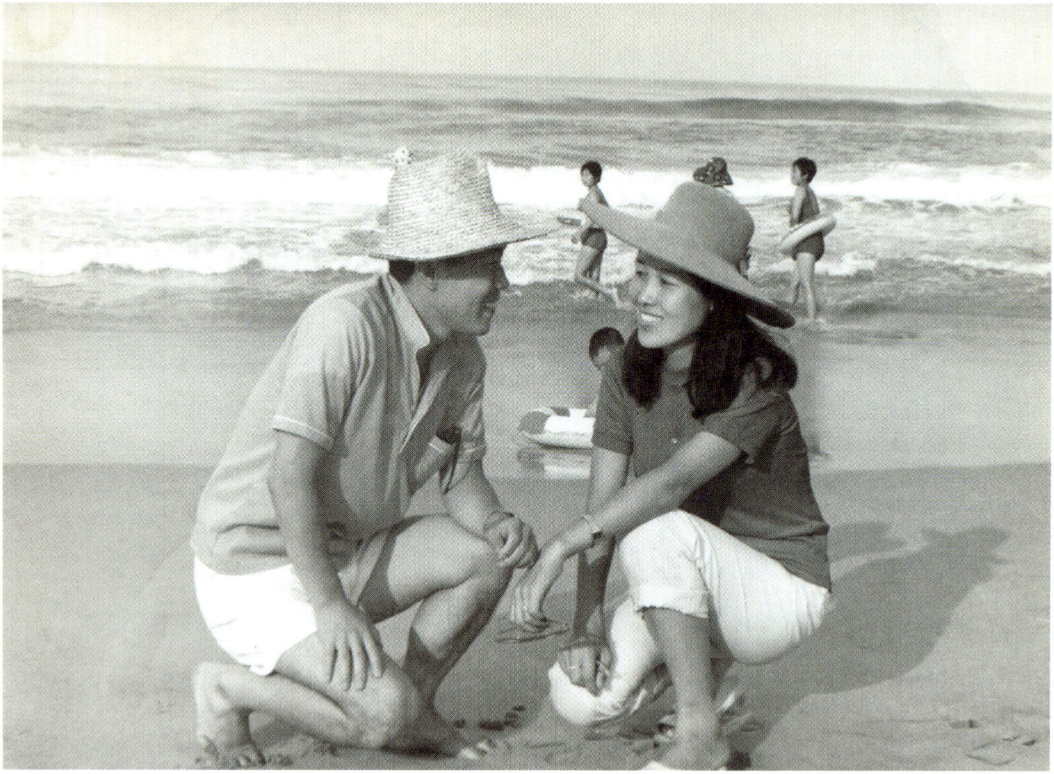

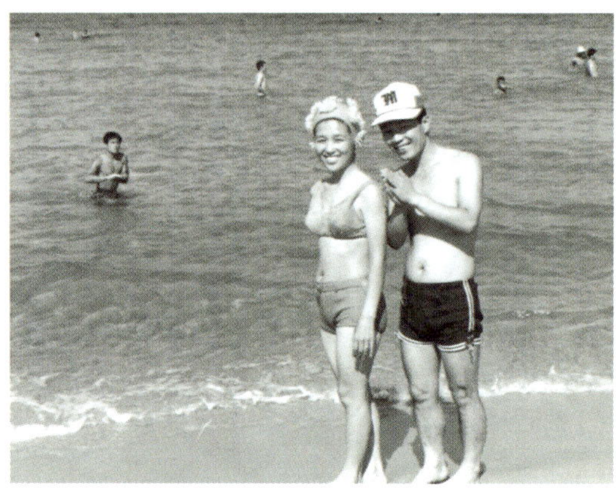
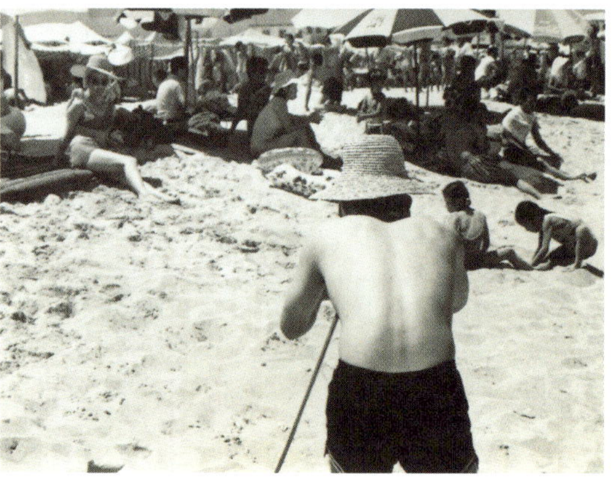

속았다! 그리고 다리미는 어디에?

이제 막 신혼여행에서 돌아온 신혼부부는 갈현동 집에 들뜬 여장을 풀었다. 그런데 신혼부부의 새 출발을 환영하기 위해 신혼집에 들른 시댁 식구들치고는 뭔가 분위기가 심상치 않았다. 엄마는 서둘러 진상파악에 나섰다. 아뿔싸! 알고 보니 시댁 식구들이 시어머니를 따라 줄줄이 시골에서 서울로 올라온 것이다. 워낙 식구들이 많다 보니 방금 차린 밥상을 치우기가 무섭게 또 한 사람이 들어왔다. 엄마는 허리를 제대로 펼 새도 없이, 하루에도 열댓 번씩 밥상을 차리고 치우고를 반복했다. 처음에 시어머니와 시댁 식구들은 새침해 보이는 서울 토박이를 내심 얄미워하였다. 생각지도 않은 텃세와 고된 시집살이가 본격적으로 시작된 것이다.

엄마는 시집올 때 다리미를 빠뜨리고 왔다. 그런데 고작 이 다리미 하나가 엄마의 인생을 통틀어 그토록 고달픈 시간을 만들 줄이야! 깐깐한 시어머니는 새 며느리를 볼 때마다 행방불명된 다리미 이야기를 두고두고 하셨다.

결혼생활의 녹록지 않음을 실감했던 갈현동 집은 아빠가 지방으로 발령이 나자 작은아버지가 구입을 하셨다. 그리고 이 집 또한 한동안 작은아버지의 신혼살림집이 되었다. 어쨌든 감쪽같이 속았다! 그리고 새로 장만한 엄마의 다리미는 어디로 사라졌을까?

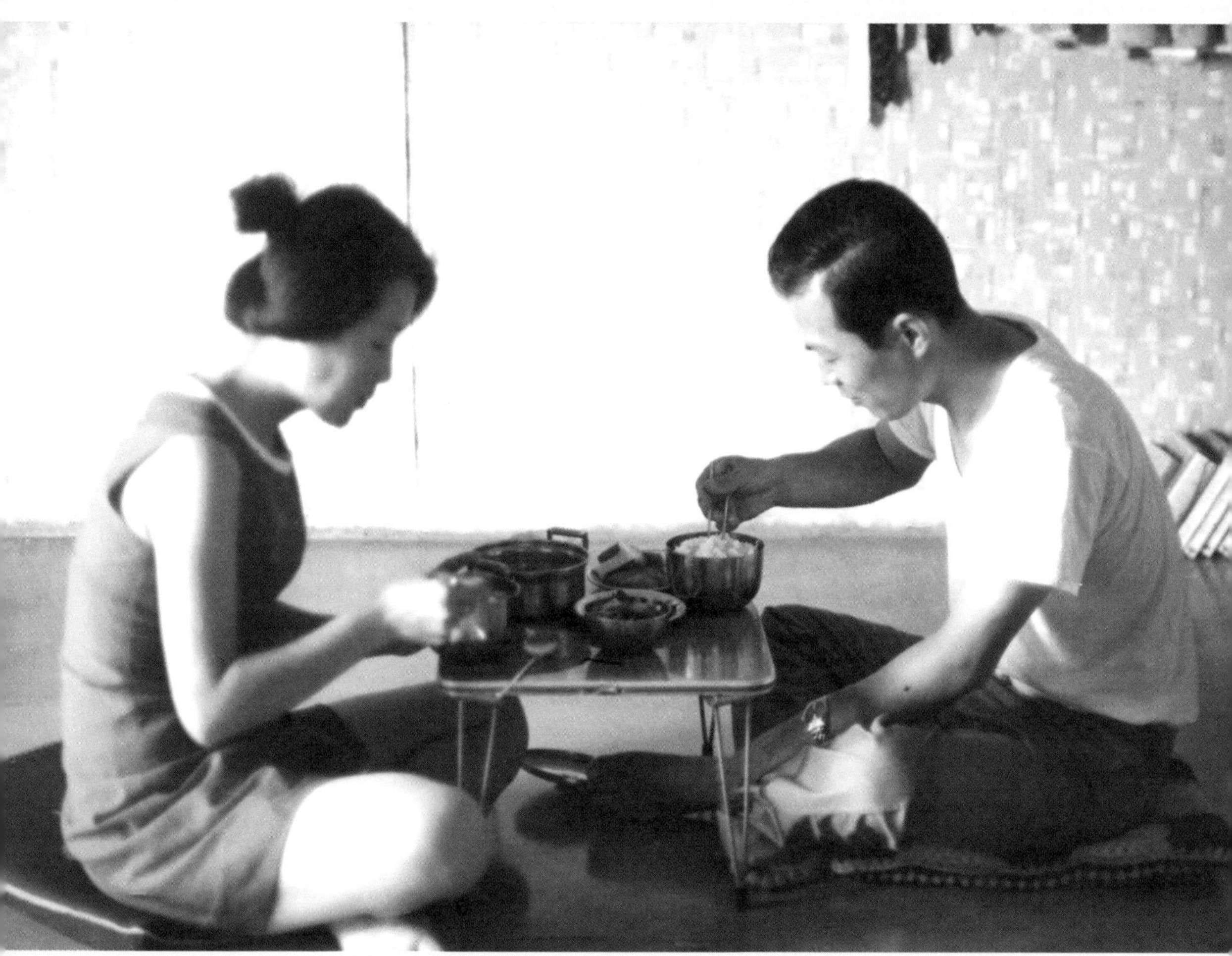

묵호 집

밥상

"상에 반찬도 없는데 사진은 무슨……."

"10, 9, 8, 7, 6, 5, 4, 3, 2, 1, 찰칵!"

반짝거리는 스테인리스 밥그릇에는 김이 모락모락 나는 흰 쌀밥이 수북이 담겨 있다. 그리고 오이로 추정되는 듬성듬성 자른 야채와 김치 한 접시, 마지막으로 국도 없이 찌개만 달랑 하나 놓인 것이 밥상의 전부였다. 하지만 조촐한 밥상에 젓가락을 들고 마주앉은 아빠 엄마의 모습이 정말 아름답지 않은가? 사진기의 타이머를 눌러놓고 허둥지둥 방석에 앉아 젓가락을 잡은 아빠를 보면 웃음이 절로 나온다. 사진에서는 고소한 깨소금 냄새가 솔솔 풍겨 나온다. 갈현동 집을 나와 묵호 집으로 온 순간, 삼각스탠드를 애용하는 카메라맨 솜씨가 되살아났다.

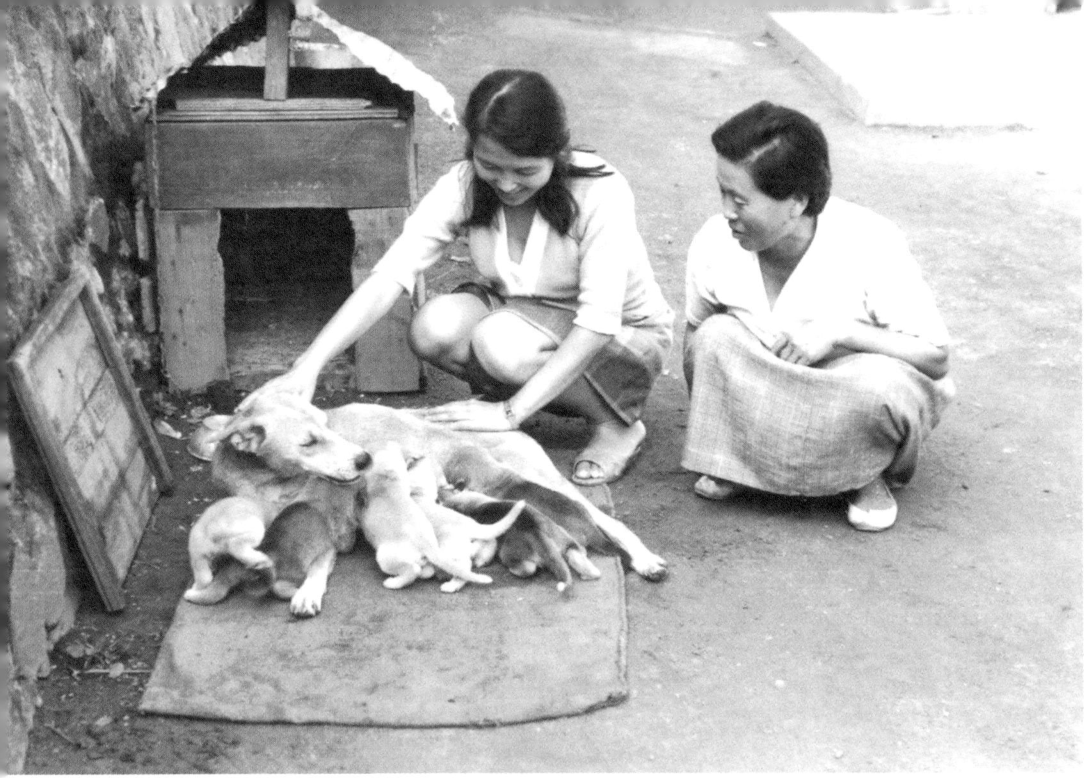

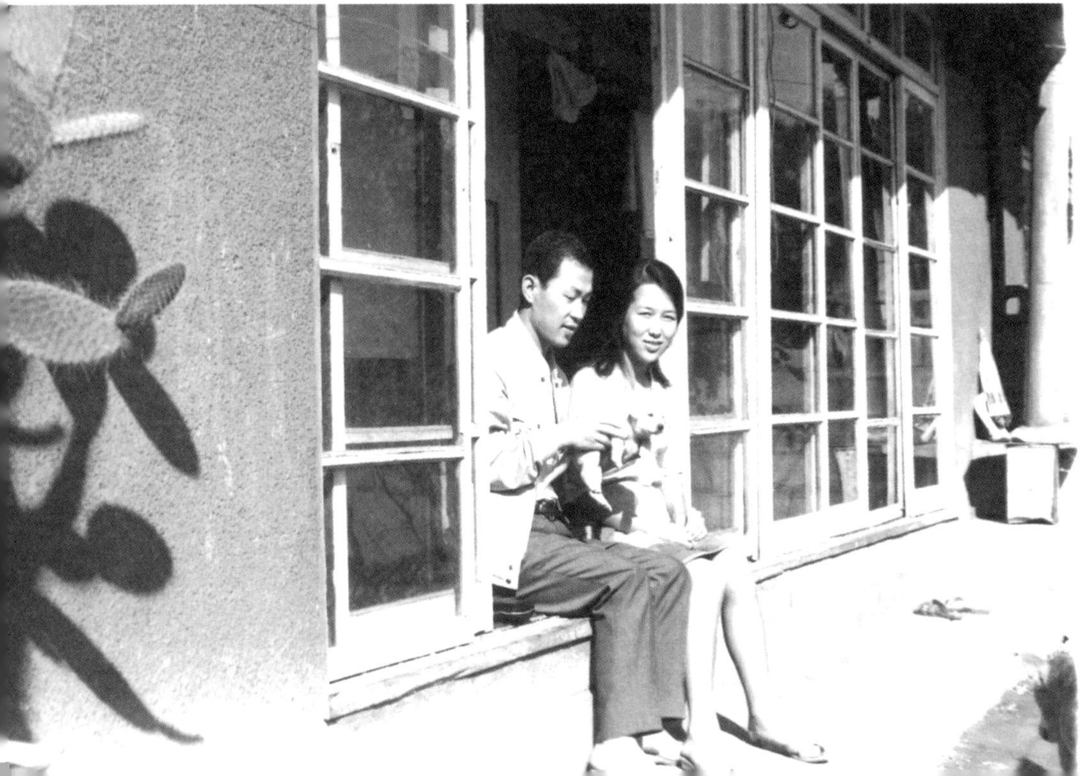

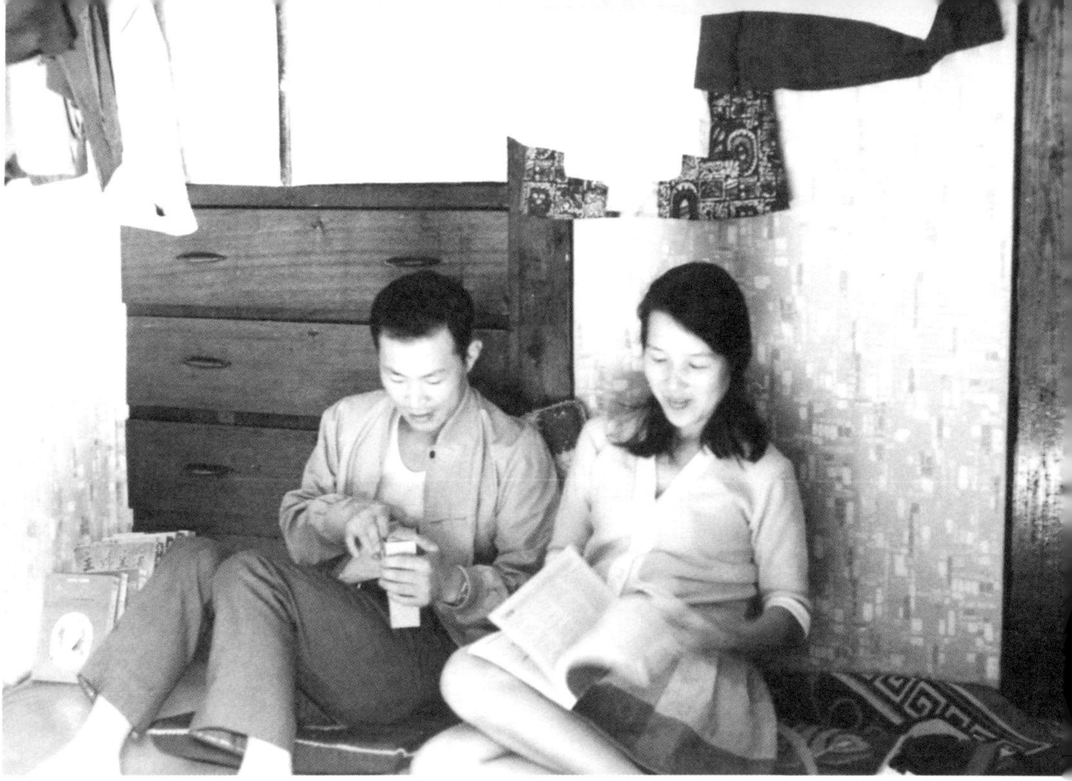

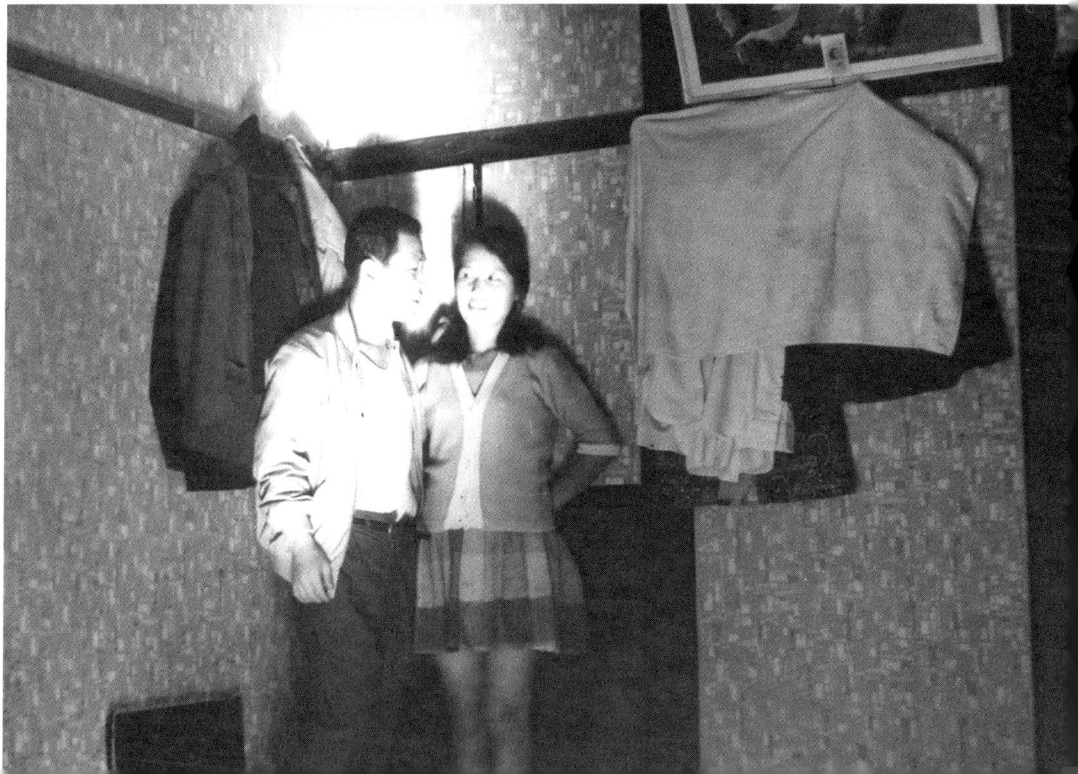

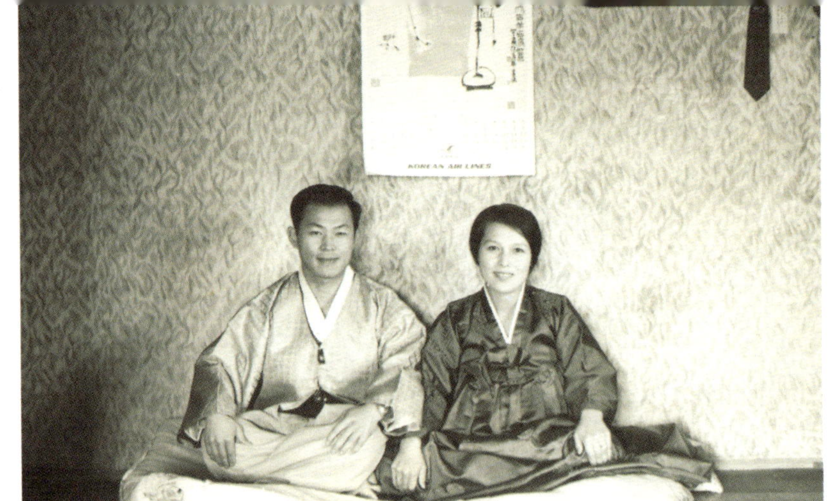

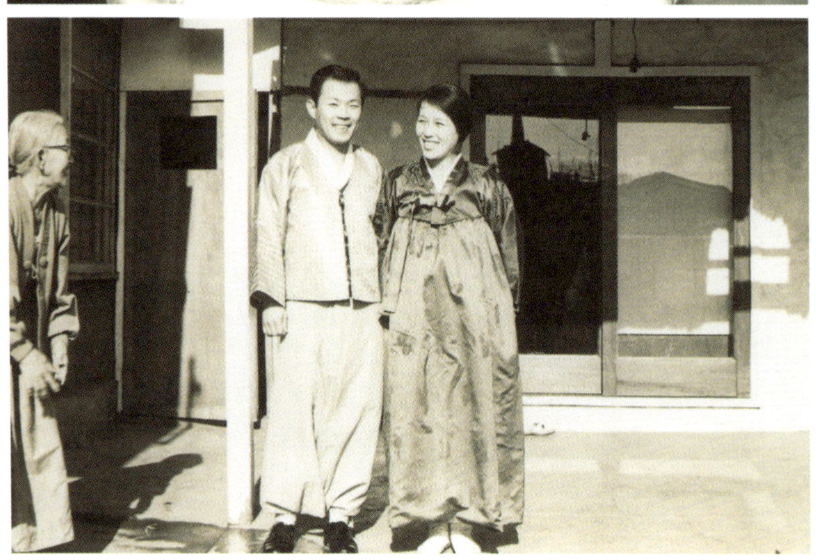

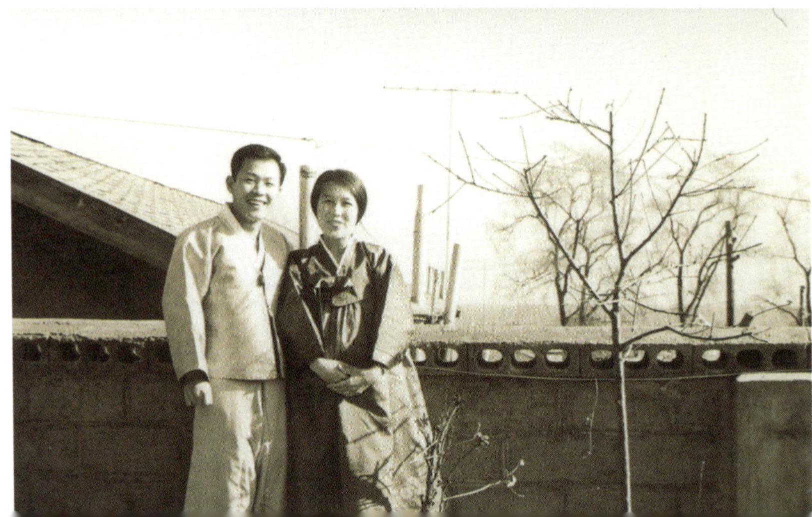

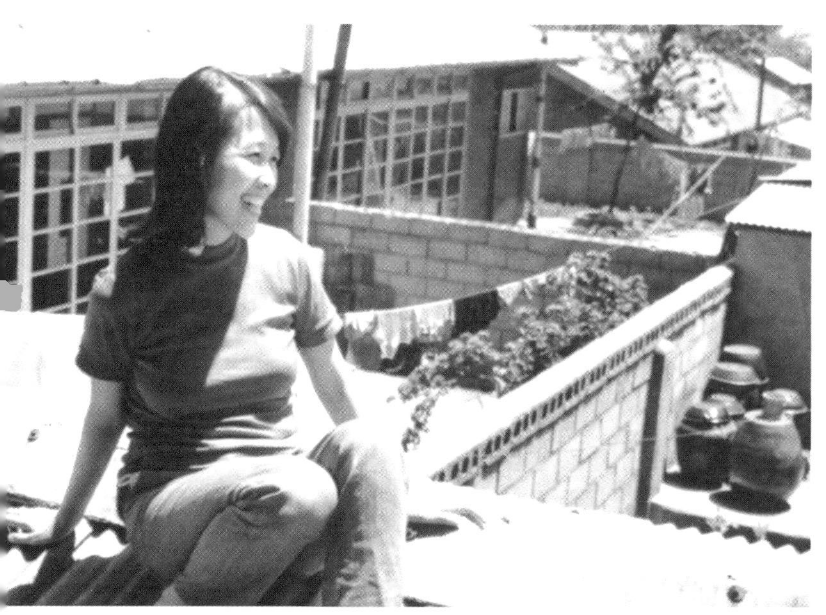
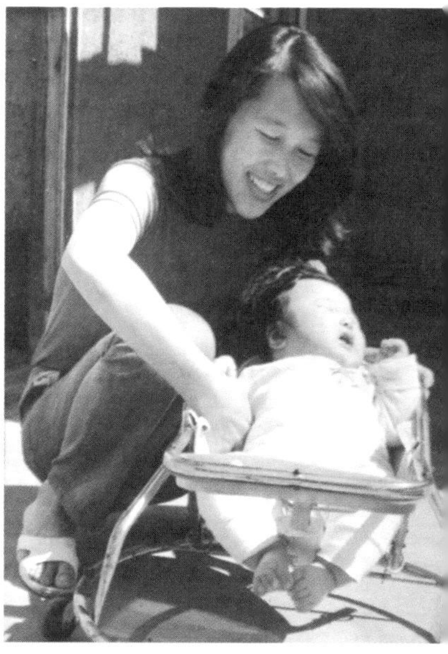
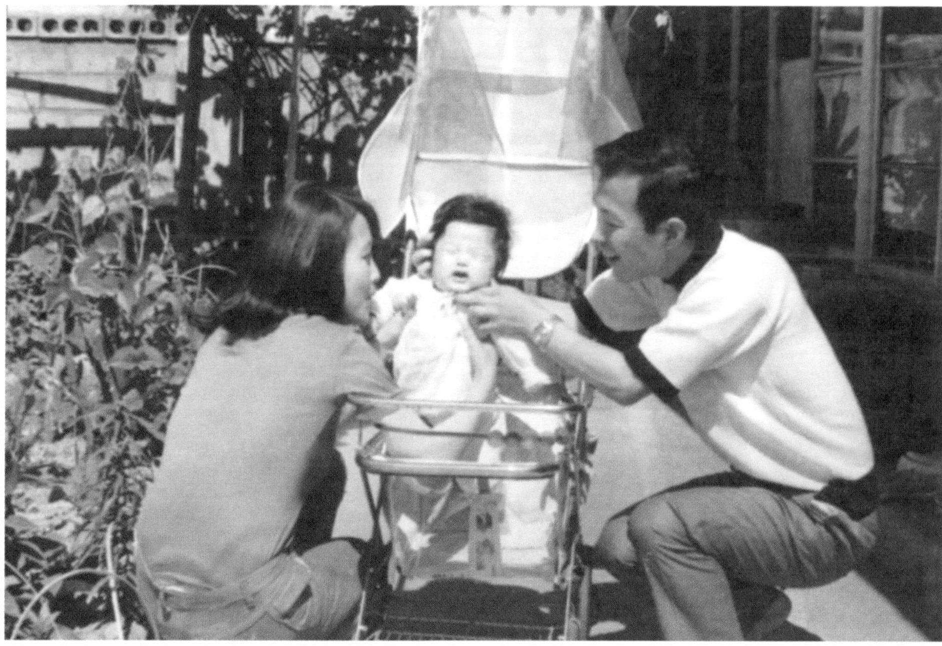

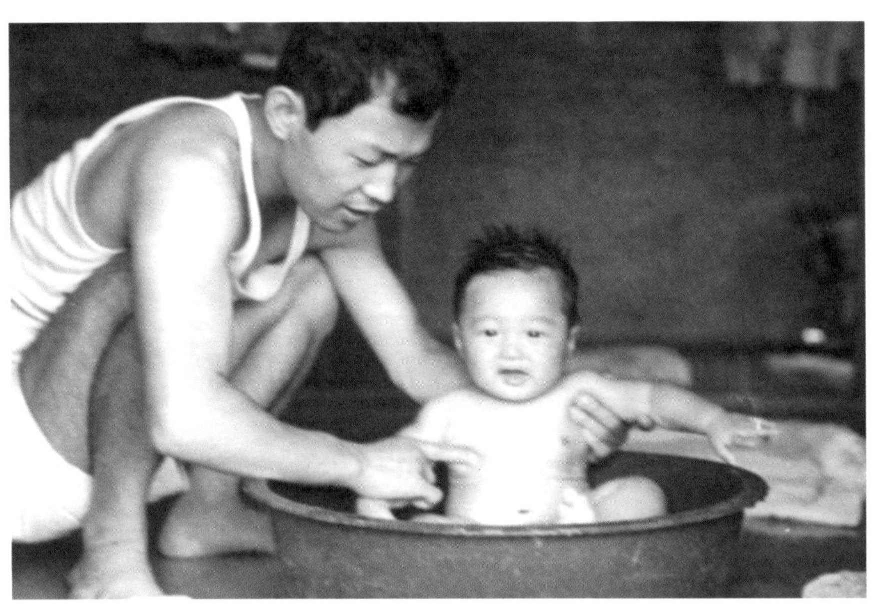

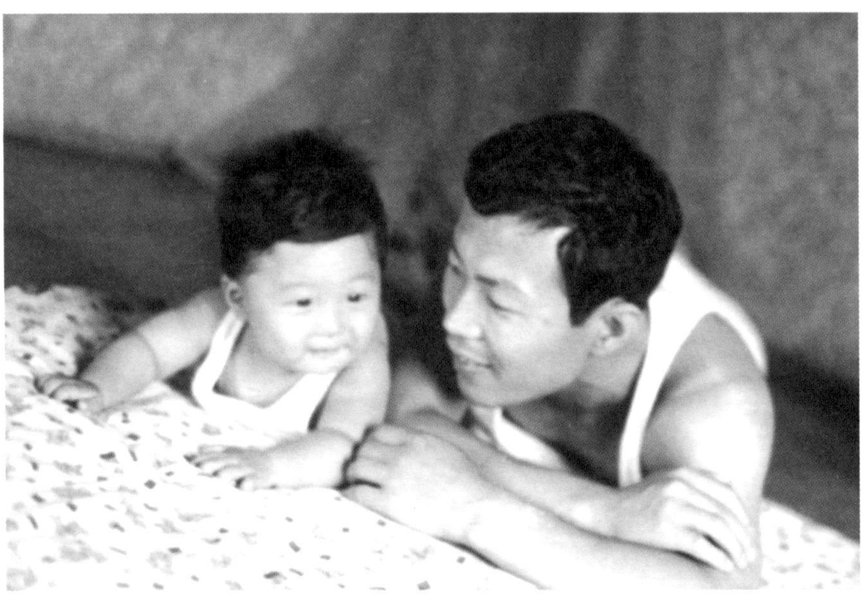

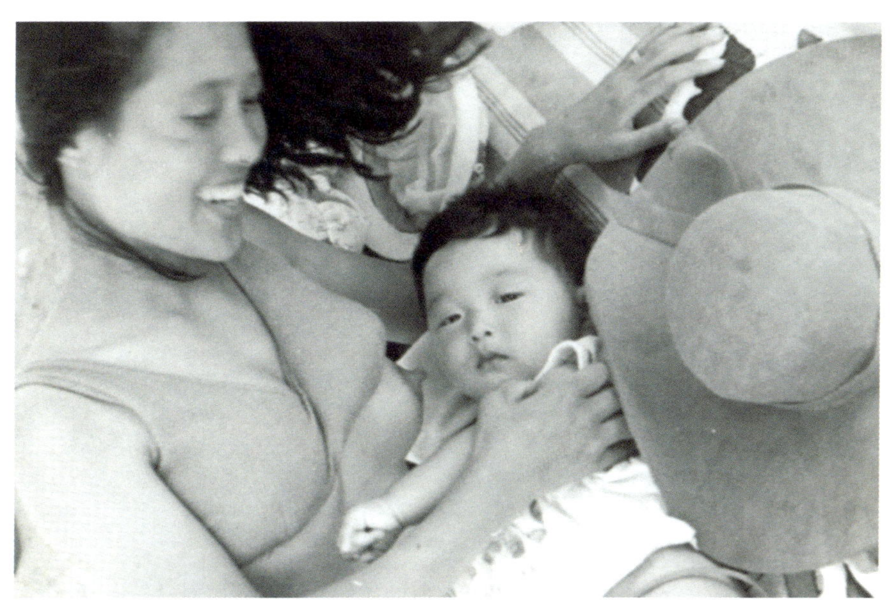

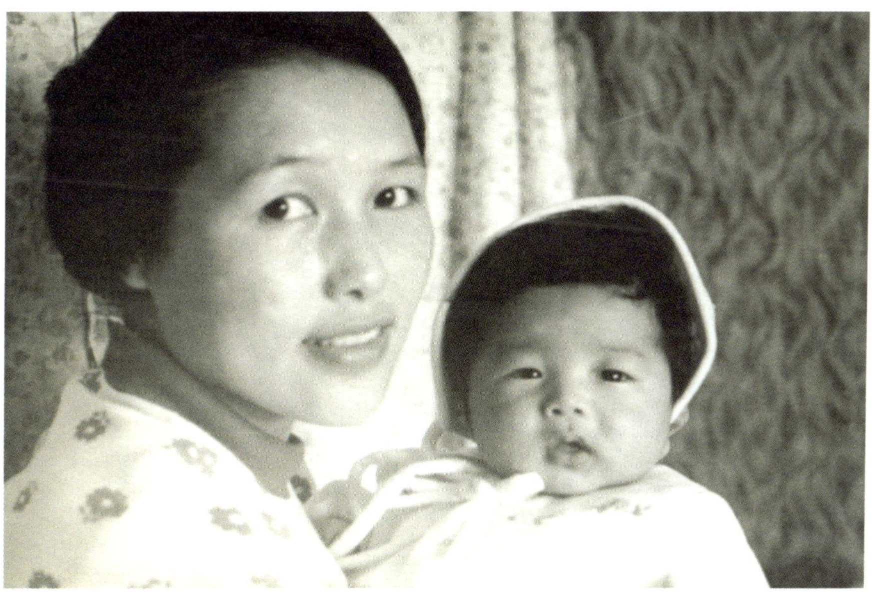

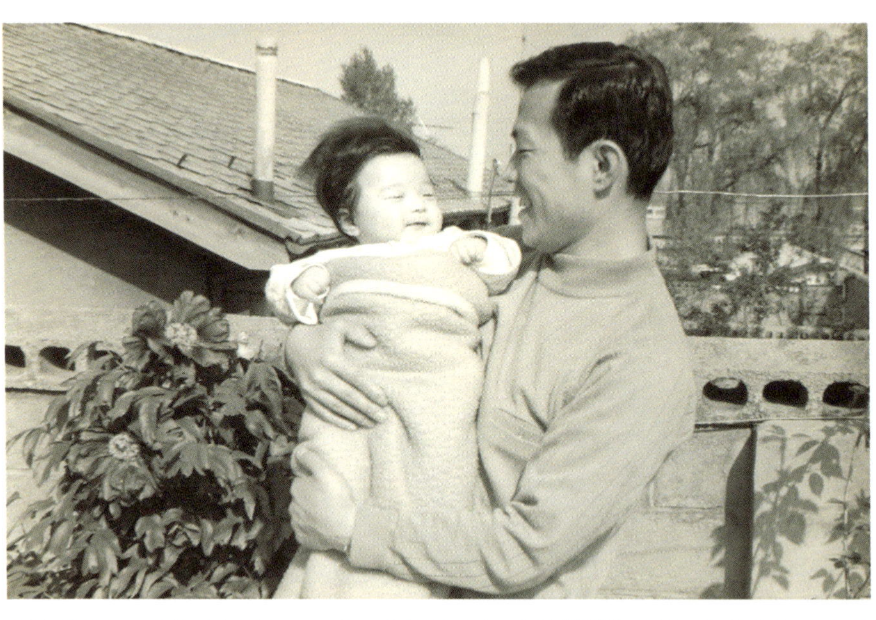

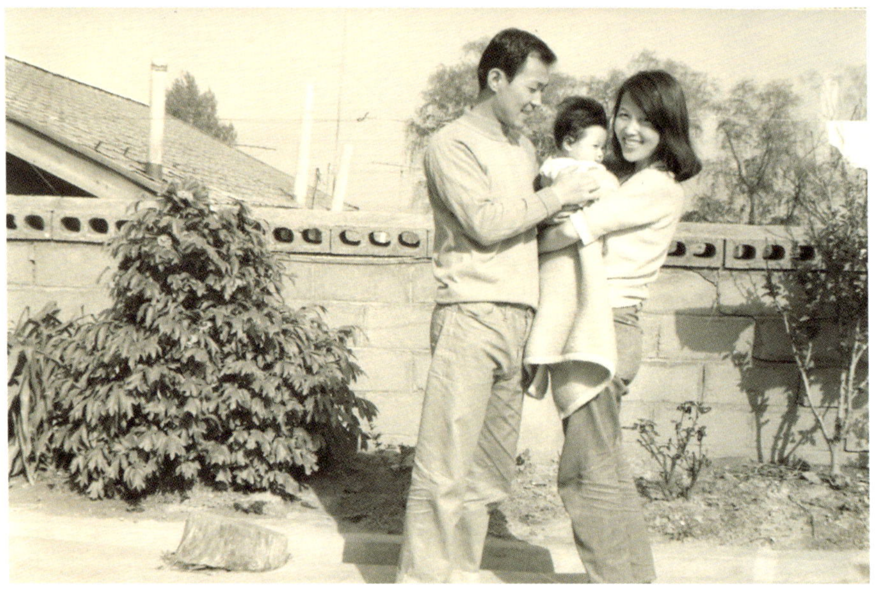

어린 시절, 큰오빠의 존재감은 대단했다. 한 달 기념, 두 달 기념, 산 정상에서, 사찰에서, 너른 들판에서, 바닷가 모래사장에서, 동물원에서, 공원에서, 유원지에서, 테니스장에서……. 침을 질질 흘리는 큰오빠를 안고 좋아하는 아빠 엄마의 사진이 수두룩하다.

묵호 집 마당에서 큰오빠를 담요에 감싸 안은 아빠 엄마가 사진기 앞에 섰다. 그런데 한껏 고양된 젊은 부부의 후줄근한 바지! 갓난쟁이를 안고 어르며, 온종일 집안은 함박웃음 꽃이 피어났다. 아빠는 크나큰 기쁨의 순간을 포착하느라 삼각스탠드와 사진기를 들고 이리저리 무척 바빴다.

2월 5일, 묵호 집에서 4.5kg 거구의 큰오빠가 탄생하였다! 아빠의 탄신일도 2월 5일이고, 아빠와 엄마가 스케이트장에서 만난 운명의 그날도 2월 5일이다. 각기 다른 유형의 예상치 못한 삼사라(Samsara: 윤회)가 기가 막히게도 이 한날 이루어졌다. 2월 5일을 계기로 이생에서 해결해야 할 많은 숙제가 주어졌다. 2월 5일! 보이지 않는 질긴 끈으로 우리 가족을 단단히 연결해준 참으로 묘하고도 묘한 날이다.

구산동 집

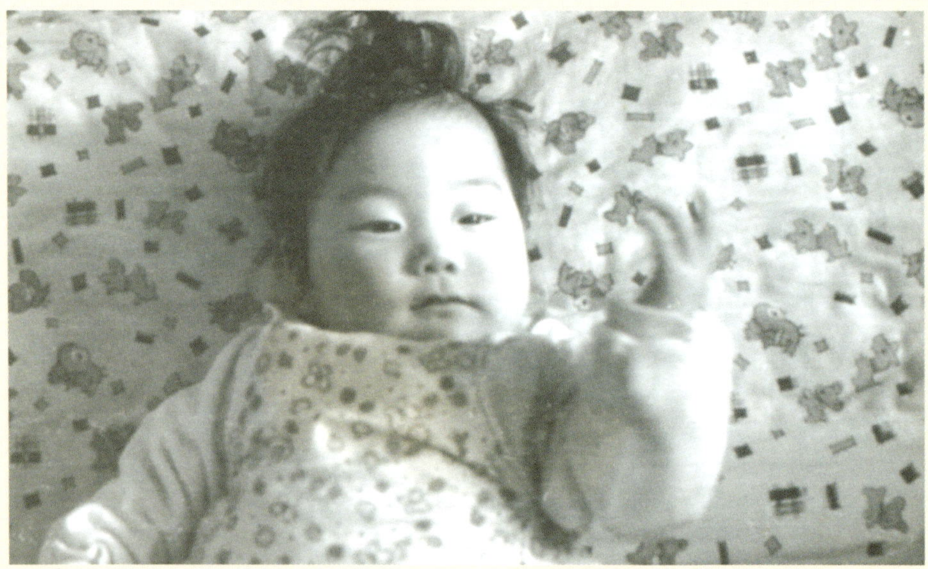

조산

작은오빠가 태어났다. 조산이었다. 외할머니의 말씀에 의하면, 그 당시 인큐베이터 안에 들어가 있던 작은오빠는 성인 한 주먹 크기도 안 될 만큼 작은 이상한 생물체 같았다고 했다. 눈도 못 뜨고 팔다리가 온몸에 달라붙어 있는 아이를 의사는 장담할 수 없다며 말끝을 흐렸다. 외할머니는 용감하게 인큐베이터 뚜껑을 여셨다! 그리고 도무지 못 살 것 같다는 아이를 집으로 데리고 와서 지극정성으로 보살피셨다. 외할머니는 붙어 있는 손가락과 발가락, 팔, 다리 등을 조심스럽게 떼어내며 매일매일 기름으로 작은오빠의 온몸을 닦아내셨다.

이상한 생물체는 서서히 인간의 모습을 갖추어 나갔다. 하지만 세상은 결코 만만한 곳이 아니었다. 작은오빠는 수영장에서 맨땅에 다이빙을 하고도 살아남았고, 거대한 식당 유리문을 통과하여 온몸에 유리조각들을 뒤집어쓰고도 살아남았다. 이제 한숨 돌리나 했더니, 목에 칼을 들이대고 위협하는 강도한테 인질로 붙잡혔다가 겨우 풀려나 목숨을 부지했다. 작은오빠는 이제 쌍둥이 아빠가 되었다. 믿어지는가? 한 주먹도 안 되는 이상한 생물체가 수많은 고난을 헤치고 인간으로 거듭나 쌍둥이 아빠가 되었다니!

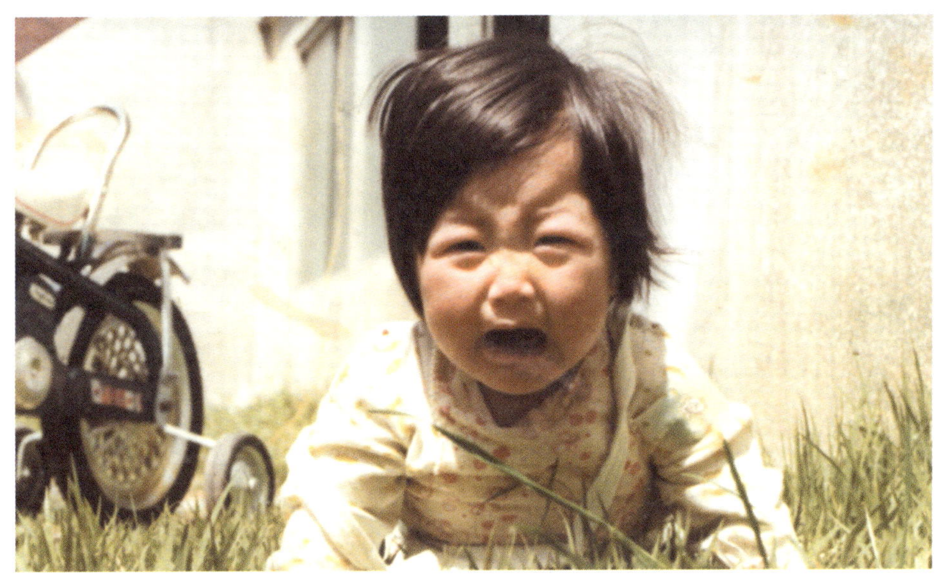

진주가 아니야

와! 딸? 딸이 태어났다고? 그런데 너무 못생겼다! 딸이라는 소식에 허겁지겁 달려온 아빠는 적잖이 실망을 하셨다.

'흠, 이거 상당히 심각하구만. 그래도 크면서 나아지겠지. 어디 보자, 그래도 딸이 태어났으니 세상에서 제일 예쁜 이름을 지어줘야지!'

좋은 이름을 고르기 위한 치밀한 감정 및 평가 작업이 시작되었다. 하지만 성이 '안' 씨이다 보니, 좋은 이름을 붙이면 붙일수록 자꾸 성이 걸림돌이 되는 것이다. 이어 세기에 남을 사상 최대의 네임(Name) 경매가 시작되었다. 경매에 참가한 사람들은 숨 가쁘게 패들(Paddle)을 들어 올렸다. 열띤 시선이 오가고 조심스럽게 마지막 패들이 고개를 내미는 순간, 탕 탕 탕! 해머가 낙찰됨을 알렸다. 아빠는 참 '진', 구슬 '주', 말 그대로 '진짜 진주' 라는 이름이 낙찰되었음을 공표하셨다. 아빠가 고심하여 지어주신 이름이 한때는 아이들 사이에 놀림거리가 되기도 하였다. 가짜 진주! 넌 진주가 아니야! 이미테이션! 짓궂은 아이들은 내 뒤통수에 대고 마음대로 지껄이며 소란을 떨었다. 세상 사람들이여! 주목하라! 가짜 진주가 태어났다!

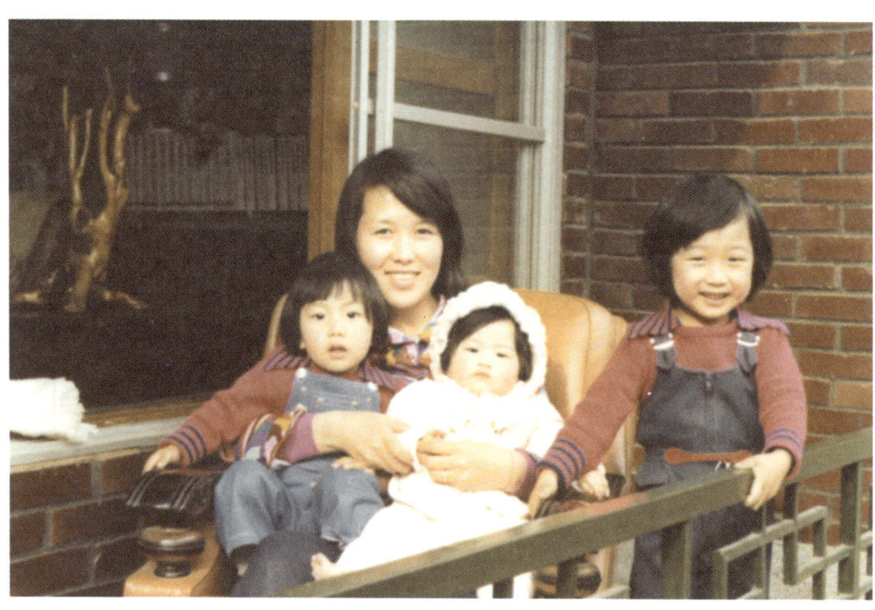

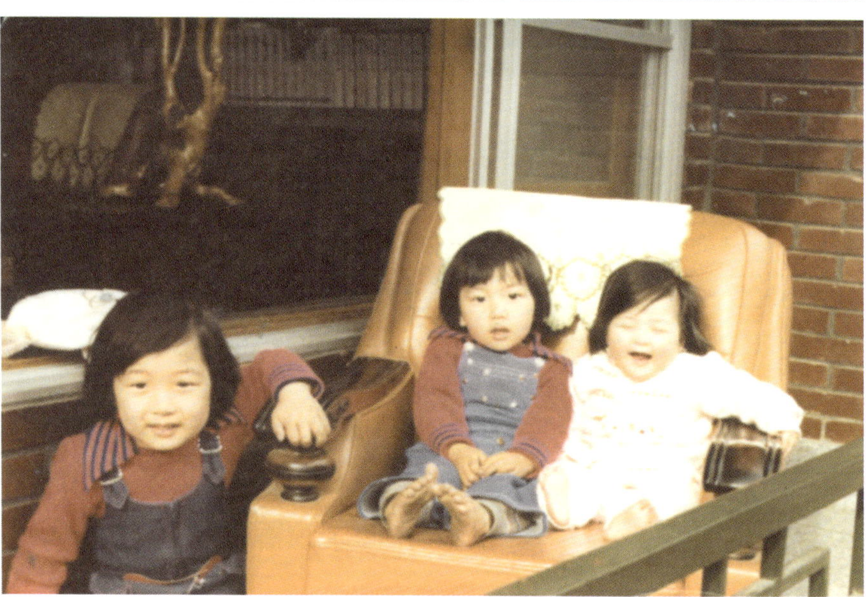

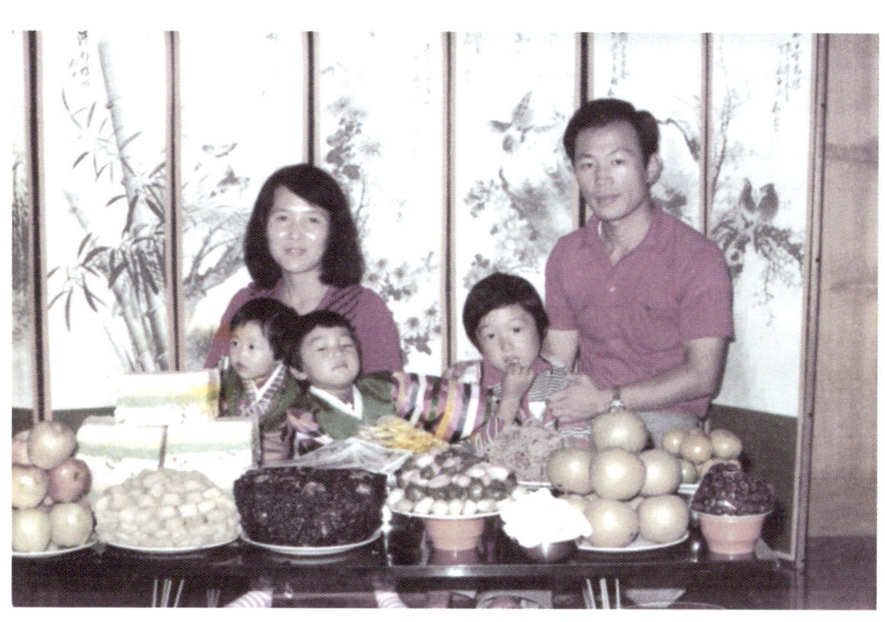

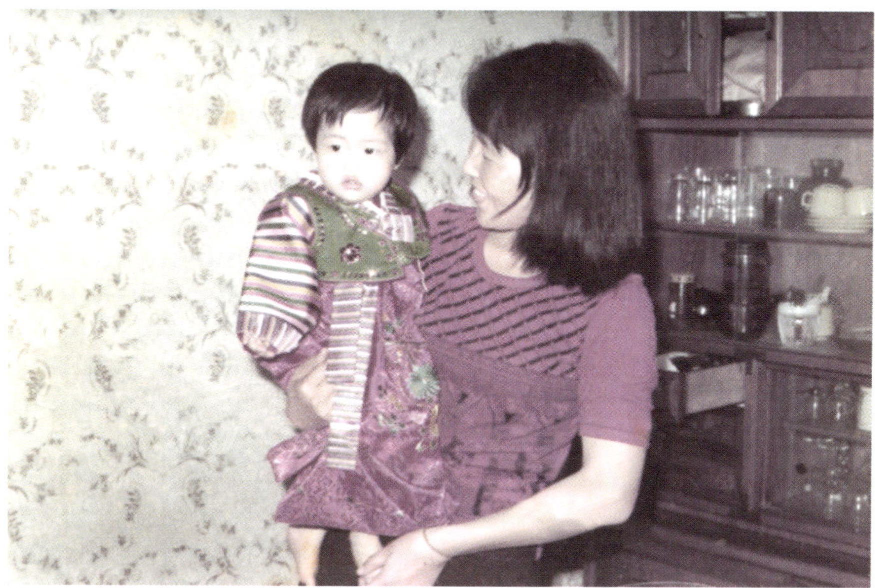

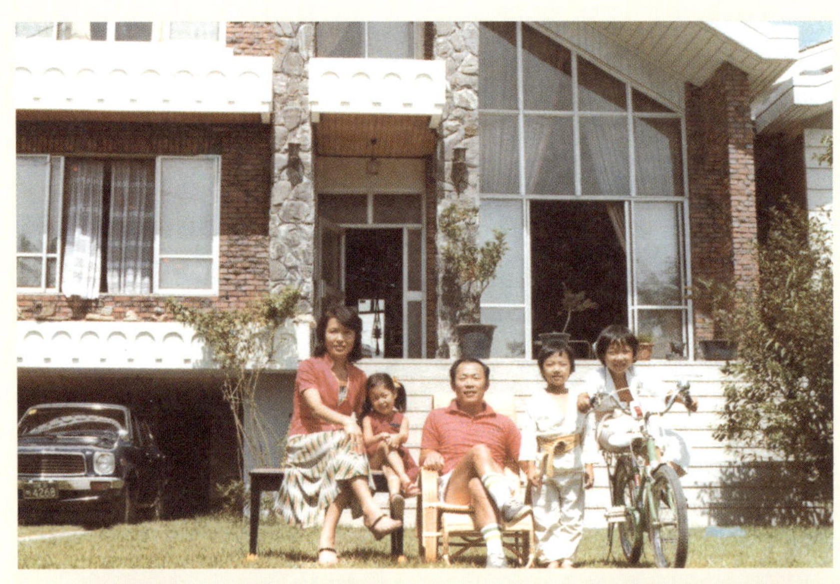

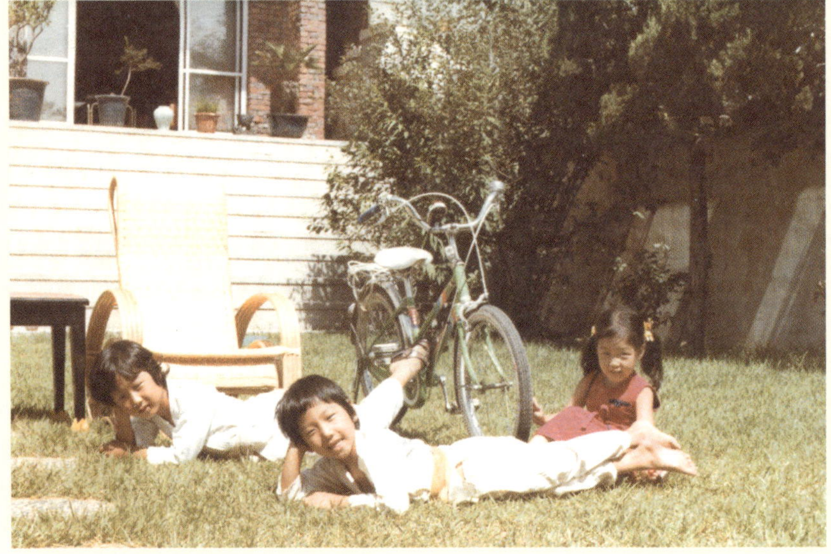

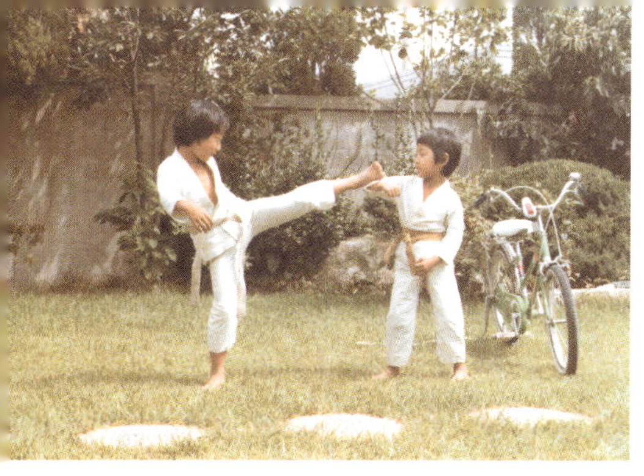

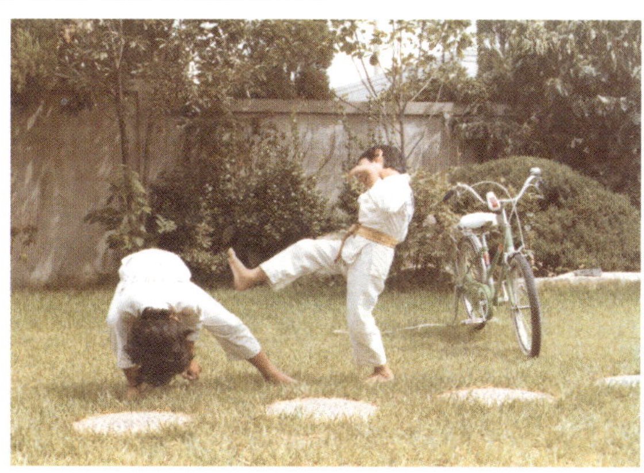

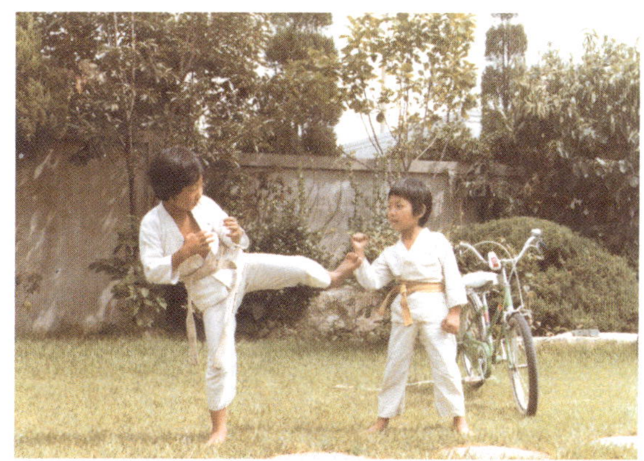

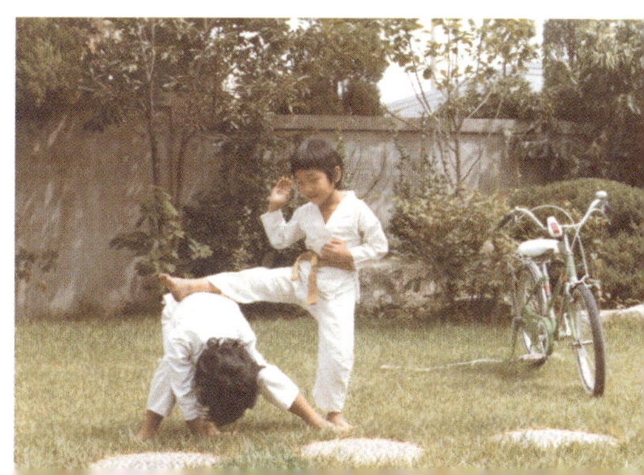

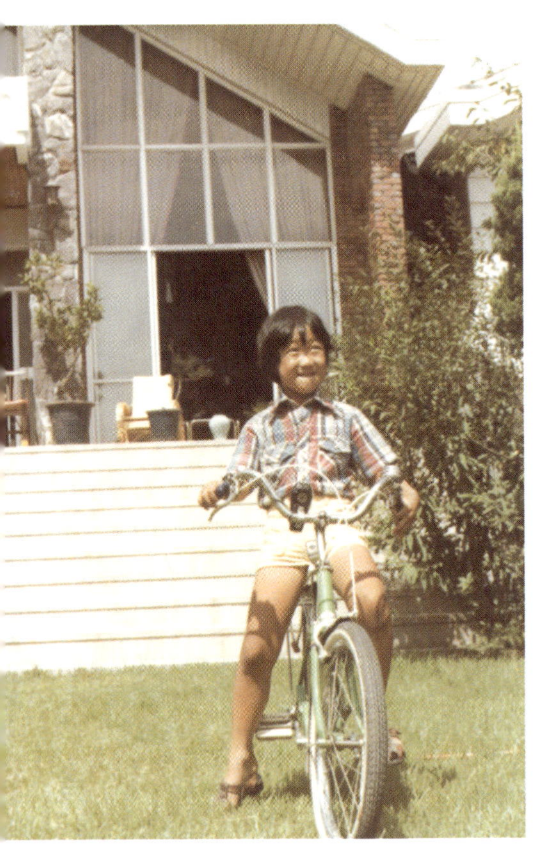

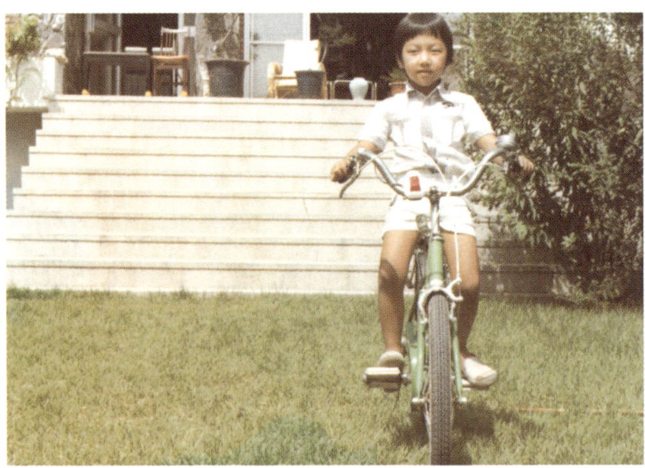

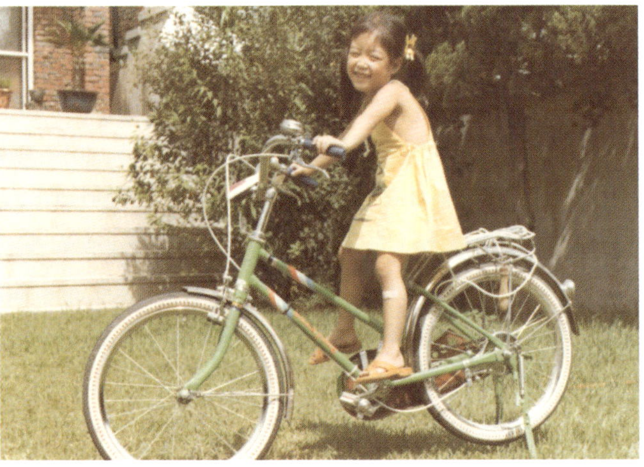

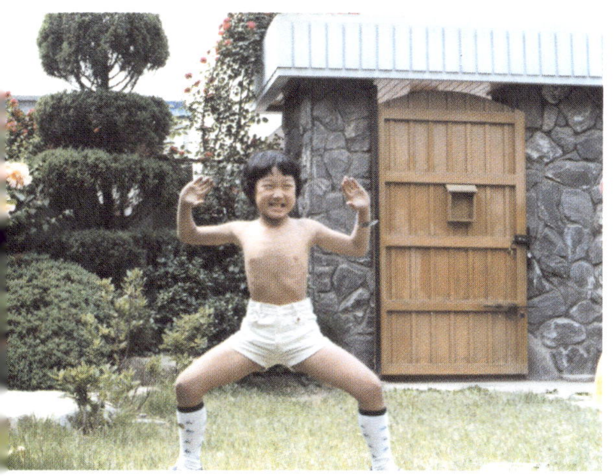

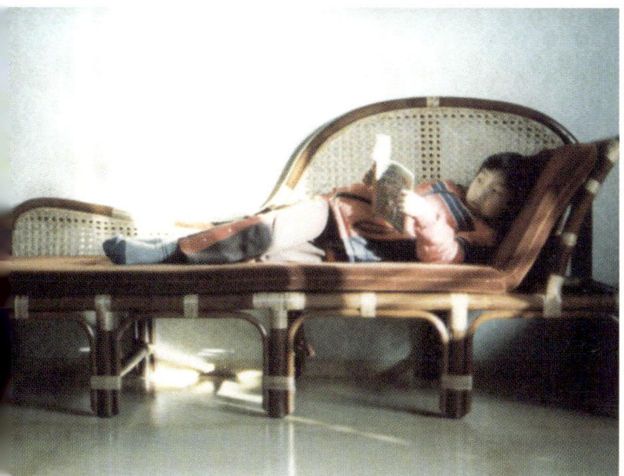

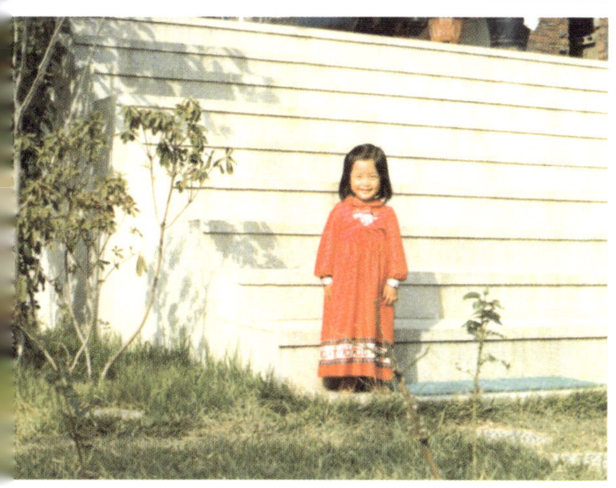

막내의 추락

빨간 장미넝쿨이 집 주변을 가득히 둘러싼 역촌동 집은 말썽꾸러기들의 웃음소리와 소란이 끊이지 않았던 곳이다. 집 주변을 촘촘히 둘러싼 장미넝쿨이 새빨간 꽃을 피워 올릴 때면, 진한 장미향이 사방에 진동했다. 그 향기는 정말 깊고 진했는데, 나는 장미향에 취해 킁킁거리며 몽유병자처럼 마당을 돌아다니곤 했다.

먼 곳에서 손님이 찾아와 집안이 북적거리던 어느 날이었다. 나는 장미향을 타고 날 수 있다고 생각했던지, 마당의 높은 난간에서 추락하였다. 집안은 발칵 뒤집혔다. 아빠 엄마는 시멘트 바닥 깊숙이 얼굴을 파묻고 엎어져 있던 나를 안고 정신없이 병원 응급실로 향했다.(그때의 충격으로 내 코는 무척 납작해졌다.) 그러나 나는 진한 장미향을 타고 온몸이 공중에 붕 떠있었던 아련한 기분만 기억이 날 뿐이다.

나는 얼굴 한쪽이 일그러져 반신불수가 될 뻔했지만, 다행히도 한 고비를 넘겼다. 놀란 가슴을 쓸어내리던 때가 언제였냐는 듯, 또다시 집 주변을 둘러싼 장미넝쿨에 화려한 빨간 장미꽃이 눈부시게 만개하였다. 진한 장미향이 사방에 진동하기 시작했다.

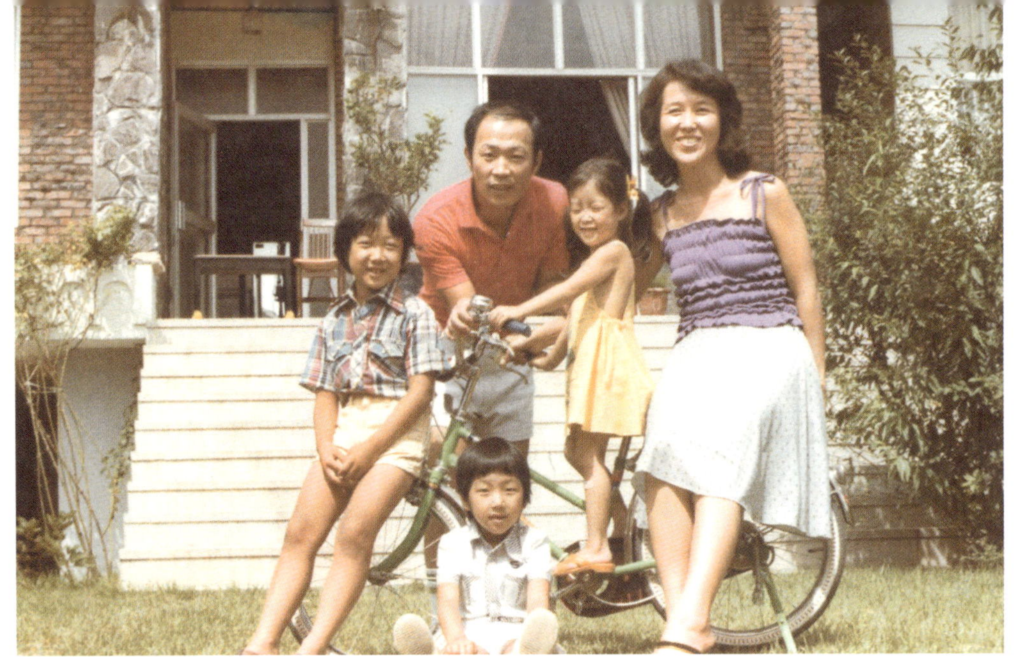

커튼가게와 가발공장

역촌동 집에 사는 동안 아빠와 엄마는 부업으로 커튼가게와 가발공장을 운영하셨다. 하지만 아빠의 본업을 포기할 정도로 큰 성과가 있었던 건 아니었다.

집 안을 장식할 커튼을 놓고, 패브릭 디자이너로 변신한 엄마의 총지휘가 시작되었다. 거실의 큰 창은 자연스럽게 주름이 잡히는 안정감이 있고 질리지 않는 단색 커튼을 늘어뜨렸다. 장미넝쿨과 맞닿은 안방 창문에는 탐스러운 장미꽃이 만발한 우아한 커튼이 달렸다. 우리 가족은 사계절 내내 지지 않는 장미축제를 만끽할 수 있었다. 부엌은 아빠가 좋아하시는 과일인 감 색깔의 커튼을 골랐다. 마지막으로 입맛을 돋우는 화사한 색감과 율동적인 문양의 커튼이 거실과 주방을 분리하며 커튼 공사는 일단락되었다. 역촌동 집은 커튼가게의 주인집답게 다양한 소재의 커튼이 근사하게 드리워졌다. 서서히 머리카락이 빠지기 시작함을 감지한 아빠는 또 하나의 부업으로 가발공장을 선택하셨다. '여차하면 가발을 써야지!' 하며 마음의 위안을 얻으셨을까? 하지만 가발공장을 운영하는 동안, 집안 어디에서도 가발은 구경도 못했다. 당시에는 아빠 엄마가 부업은 물론이고, 자린고비 정신이 투철했던 시절이기도 하였다. 엄마는 늘 청바지 하나로 지내셨다. 그리고 아주 알뜰하게 살림을 꾸리셨다.

마당

우리 가족은 언제나 마당
에서 즐겁게 지냈다. 주말
이면 집 안에 있던 등나무
의자와 피아노 의자를 마
당으로 가지고 나왔다. 테
니스 실력이 수준급인 아
빠는 피아노 의자 다리 밑
에 테니스공으로 덮개를
만드셨다. 피아노 의자는
고탄력의 검정 스타킹을
신은 미끈한 다리에, 샛노
란 레몬 껍질 같은 양말을
뒤집어썼다. 검은색과 노
란색의 선명한 보색대비,
윤이 나는 피아노 다리와
까슬까슬한 테니스공의
반대되는 재질은 볼 때마
다 기분을 좋게 만들었다.

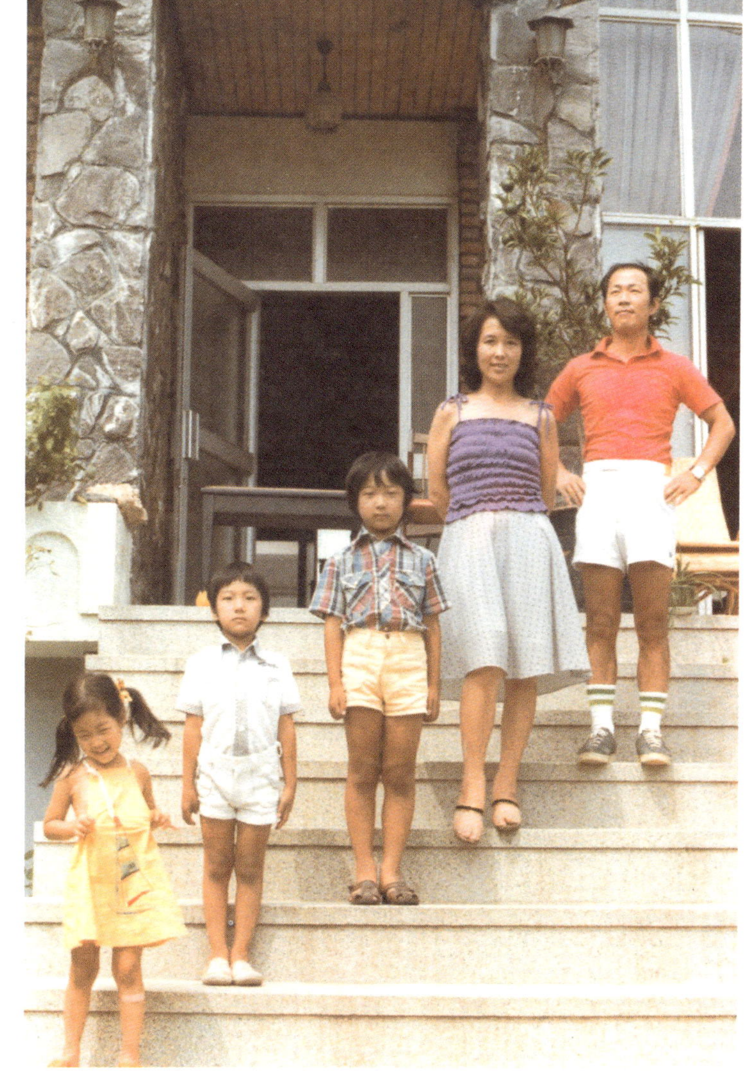

우리의 듬직한 카메라맨인 아빠는 어김없이 삼각스탠드와 사진기를 마당 한가운데 놓았다. 천방
지축 삼 남매는 삼각스탠드 주변을 꽥꽥 소리를 지르며 정신없이 뛰어다녔다. 아이들이 다소 지
쳐 잠잠해질 때면, 온 가족이 한데 모여 사진을 찍었다. 아빠는 영화감독처럼 한 사람 한 사람에게
미션을 주며 적절한 위치를 지정해 주셨다. 우리는 주의를 기울여 각자 맡은 배역을 충실히 이행
해야만 했다.

"액션!"

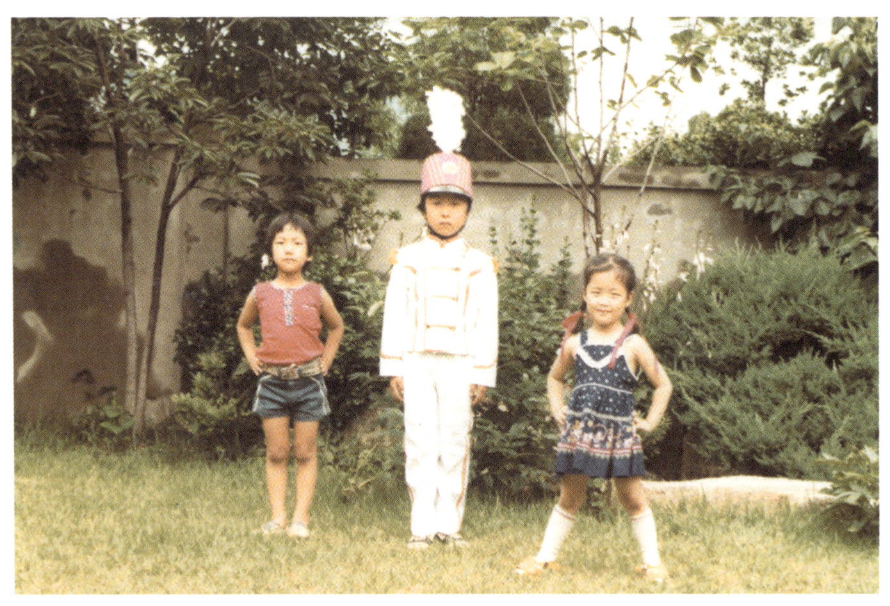

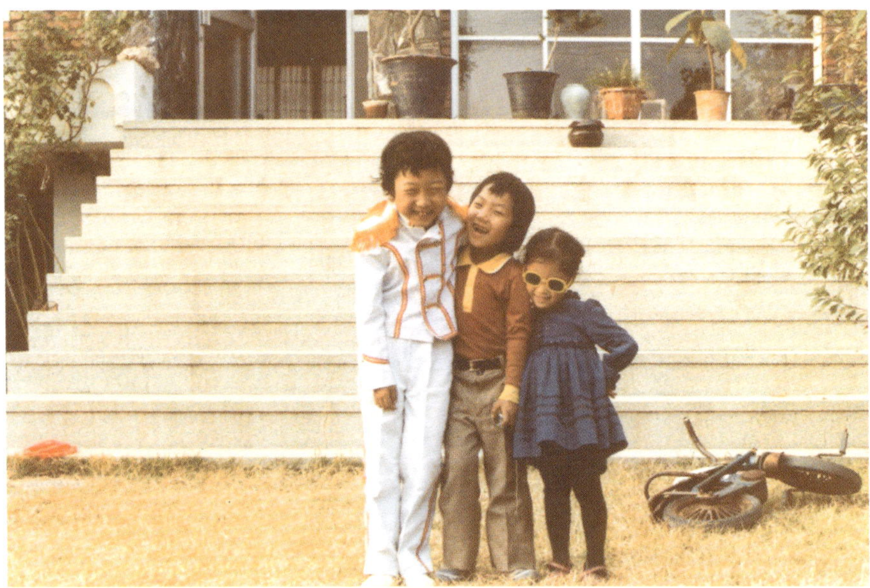

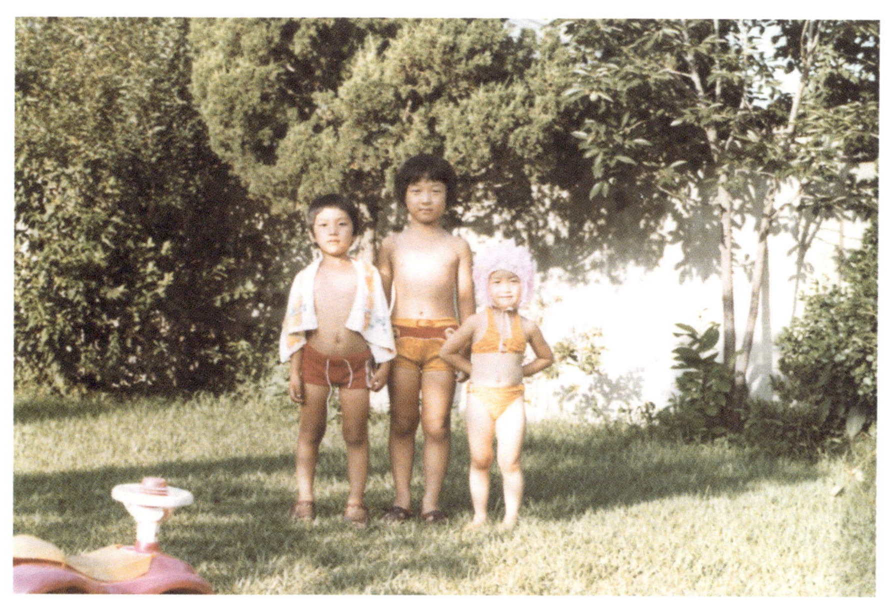

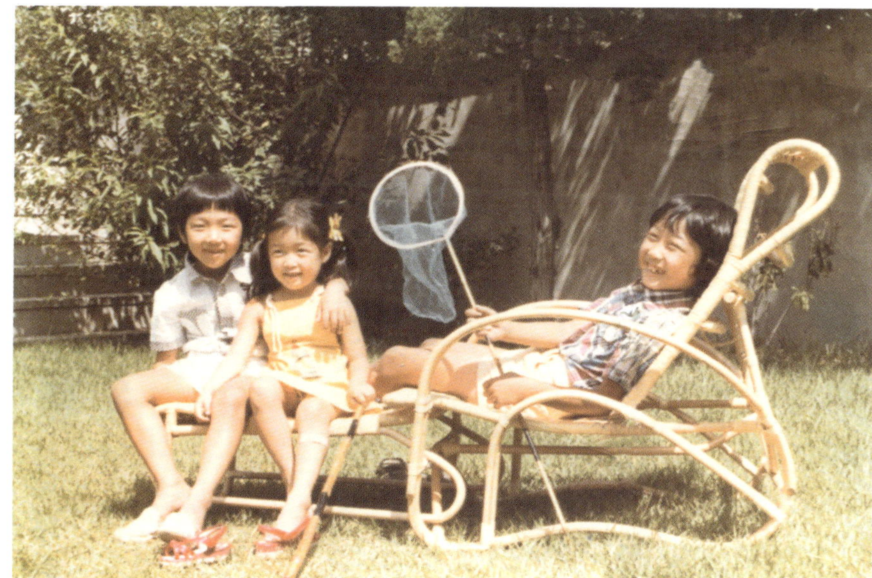

*삼 남매는 마당에서 바쁜 하루를 보냈다. 그리고 해가 질 때가 되어서야 꾀죄죄한 얼굴을 하고 집안으로 슬금슬금 기어들어왔다.

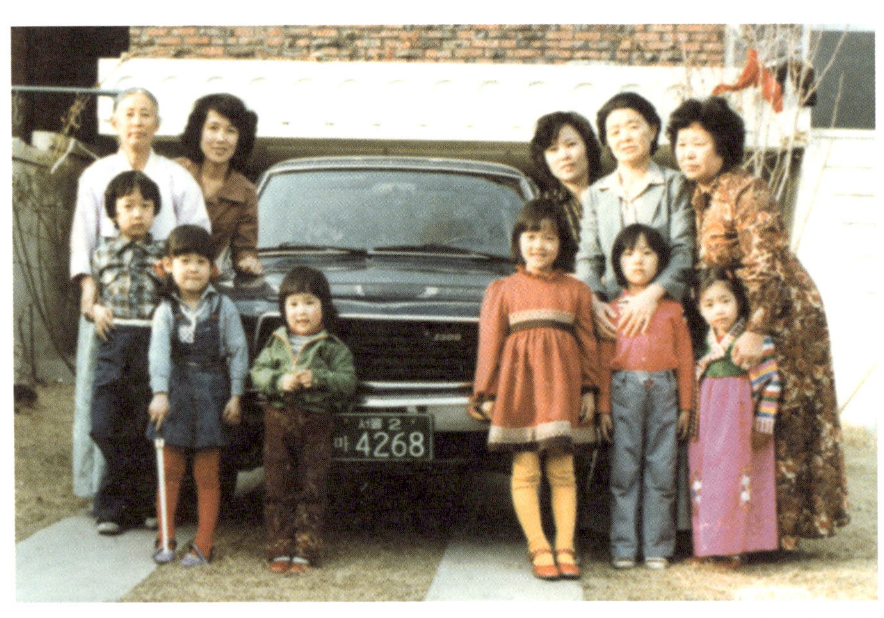

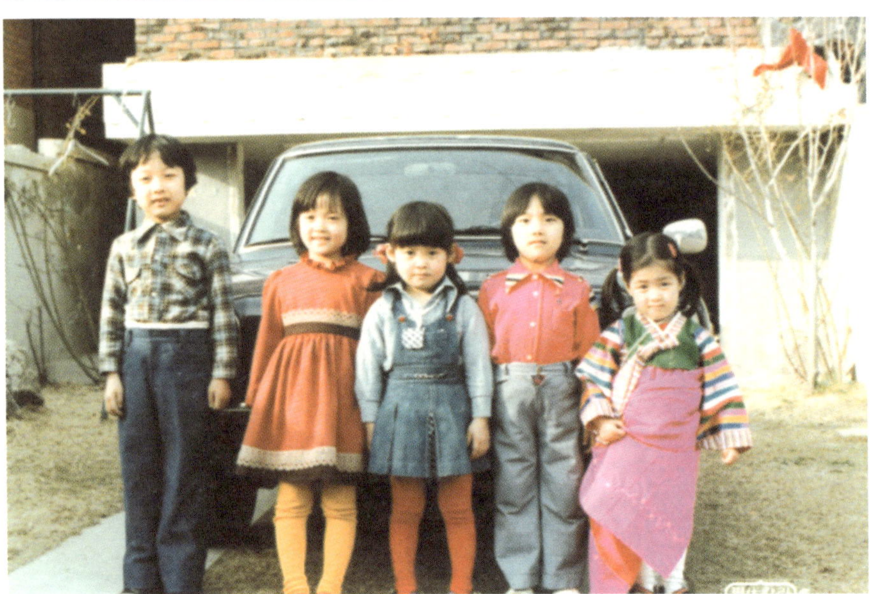

브리사(Brisa) 1300

마당의 작은 차고는 당시 우리 집 자가용이었던 '브리사(Brisa) 1300' 모델의 안락한 보금자리였다. 와! 역촌동 집 차고에는 70년대를 풍미했던 추억의 자동차 브리사가 주차되어 있었던 것이다. 브리사는 라틴어로 '산들바람' 이라는 뜻이다. 나는 시적인 느낌이 물씬 나는 이름에 홀딱 반해버렸다. 브리사를 애용하는 동안, 우리 가족은 산들바람을 타고 바람같이 이곳저곳을 돌아다녔다.

브리사는 기아 자동차가 출시한 최초의 승용차다. 지금까지도 브리사의 가치는 중요하게 평가된다. 985cc 62마력의 국산 엔진을 얹어, 모든 부품을 수입에만 의존하던 국내 자동차 시장에 새로운 지평을 열었기 때문이다. 1974년에 생산된 브리사 1000의 후속 모델인 브리사 1300은, 더욱 강력한 엔진과 성능 좋은 헤드램프로 변경해 1977년 새롭게 출시되었다. 내구성과 연비가 좋은 브리사는 국산화에 성공한 애국 차로 급부상하였다. 또한 1차 석유파동으로 잔뜩 움츠러든 사람들에게 경제적인 차로 인식되면서, 국민차 브리사 시대를 맞이하였다. 이제 그 고풍스러운 모습은 자동차 박물관에 가야만 볼 수 있게 되었다.

외가 식구들이 놀러 왔다. 엄마와 우리 삼 남매는 외할머니, 외숙모, 그리고 사촌들과 함께 브리사 앞에서 사진을 찍었다. 마침 집에 계셨던 돌아가신 친할머니의 모습도 보인다. 나는 추억의 브리사 앞에서 입을 꾹 다물고, 한 손으로 펄럭거리는 한복 치마를 꽉 움켜쥐었다.

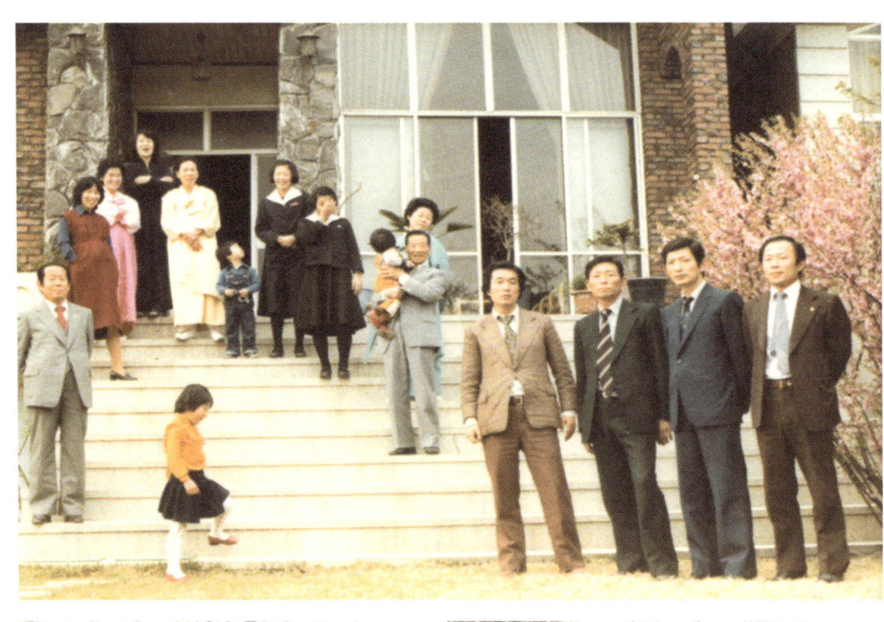

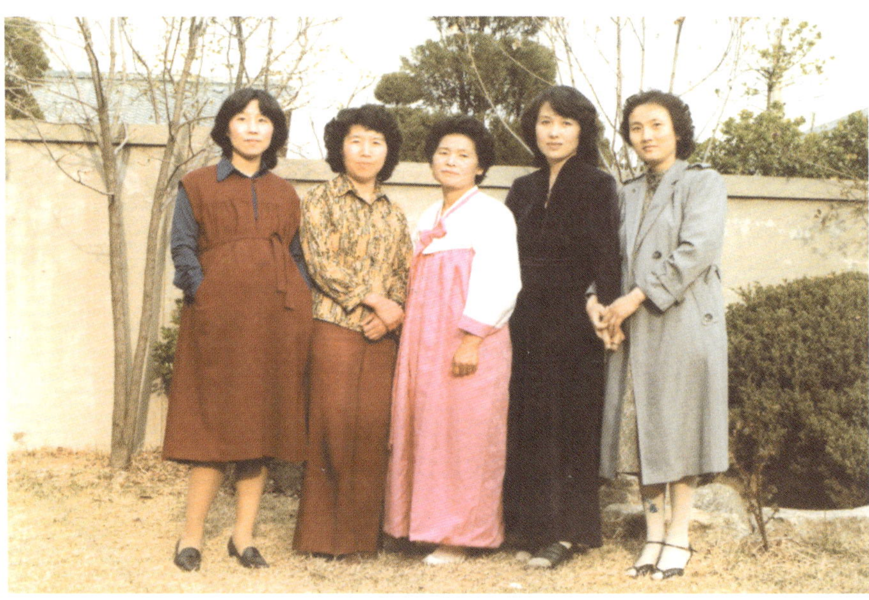

아빠의 형제들과 며느리들

친할머니의 회갑잔치가 우리 집에서 열렸다. 때마침 친할머니는 역촌동 집에 머무르고 계셨고, 할머니의 생신날 온 가족을 집으로 초대하였다. 사진에 일렬로 늘어선 아빠 형제들의 모습이 무척 재미나다. 순서는 조금 바뀌었지만, 왼쪽부터 둘째 큰아버지, 지금은 돌아가신 큰아버지, 작은아버지, 그리고 삼각스탠드 위의 사진기에 타이머를 누르고 급히 작은아버지 옆으로 돌아오셨을 아빠. 이렇게 4명의 형제가 꽃나무가 활짝 핀 마당에서 포즈를 취했다.

자신들의 취향에 따라 양복 색깔도, 넥타이의 색깔도, 문양도 각각 다르다. 둘째 큰아버지는 구불거리는 머리카락을 자연스럽게 흩날리도록 그냥 내버려 두셨다. 양복의 상의와 하의가 색상이 다르고, 넥타이도 현란한 문양으로 자유로운 예술가적인 느낌이 든다. 실제로 둘째 큰아버지는 최근에 색소폰 연주자가 되셨다. 큰아버지는 아무나 소화하기 어려운 쑥색 양복에 사선 모양의 엄숙하고 강렬한 느낌의 줄무늬 넥타이로 포인트를 줬다. 그 옛날 족보를 펴서 가문의 내력을 가르쳐 주셨던 큰아버지의 모습이 눈앞에 선하다. 작은아버지는 숱이 많은 머리에 포마드를 바르고 정갈하게 빗어 올렸다. 마지막으로 짙은 원두커피 향이 우러나올 듯 갈색 양복의 우리 아빠!

'안' 씨 가문의 며느리들이 우리 집 마당의 담벼락에 일렬로 늘어섰다. 왼쪽부터 작은엄마, 둘째 큰엄마, 큰엄마, 그리고 우리 엄마.(엄마 옆에 숙모가 끼어들었다.) 나는 가운데 한복을 곱게 차려입으신 큰 엄마를 언급하지 않을 수가 없다. 큰엄마는 우리 가족의 모든 것들을 생생하게 기억하는 산 증인이시다. 오랫동안 친할머니를 모셨고, 아직 이 세상에서 할 일이 많았던 큰아버지를 먼저 떠나보냈다. 아들이 없어 마음고생이 심했던 큰엄마는, 한동안 소식이 끊겼던 큰아버지가 어디선가 데려온 사내아이들을 군소리 없이 아들로 인정해야 했다. 팍팍한 세월을 힘겹게 버텨 낸 인고의 세월 때문일까? 큰엄마는 혼이 담긴 파김치를 만드셨다. 친할머니와 큰아버지가 돌아가신 뒤로는 예전과 달리 큰 집에 갈 일이 뜸해졌다. 그러나 큰엄마는 올해도 어김없이 혼이 담긴 파김치를 보내주셨다.

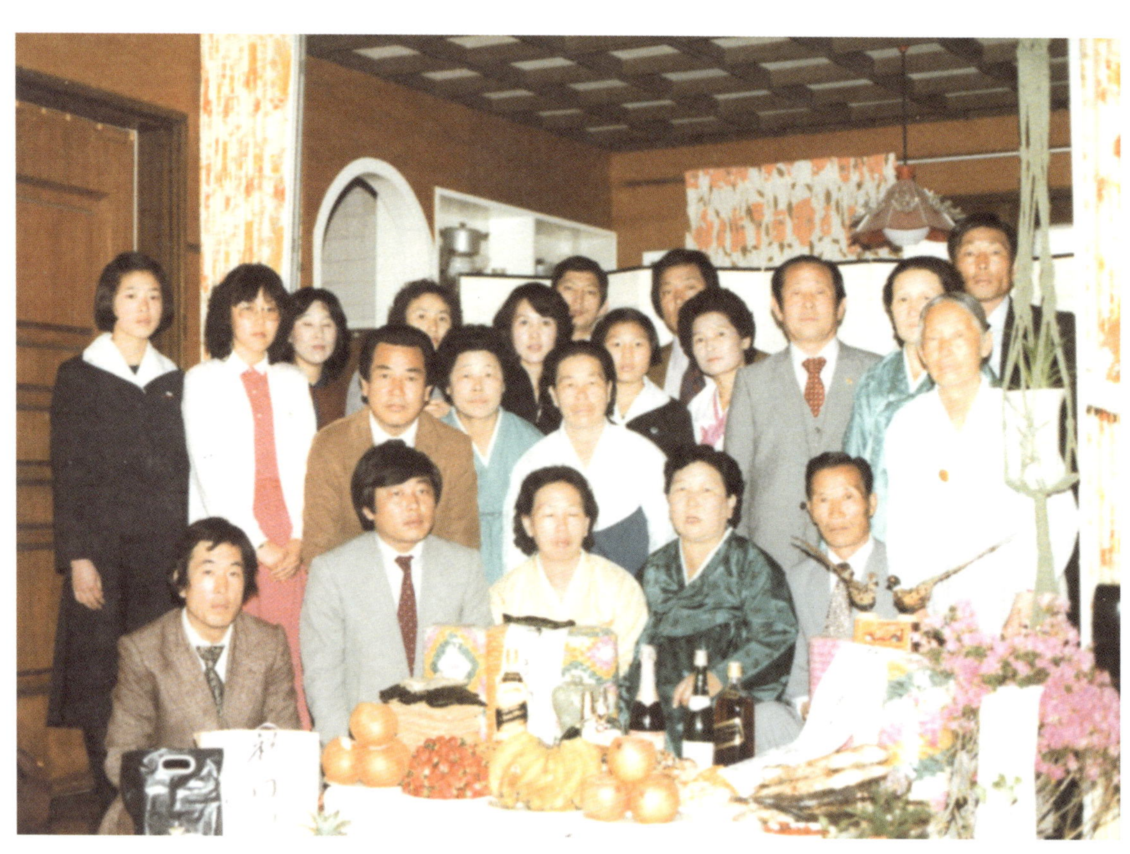

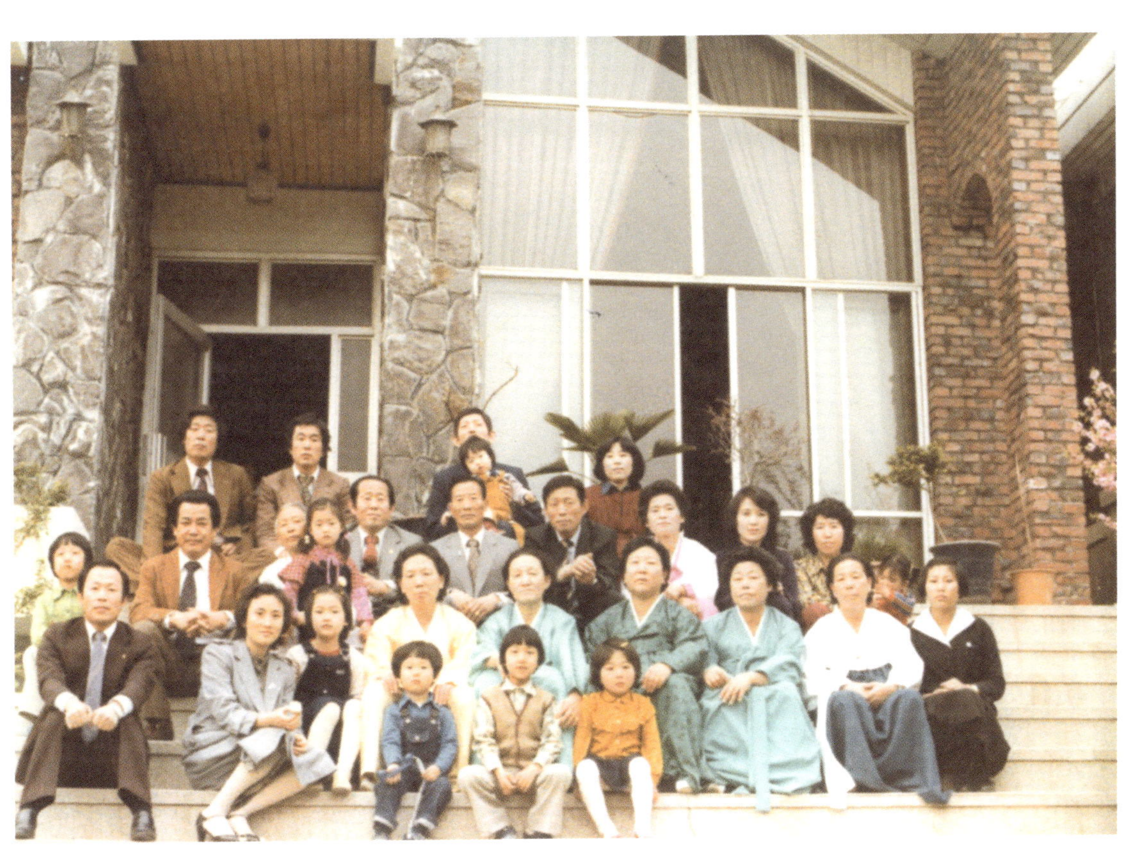

현대빌라 C동 2호

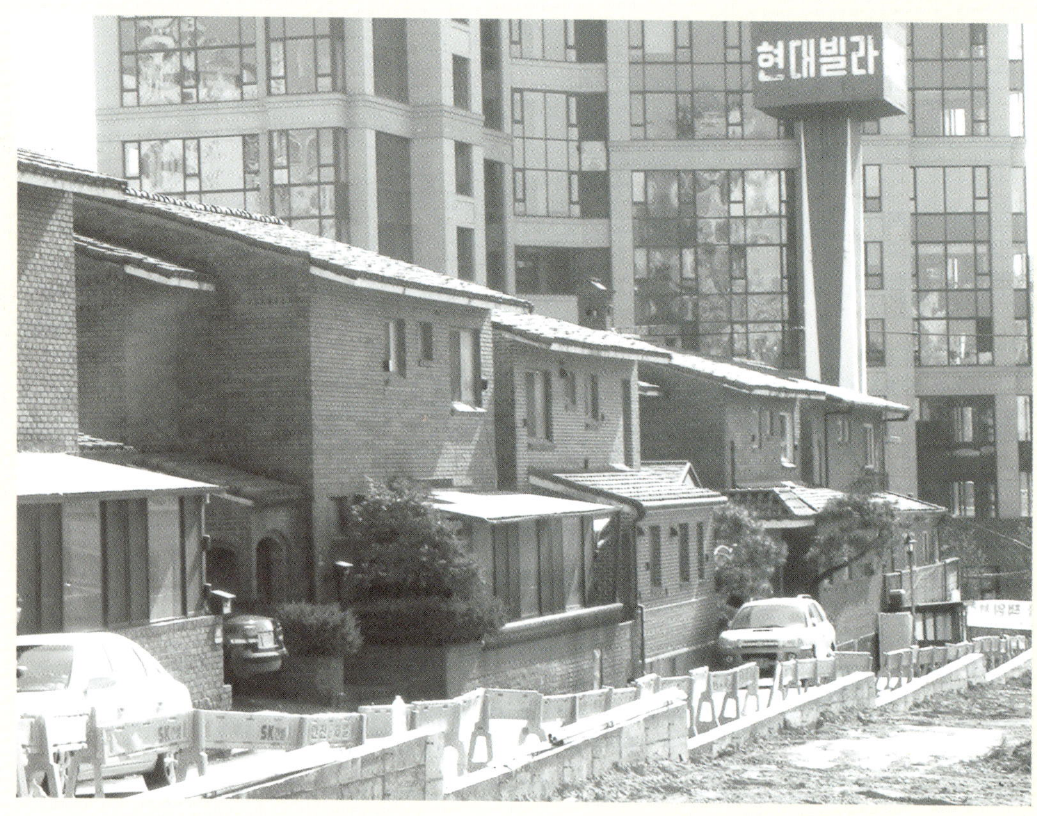

현대빌라

이곳은 20년 넘게 우리 가족의 주요한 성장 과정이 고스란히 녹아있는 곳이다. 가장 오래 머문 곳이다 보니 지금도 집안 곳곳이 손에 잡힐 듯 눈에 선하다. 수많은 일이 있었고, 무척 정도 많이 들었다.

현대빌라는 기존의 집들과는 달리 옆집과 벽이 없어, 신선한 발상의 주거지로 주목받았던 곳이다. 집을 둘러싼 붉은 포도주 빛깔의 벽돌은 잘 숙성된 부케 향이 물씬 풍겼다. 빌라이긴 하지만 단독주택으로 지어졌고, 2층 집으로 보이지만 지하실까지 포함하고 있어, 알고 보면 속이 알찬 3층 집이다. 처음 이 동네에 이사를 왔을 때는 집 주변에 아무것도 없었다. 동네는 그저 빌라단지를 중심으로 나지막한 산과 들, 그리고 널따란 허허벌판으로 둘러싸여 있었다. 저녁을 먹고 아빠 엄마와 슬슬 산책할 때면, 조용하고 아늑한 동네가 그렇게 좋을 수가 없었다.

아무 건물도 없었던 동네에 아담한 예식장이 하나 들어섰다. 그리고 예식장 옆쪽으로 이상한 이름의 호텔이 들어섰다. 이름은 아미가(Amiga) 호텔. 우리 가족은 '아미가 호텔' 을 '아가미 호텔'로 잘못 불렀고, 그 이후로도 계속 그렇게 불렀다.

아늑하고 조용했던 동네가 시간이 흐르면서 아주 흉하게 변해버렸다. 나지막한 주택만 있었던 고즈넉한 빌라단지는 흉물스러운 건물들에 뒤덮여 점점 움츠러들었다. 아가미를 벌룽벌룽하며 조용히 숨을 죽이고 있던 아가미 호텔도 증축을 하기 시작하였다. 이에 뒤질세라 한국 영화계의 붐을 타고 동네 주택가에 우후죽순처럼 영화사가 개업을 하였다. 그러나 한국 영화계의 거품이 빠지고 점차 쇠락의 길로 접어들자, 영화사는 모두 홀라당 망해서 나가버렸다.

동네가 이렇다 보니 결국 현대빌라도 재개발하자는 쪽으로 의견이 모였다. 그러나 집수리를 한 지 얼마 되지 않은 D동 쪽의 몇 가구가 반대를 하는 바람에 A, B동만 재개발에 들어갔고, C동과 D동은 그대로 남게 되었다.

이제 현대빌라는 기억 속으로 영영 사라졌다. 어느새 집이 다 허물어지고 내가 뛰어놀던 놀이터도 자취를 감췄다. 안전모를 쓴 건설회사 직원들과 돌무더기를 집어삼키는 굴착기만 그 주위를 맴돌고 있을 때, 이곳에서의 모든 기억과 오랜 추억들이 걷잡을 수 없이 부스러졌다. 집이 허물어진 공터에서 난 과자부스러기가 되었다.

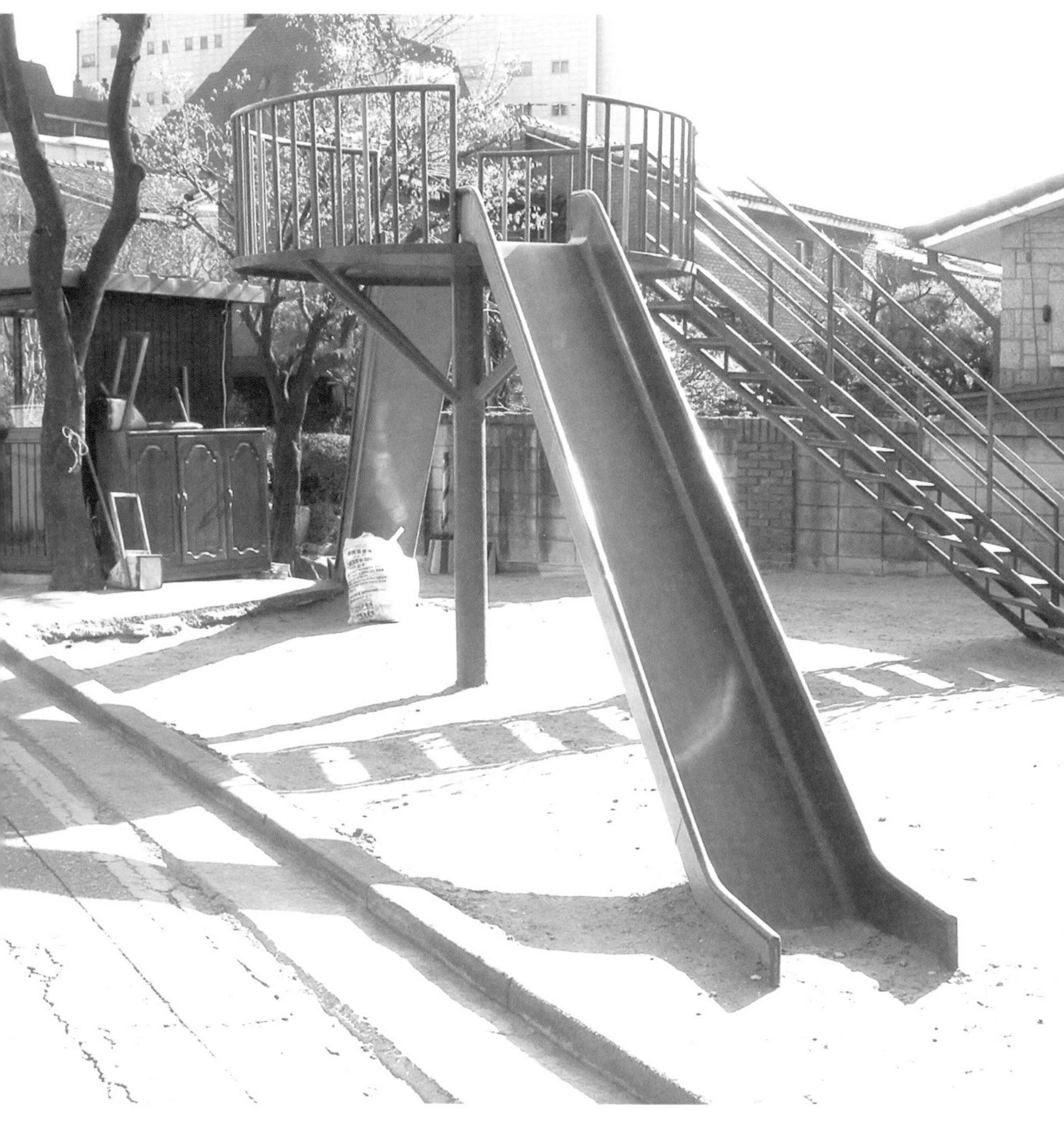

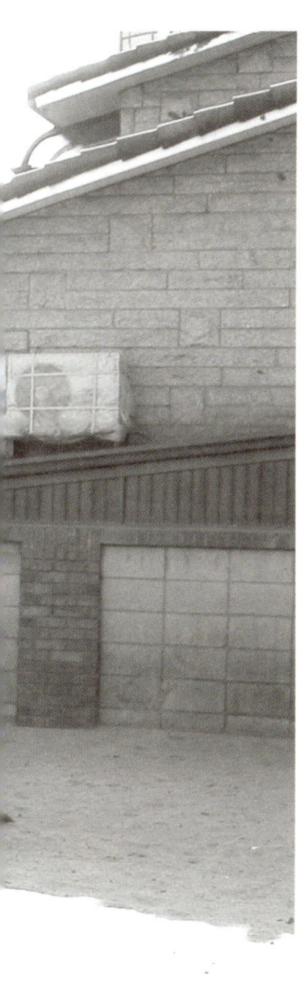

놀이터

"앗 뜨거!"

한 여름날, 동네 아이들의 해맑은 웃음을 잃어버린 무표정한 고철 덩어리는 손이 데일 만큼 뜨겁게 달구어져 있었다. 어느새 놀이터에는 타이어가 달린 그네도, 살짝 휘어진 철봉도 없어지고, 미끄럼틀만 댕그러니 남았다. 인적이 뜸한 놀이터에서 미끄럼틀은 혼자 일광욕을 하고 있었다. 자신의 그림자에 기대어 몸을 누인 채, 다가올 운명을 감지한 듯 깊은 회상에 잠겨 있었다. 미끄럼틀은 꼼꼼하게 칠해진 알록달록한 색깔이 색동저고리를 입은 듯 아주 예뻤다. 그 색깔을 재현하고 싶었는데, 아쉽게도 그 당시에 나의 사진기에는 흑백 필름이 끼워져 있었다.

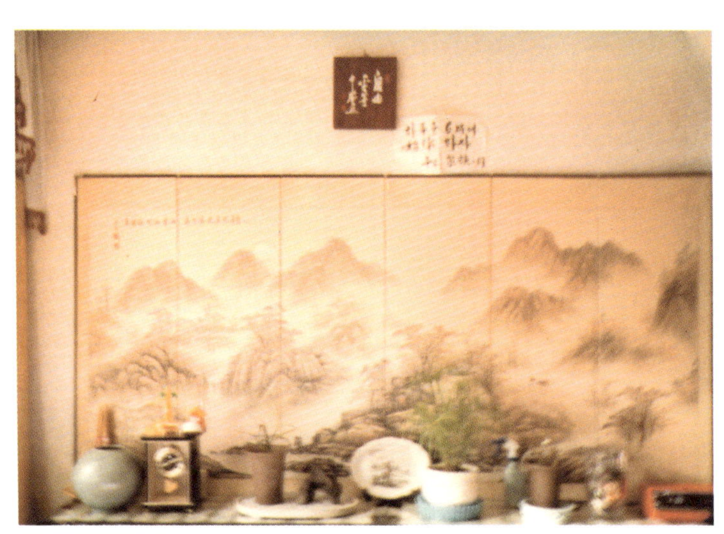

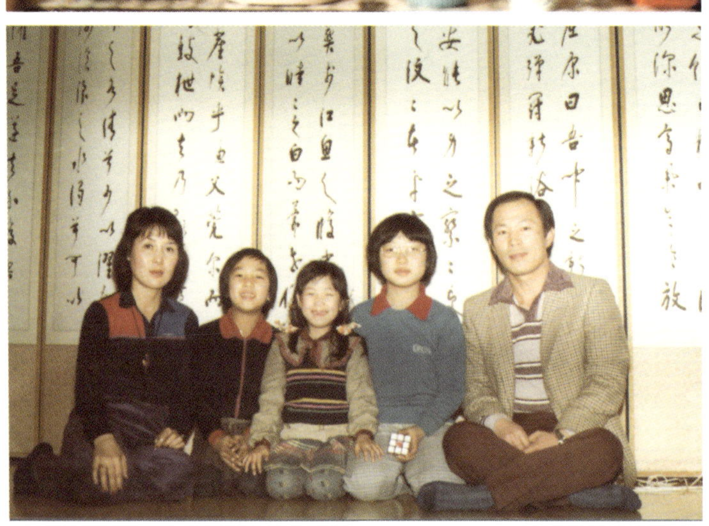

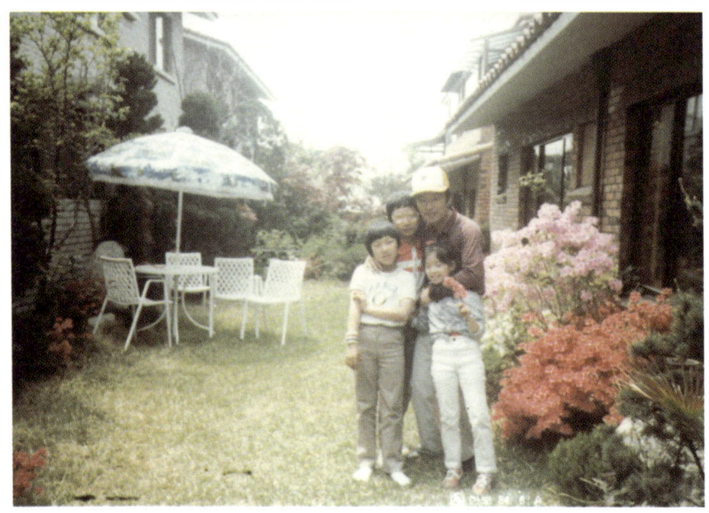

하루를 6時에 始作하자

현대빌라는 아빠의 훈화 말씀이 정점을 이루었던 온상지다. 어느 날 '하루를 6時(시)에 始作(시작)하자' 가 우리 집의 가훈이 되었다. 아빠의 쩌렁쩌렁한 목소리는 큰오빠, 작은오빠, 그리고 내 이름을 일일이 호명하면서 단잠을 깨웠다. 아빠는 그날 새벽에도, 그 다음 날 새벽에도 어김없이, 뭇 짐승들을 두렵게 하는 동물의 왕 사자처럼 포효했다. 온 가족이 마당에 나가 흐느적흐느적 운동을 하고 나면, 거실에서 잠깐 아빠의 훈화 말씀이 시작된다. 아빠는 새벽에 신문에서 본 내용을 추린 다음 매일 간략하게 말씀해 주셨다. 이야기를 끝마친 아빠가 갑자기 질문을 던지실 때는, 다들 화들짝 놀라 바보처럼 멍한 표정을 지었다. 그리고 곧장 엉뚱한 동문서답이 오갔다. 아빠는 아침형 인간도 아닌 새벽형 인간이셨다. 그리고 뭔가 계획을 세우면, 하루도 빠뜨리지 않고 부지런히 실천하셨다. 와! 우리 삼 남매는 그런 아빠의 모습이 경이로웠다. 아니, 뭘 잘못 드셨나? 어떻게 저럴 수가 있지? 한 치의 흔들림도 없는 철두철미한 아빠의 모습은 한편으론 두려움마저 자아냈다. 아직 연약하기만 한 삼 남매는 벼랑 끝에서 천 길 낭떠러지로 굴러떨어져도, 만길 절벽을 기어오르는 용맹한 사자로 거듭나야 했다.

길 잃은 침대

큰오빠가 고등학교 때인가? 친구 집에 놀러 갔다 와서 몇 날 며칠 침대 타령을 했다. 길쭉한 침대가 놓인 친구의 방이 내심 부러웠던 것이다. 엄마는 다음을 기약하며 완강히 거절하셨고, 오빠는 오기가 발동했는지 모은 돈을 탈탈 털어서 그럭저럭 저렴한 침대를 손수 장만했다.

침대가 배달되던 날, 큰오빠가 학교에서 무슨 사고를 쳤는지 엄마한테 혼이 났다. 그리고 침대는 엄마의 명령에 따라 내 방으로 위치를 전환하였다. 생각지도 않은 침대가 갑자기 내 방으로 들어오게 된 것이다.

'아이고, 이게 웬 떡이냐!'

큰오빠는 멀찍이서 내 방으로 들어가는 침대를 물끄러미 바라보았다. 그런데 내가 정말 침대의 주인이 되려고 그랬던지, 왜 그 당시에 오빠가 고르고 고른 침대가 이토록 여성스러운 디자인이었는지 모르겠다. 침대 머리는 로코코 스타일을 연상케 하는 부드러운 곡선무늬가 테두리를 따라 물결친다. 가운데 부분은 달콤한 크림색 바탕에, 정원에서 방금 꺾어온 꽃 한 다발이 화려한 금장식과 감각적으로 어우러진 모습이다. 18세기 유럽의 취향과 미적 정조가 느껴지는 침대는, 조금 과장컨대 베르사유궁전의 트리아농(Trianon) 관에 가져다 놓아도 별 손색이 없어 보였다.

이제 오빠는 원목으로 만들어진 튼튼하고 보기 좋은 침대가 있다. 밤새 심하게 뒤척거려도 바닥으로 떨어질 일이 없는 널따란 침대다. 무게감이 느껴지는 중후한 침대는 오빠와도 퍽 잘 어울린다. 하지만 오빠가 그토록 학수고대하던 꿈의 침대가 내 방으로 급선회하던 날! 그날 밤 딱딱한 방바닥에 드러누워 잠을 청하던 큰오빠는 얼마나 마음이 아팠을까? 큰오빠의 상실의 시대는 그렇게 혹독하게 시작되었다.

마음에 준비를 하세요

아빠의 얼굴빛이 말이 아니었다. 간에 이상이 생겼고, 증상은 심각하다는 진단이 내려졌다. 아빠는 검사를 하러 간 당일, 병원에 입원하셨다. 그리고 며칠 되지도 않았는데, 어찌 된 일인지 아빠의 상태가 급속도로 나빠지기 시작했다. 온몸은 물론이고 눈알까지 황달기가 짙어졌다. 의사선생님은 병원 한쪽으로 조용히 엄마를 불러내었다.

"상태가 정말 많이 안 좋아요. 아무래도 간 이식을 해야 합니다. 그런데…… 확률이…… 혹시 모르니 마음에 준비를 하세요."

엄마는 얼굴을 감싸 안고 그 자리에 털썩 주저앉았다. 아빠는 날로 수척해졌고 하루하루가 고비였다. 그런 아빠의 모습을 본 지인들조차 상황을 절망적으로 내다봤다. 병실의 간이침대에서 뒤척거리다가 잠이 들지 못한 채 아빠를 바라보았다. 어둠 속에서 환자복을 입은 아빠는 몰라보게 핼쑥해져 있었다. 하지만 이대로 황천 걸음을 하실 것 같다는 생각은 눈곱만큼도 안 들었다. 다음날 아침, 아빠는 형체를 알 수 없는 무리가 아빠를 어딘가로 끌고 가려고 해서 그들을 물리치는 꿈을 꾸셨다고 했다.

그 당시에 나는 참 열심히 기도라는 것을 하였다. 엄마가 절에 다니시니 급한 대로 우선 부처님을 찾았다. 그런데 부처님만으로는 부족할 것 같아서 '부처님, 하나님, 힌두신, 알라신, 자연신, 친할머니, 외할아버지, 큰아버지! 아빠가 다시 건강하실 수 있게 꼭 도와주세요.' 하고 생각나는 대상들을 모두 떠올리며 간절히 기도하였다. 엄마와 나는 아빠가 병상에 계신 동안, 돌아가신 친할머니의 영혼이 우리 가족을 보살핌을 직감했다. 그 이후부터 돌아가신 친할머니와 교배된 일종의 불교적 신앙이 내 마음속에 싹텄다.

근 6개월 동안 아빠와 병원생활을 함께했다. 아빠의 병세에 차도가 생기자 엄마의 얼굴에 혈색이 돌았고, 한결 마음에 여유도 생겼다. 퇴원 후 요양을 해야 했던 아빠를 따라 한동안 강원도 홍천강 부근에서 지내며 가끔 집을 왕래했다. 퇴원 당시에 의사선생님은 신경 쓰이는 모든 일을 일절 끊어야 한다고 신신당부를 하셨다. 완치가 되지 않아 언제 도질지 모르는 병을 잘 다스려야 한다고 말이다. 아빠는 매일 음악을 듣고 노래를 크게 따라 부르셨는데, 그 중 가수 최진희의 '꼬마 인형'은 빠지지 않는 레퍼토리였다. 아빠가 병상에 계신 동안 곁에서 힘이 되어주셨던 좋은 분들을 기억한다. 벌써 오래전 일이지만 아무리 시간이 흘렀어도 그분들의 고마움은 이루 말할 수가 없다.

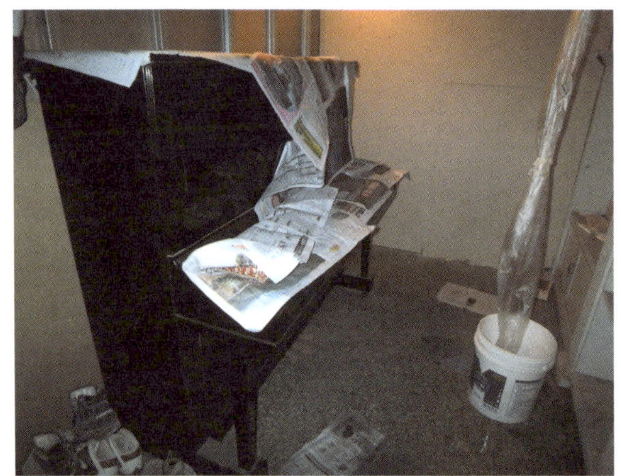

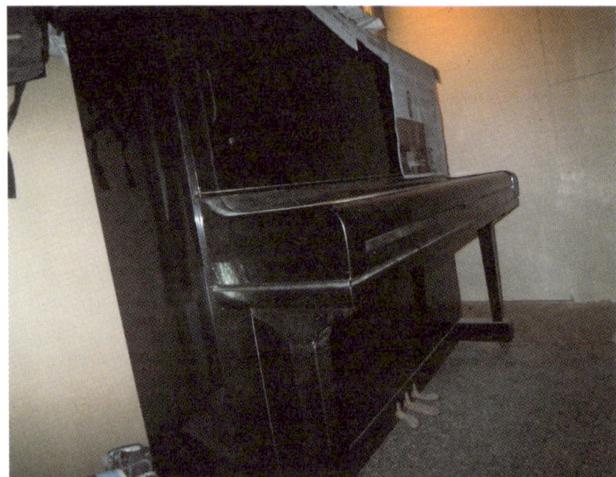

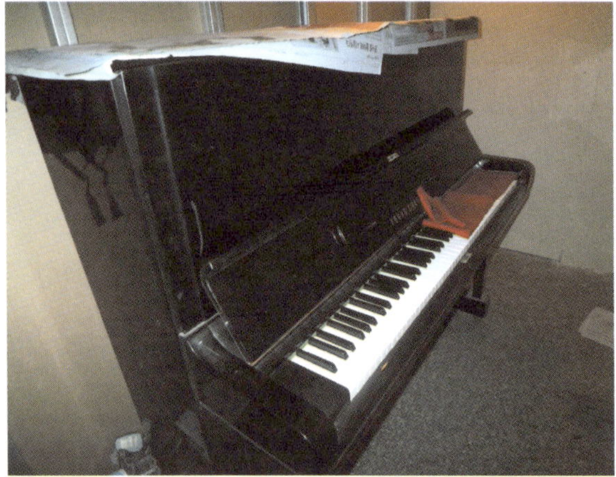

* 트럭에 싣기 전, 지하실에서 신문지를 넝마처럼 둘러 쓴 피아노

늙수그레한 피아노

'피아노 삽니다!'

길거리에 나붙은 현수막을 보고 나는 무작정 전화를 걸었다. 피아노를 보러 오겠다던 악기점 주인과 약속한 날은 추적추적 비가 내리고 있었다. 그런데 그 빗길을 뚫고, 당장에라도 풀썩 쓰러질 것만 같은 늙수그레한 노인이 지팡이를 휘청거리며 나타났다.

"아니, 우리 아들이 오늘 바쁘다고 하잖아. 그래서 내가 대신 왔어. 비용은 10만 원. 그나마 많이 쳐주는 거야."

노인은 지팡이를 짚고 다리를 후들거리며 피아노를 한 바퀴 돌았다. 이내 피아노 뚜껑을 닫았다 열었다 하더니, 곤충의 더듬이처럼 예민해 보이는 집게손가락을 들어 건반 몇 개를 띵띵 눌렀다.

"도, 레, 솔……."

피아노는 최대한 생기 있고 고운 소리를 내보려고 했지만, 뭉툭하고 둔탁한 소리만 났다. 조율이 흐트러진 소리가 역력했다. 노인은 주름 잡힌 얼굴을 쥐어짜듯 눈살을 찌푸렸다. 늙수그레한 피아노와 늙수그레한 노인은 누가 먼저랄 것도 없이 무언의 기싸움을 시작했다.

"에이, 쯧쯧쯧. 이거 비용을 받고 가져가도 될까 말까인데. 안 그러면 돈 주고 버려야 해."

'아니, 저 배싹 마른 늙은이가!'

역촌동 집에 이사를 하면서 엄마는 처음 피아노를 장만하셨다. 현관을 들어가자마자 보이는 육중한 피아노는 윤이 나는 검은 색상이 퍽 근사했다. 나는 심한 비바람이 불어도 피아노 때문에 우리 집이 날아가지 않을 거라는 든든함이 있었다. 오빠들이 뚱땅뚱땅 피아노를 배우고 있을 때, 나는 늘 옆에서 얼쩡거렸다. 그리고 피아노 의자에 앉아 코딱지를 파며 한가로이 바깥을 내다봤다.

별다른 흥정도 없이 달랑 10만 원에 오래된 피아노는 팔려갔다. 비가 주룩주룩 오던 날, 피아노는 트럭에 실려 언덕배기를 내려갔다. 피아노는 눈물 한방을 보이지 않고 내 눈앞에서 사라질 때까지 위엄을 잃지 않았다. 비가 주룩주룩 오던 날, 우산을 받쳐 들고 늙수그레한 노인에게 늙수그레한 피아노를 떠나보냈다.

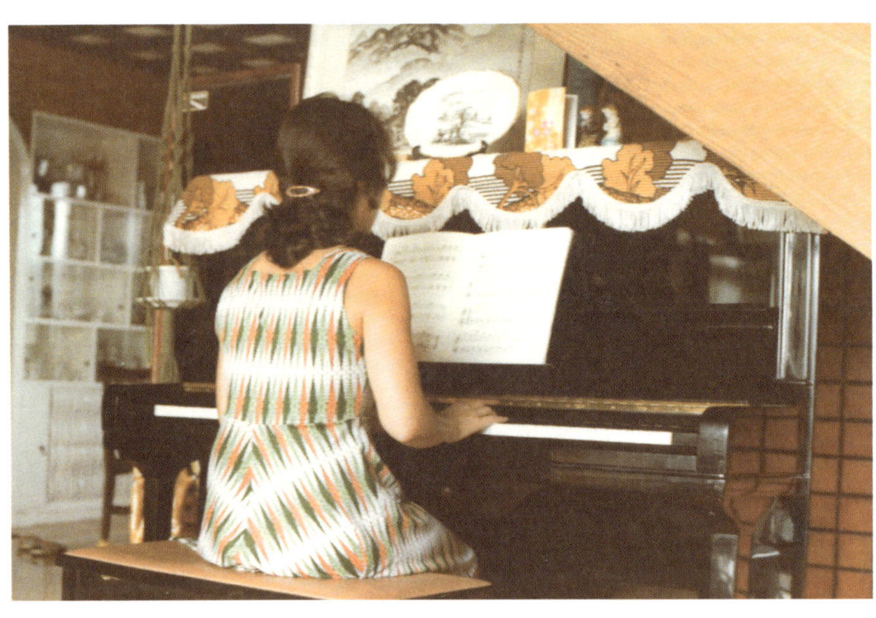

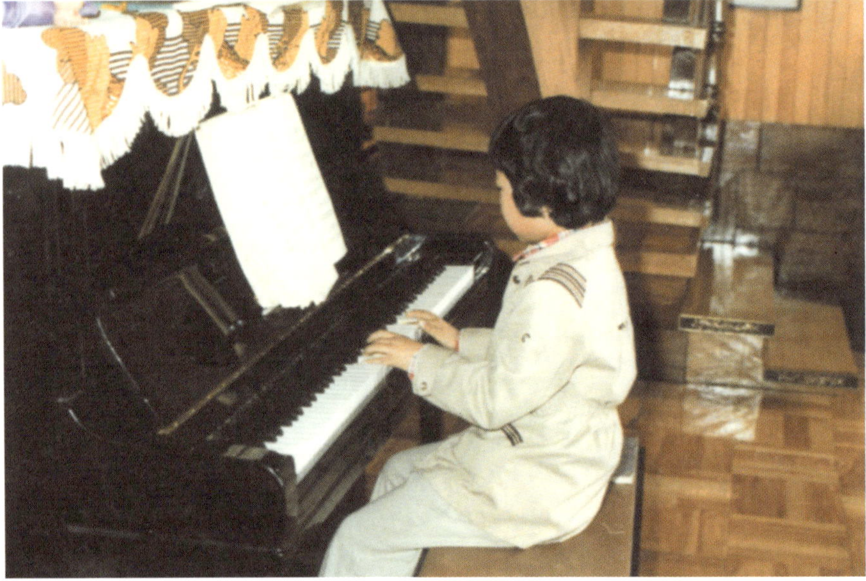

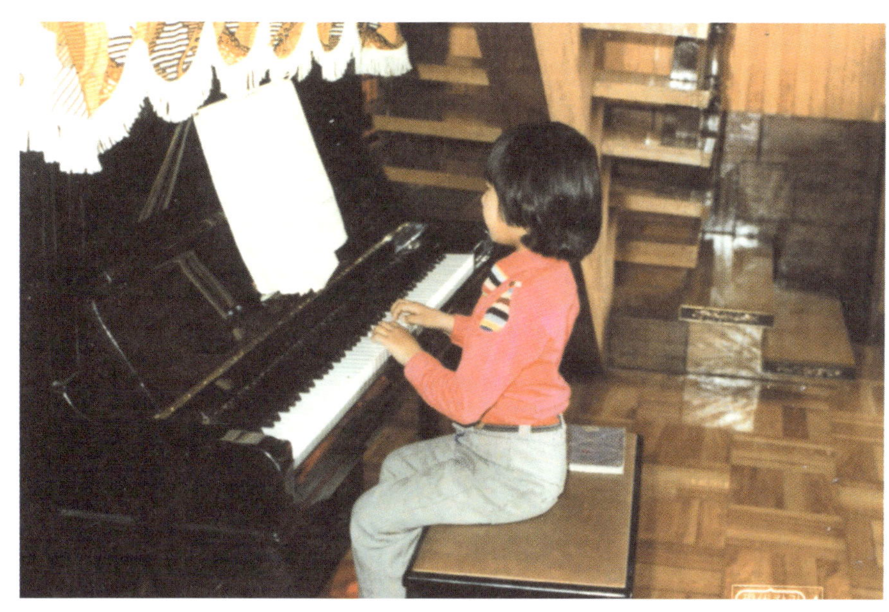

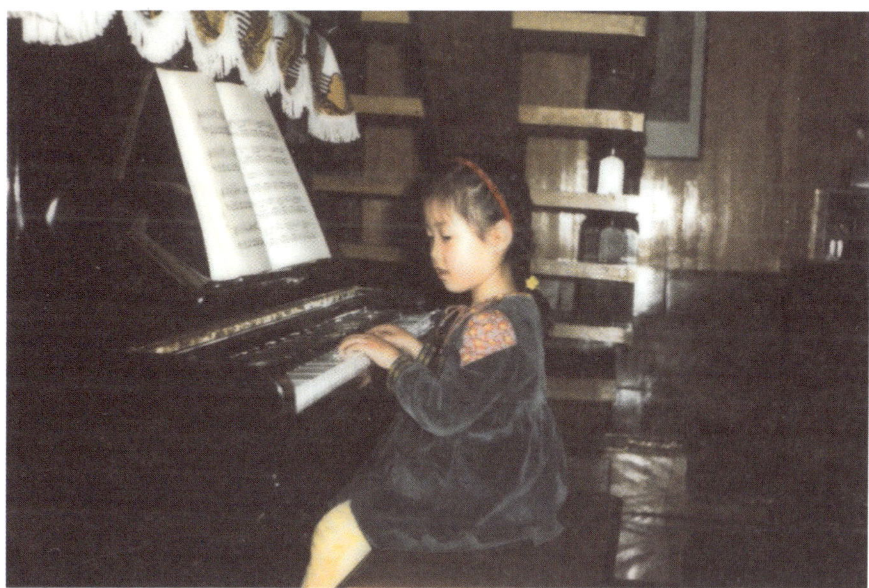

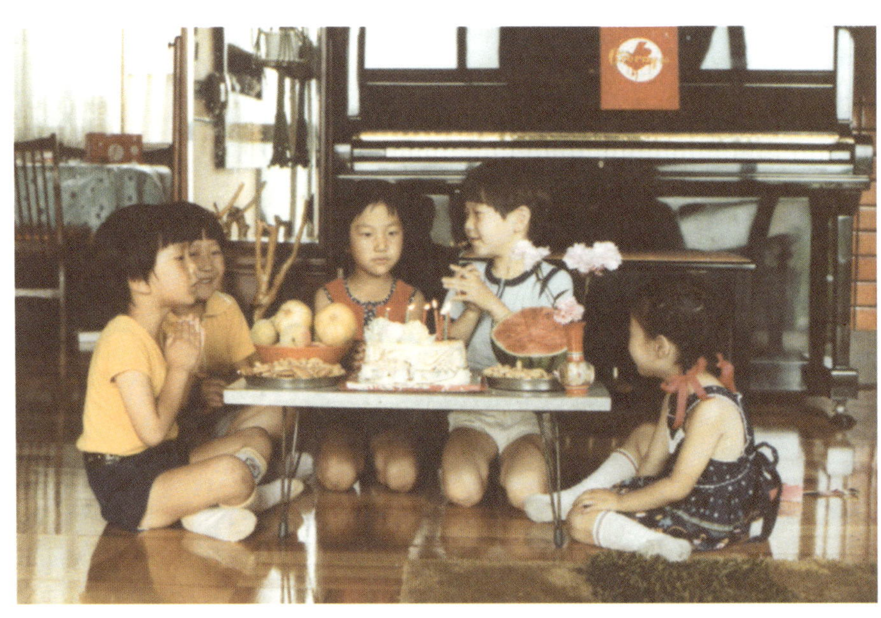

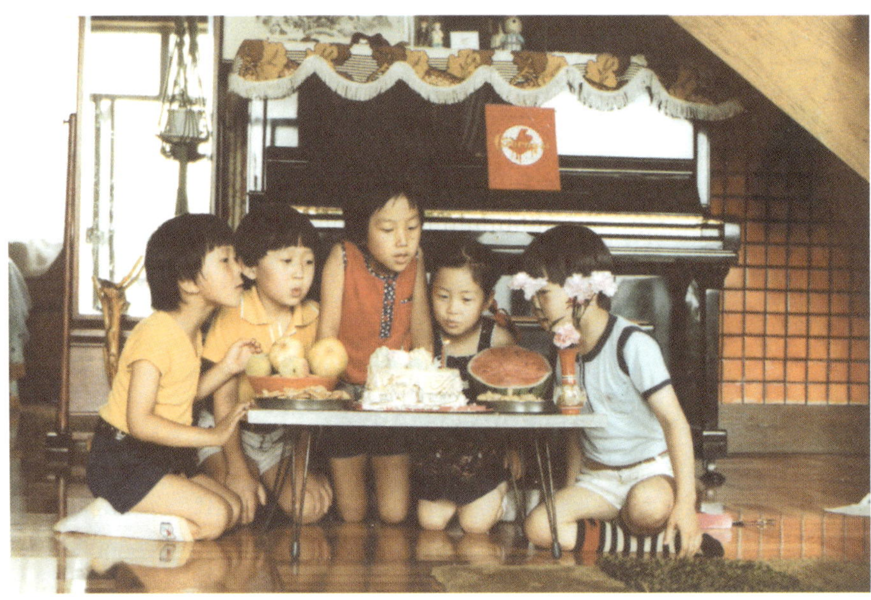

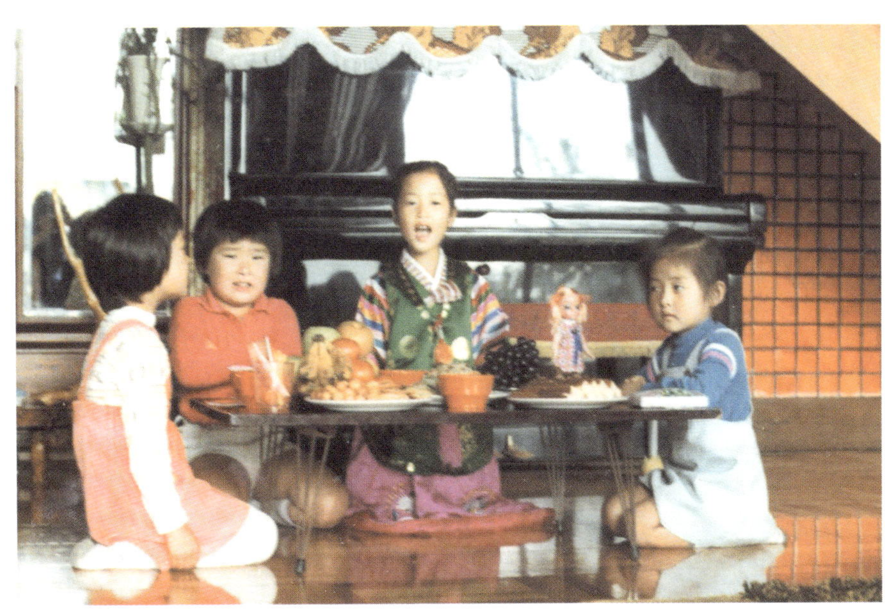

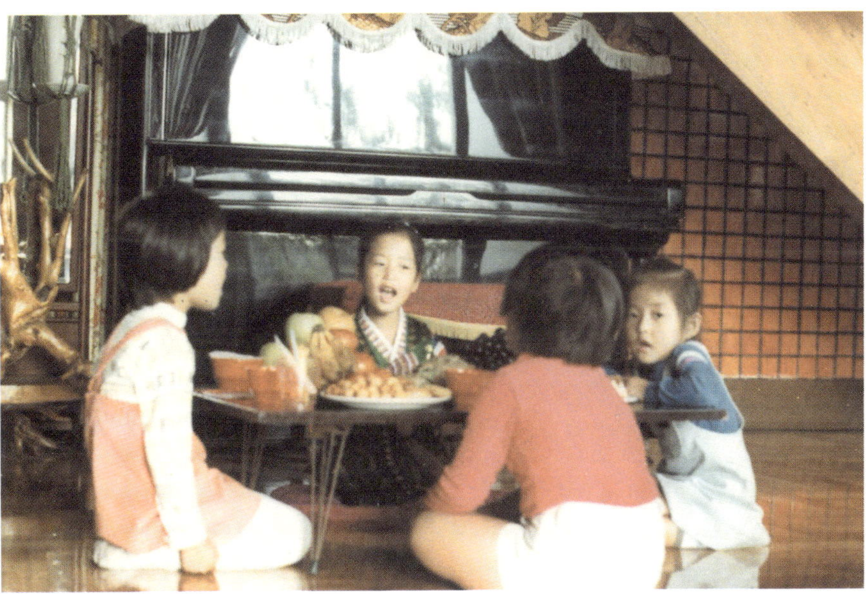

생중계

회사에서 한창 회의가 진행 중이었다. 그런데 진동소리와 함께 전화기 화면에 글씨가 번쩍번쩍했다. 울 아빠! 울 아빠! 울 아빠!(나는 전화기에 아빠 전화번호를 이렇게 저장해 놓았다.)

"네, 아빠."

"많이 바쁘니? 지금 네 방 창문 앞에 서 있어. 내일 집을 다 허문다고 하네. 그래서 내가 지금 네 방에서 생중계를 한다. 바로 앞에 감나무도 보이고……. 자, 지금 창문 연다. 감나무한테 인사해 얼른!"

아빠는 농담조로 말씀하셨지만, 나는 회의고 뭐고 화장실로 달려가서 초상난 사람처럼 눈물을 줄줄 흘렸다. 내 방 창문 앞에는 아주 튼실한 감나무가 있었다. 가을이면 어김없이 알이 굵고 색이 고운 감이 주렁주렁 열렸다. 그럴 때면 아빠랑 창문을 열고 지붕 위로 살살 걸어 내려가 감을 따서 먹곤 했다.(아빠는 감을 좋아하신다.) 새들은 감나무 곳곳에 걸터앉아 노래도 부르고 감도 쪼아 먹고 하면서 한껏 쉬었다 갔다. 감나무는 때가 되면 연한 잎을 수줍게 내밀며 소리 없이 찾아온 봄을 알렸다. 여름이면 푸른 잎사귀가 팝콘처럼 부풀어 올라 내방 창문을 빽빽하게 가려줬다. 나는 여름 내내 활개를 쳤고, 무성한 잎사귀를 뽐내는 감나무 커튼은 내 방의 든든한 보디가드가 되어주었다.

화장대 서랍장

반대를 하던 D동 몇 집이 재개발에 합의하자, 가운데 골목에 있는 우리 집은 건설회사의 본부가 되었다. 안방에도, 2층 내 방에도 ㄱ, ㄷ 모양으로 책상이 가득 들어찼다. 직원들이 북적거리며 바삐 일을 하고 있었다.

'다 나가시오!'

소리를 버럭 지르고 싶었지만, 나는 내 방에 남겨둔 짐들을 주섬주섬 챙기며 직원들의 양해를 구했다. 집이 곧 허물어진다는 생각에 나의 궁상스러움은 점점 극치에 달했다. 나는 프린터기 앞에서 복사를 하는 직원 옆에 쭈그리고 앉아, 조심조심 붙박이 화장대의 서랍장을 떼어냈다.

'뭐라도 남겨 둬야 해…… . 아무렴, 이대로 다 사라지게 내버려 둘 수는 없어. 이를 어쩌나, 저 옷장 문도 떼어가야 하는데…… . 가만, 이번엔 벽지를 조금 뜯을까?'

직원은 이상하다는 듯이 흘끔거렸다. 나는 떼어낸 화장대 서랍장을 들고 벽지를 물끄러미 바라보았다. 온 집안은 세계 일주를 마치고 돌아온 탐험가의 여권 한 페이지처럼, 건설현장 사람들의 커다란 발자국이 어지럽게 찍혀 있었다.

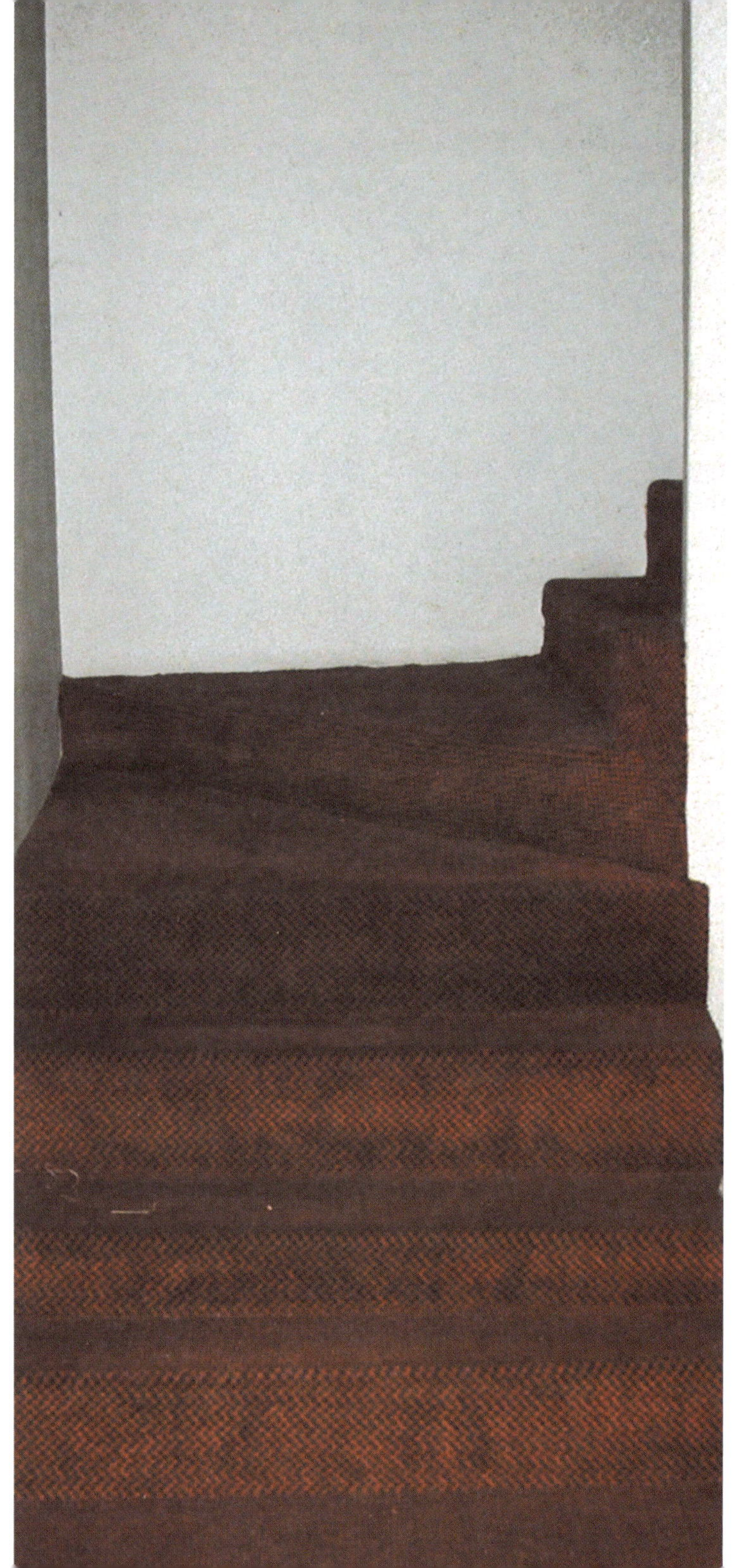

레드카펫을 따라 나선형의 계단을 내려가면 은밀한 지하세계다. 계단을 등지고 오른쪽에는 오래된 피아노가 서 있고, 그 옆에는 아치형 모양의 책꽂이가 있다. 정면에는 마당이 올려다 보이는 유리창이 있다. 커튼 뒤의 스위치를 살짝 누르면, 놀랍게도 창밖에 차곡차곡 쌓인 돌담 위로 인공폭포가 주르륵 주르륵 흘러내린다. 왼쪽에는 실용적인 미니 홈 바가 있고, 그 옆으로는 작은 창고가 있다.

아빠는 금융업에 오래 종사하셨다. 이 집에 살 당시에는 아빠가 가장 왕성하게 활동하셨을 때라, 시도 때도 없이 손님들이 들이닥쳤다. 이런 상황에 이력이 난 엄마는 갑자기 손님들이 우르르 몰려와도 마술처럼 거뜬히 한 상을 차려내셨다. 아빠는 직장에서 정신없는 하루를 보내고 집으로 돌아오신 뒤에도 쉴 틈이 없었다. 집으로 찾아온 수많은 손님과 인사를 하고, 떠들썩하게 이야기를 나누고, 현관문 바깥에서 돌아가는 발걸음을 배웅했다. 한참 절정기였던 아빠는 더 깊은 의미에서 집으로 돌아올 수 없었다. 집으로 몰려드는 사람들과 또다시 끝나지 않는 2부를 시작해야 했다.

이처럼 지하실은 아빠와 손님들이 얼굴을 마주하고 회포를 푸는 자리이기도 했고, 절에 다니시는 엄마의 가정 법회 장소이기도 했다.

나는 피아노가 있던 지하실에서 노래연습도 하고 피아노연습도 했다. 그러나 영화라는 몹쓸 장르에 빠져들기 시작하면서 지하실은 나의 전용 영화상영관이 되었다.

현대빌라는 지하와 1층, 그리고 2층이 확연하게 분리가 되었다. 어느 것 하나 뭉뚱그려진 것 없이 집 구조는 아주 절도가 있다. 이렇게 구분이 확실하다 보니, 살금살금 나갔다 들어오거나 뭔가 작당을 벌이기에 딱 좋았다. 특히 지하실은 주방의 통로와 1층 간이마루로 연결되어, 들어가는 양쪽 입구의 문을 닫으면 단독 공간으로 활용하기 좋았다.

"쾅! 쾅! 이 멍텅구리들아, 나를 따르라!"

두 개의 문이 굳게 닫히고 밀실 행정에 도통한 큰오빠의 선두지휘가 시작되었다. 처음에 나는 큰오빠의 파란만장한 행태를 엄마한테 고자질하기에 바빴다. 그러나 지하세계의 달콤한 유혹과 퇴폐적 아름다움은 순식간에 나를 매료시켰다. 음습하고 스릴 넘치는 묘미를 알게 된 이후부터 나도 적극적으로 한 몫 가담을 했다. 우리 형제들은 티격태격하다가도 돌아가면서 서로의 뒤를 봐줬고, 어떤 고문이 우리를 압박해도 지하세계의 비밀문서를 절대 공개하지 않았다.

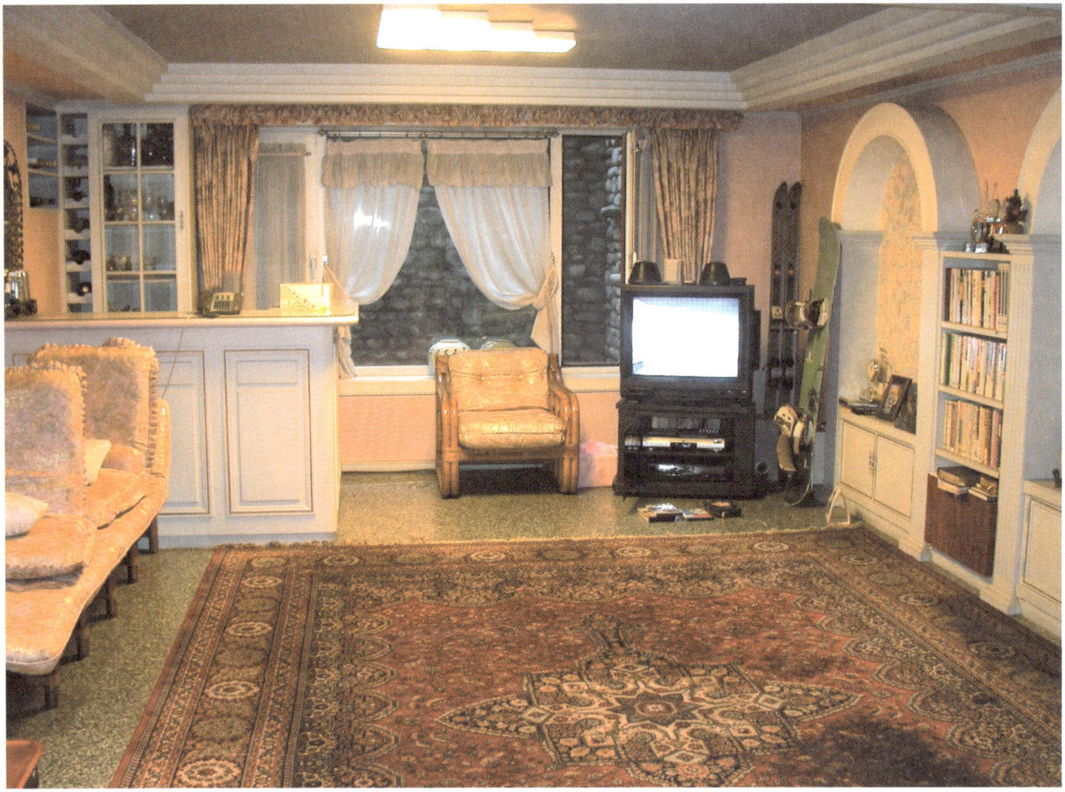

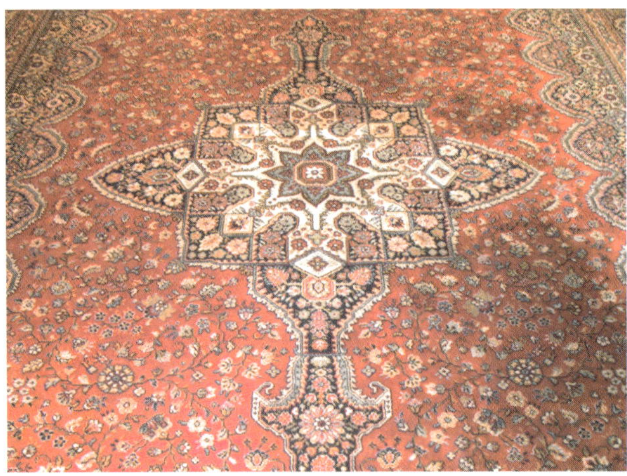

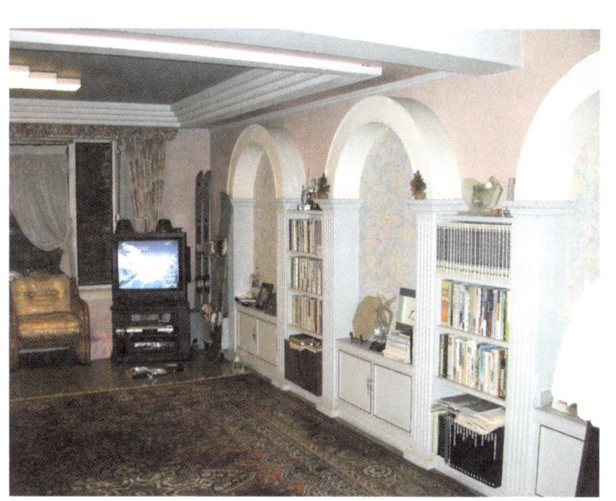
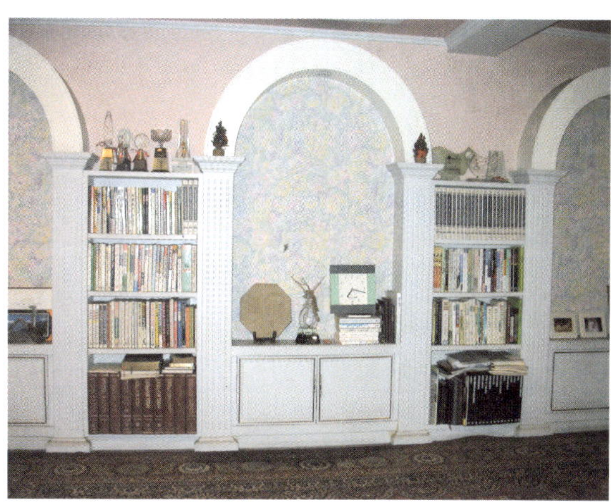
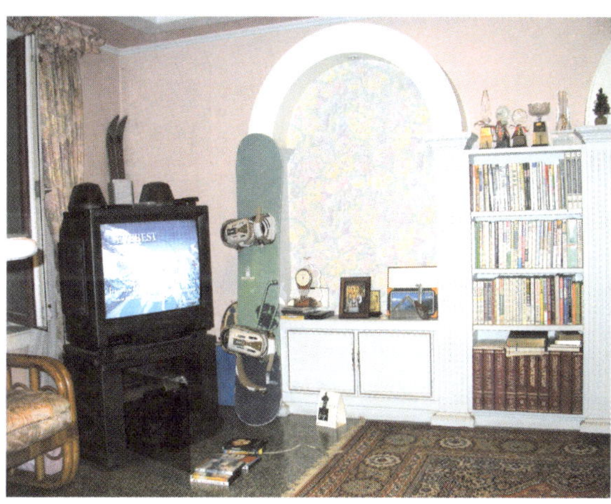
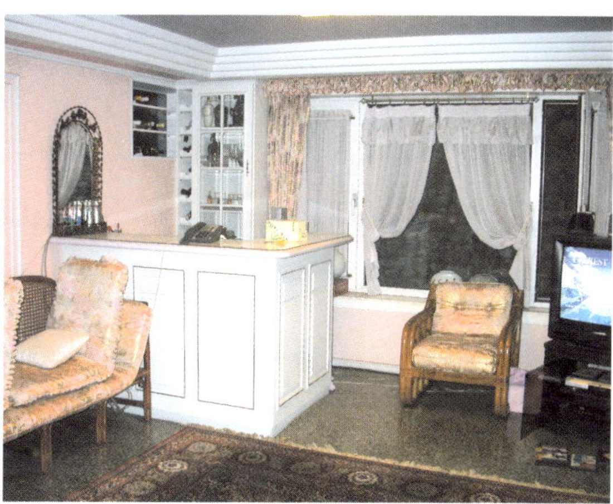

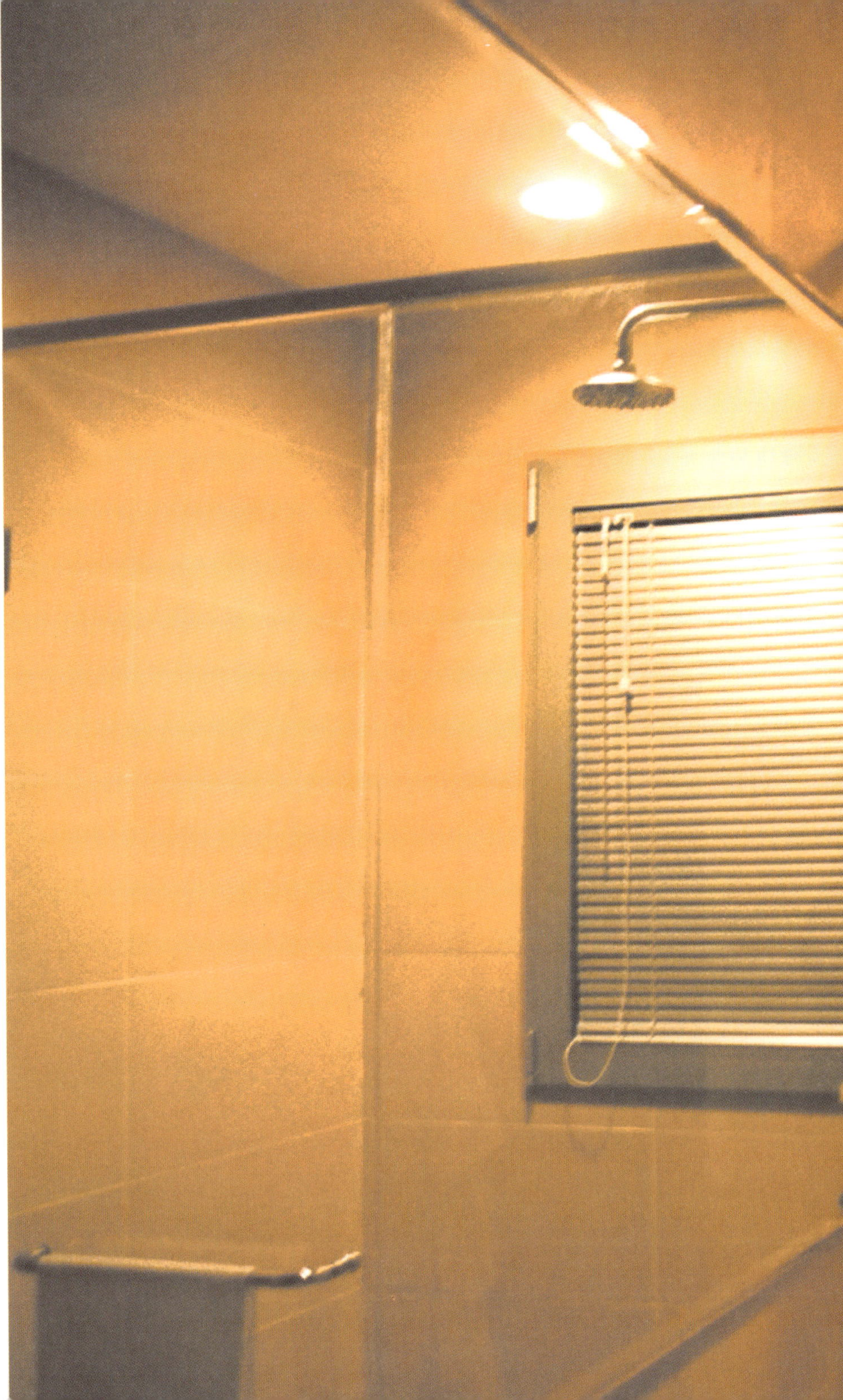

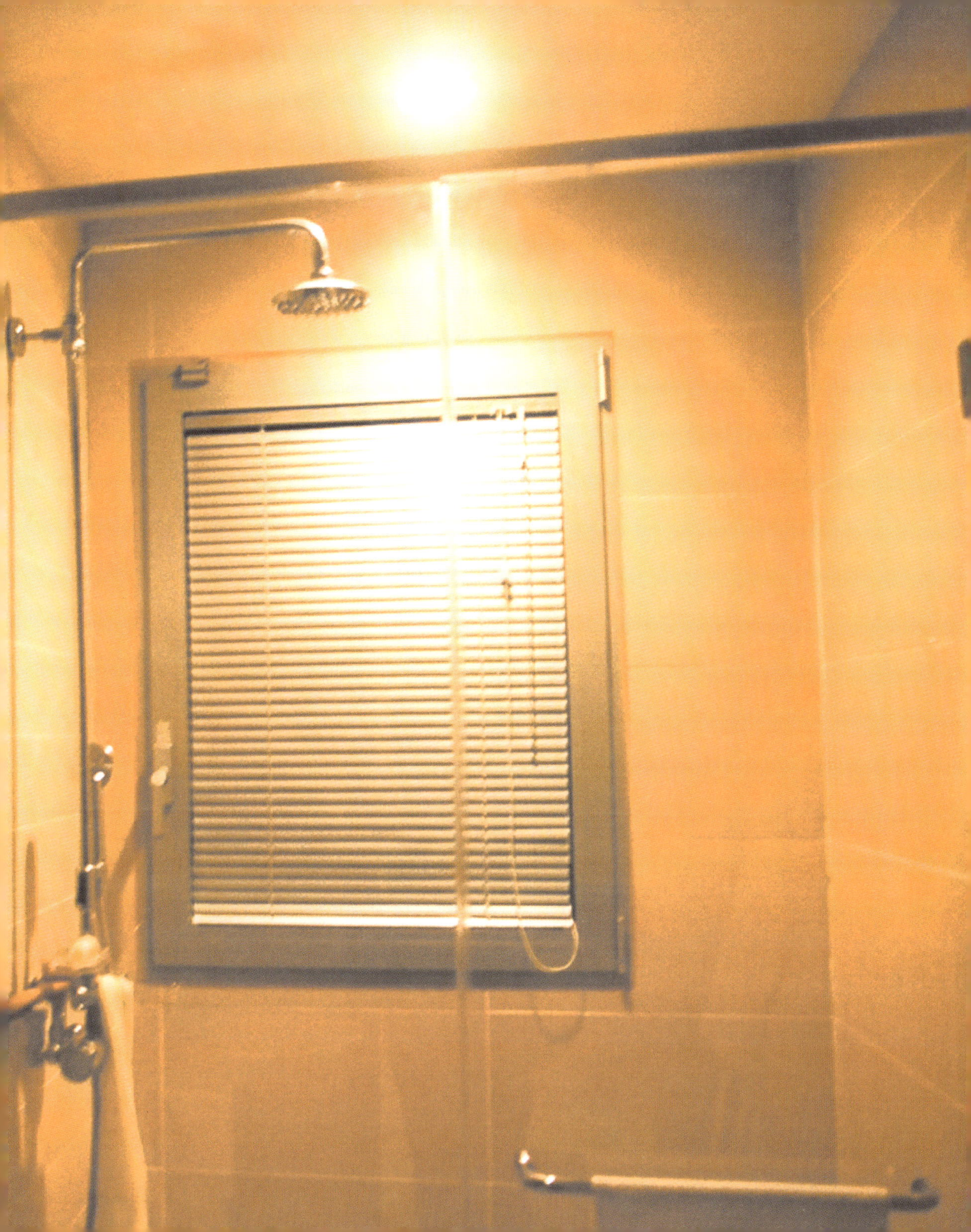

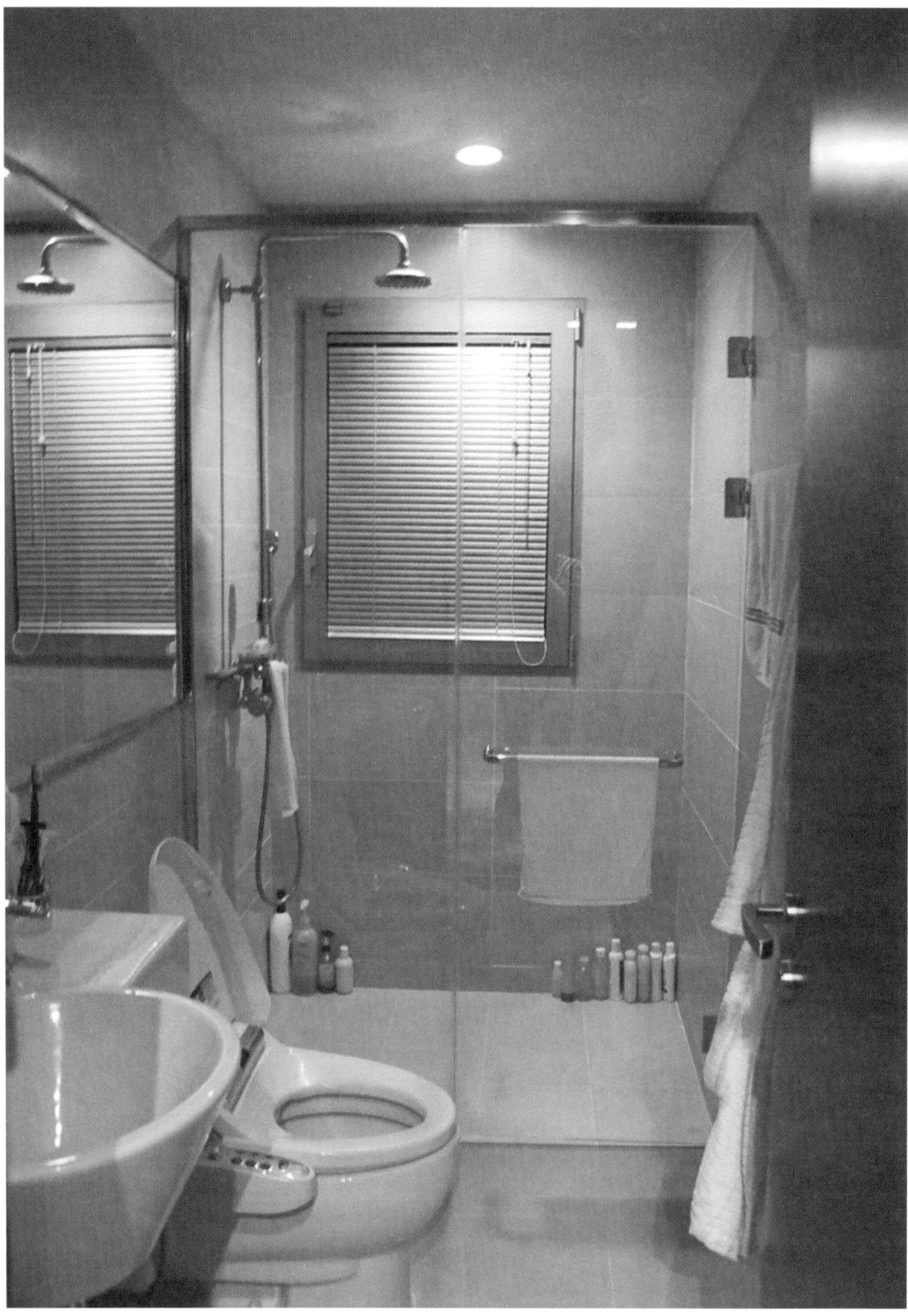

제 2의 '샘(Fountain)'

이곳은 작지만 아주 놀라운 곳이지요. 깊숙한 산속에 샘물처럼 솟아난 예술의 오아시스올시다. 형편없는 정의라고요? 글쎄요. 우선 샤워부스 쪽의 따뜻한 빛깔의 작은 조명을 켜세요. 팬이 돌아가는 메인 조명은 안 됩니다. 좌식 변기의 비데 시트에 들어온 빨간불은 확인했나요? 엉덩이에 온기가 전달되면 한결 편안해지지요. 그럼 이제 천천히 세면대 쪽으로 비스듬히 등을 댔다가 떼었다가 해 보세요. 이내 당신은 명상에 빠져들고, 경건한 마음으로 하루를 반성하다가 문득 자신의 보잘것없음에 대한 자각이 물밀듯이 밀려들기도 하겠지요. 그러다가 갑자기 두뇌의 깊은 층 위에서 생각지도 않은 아이디어가 샘솟는 걸 느끼실 겁니다.

샤워부스 맞은편을 보세요. 두 남자가 깜깜한 밤에 활짝 핀 화려한 꽃밭 한복판에 서 있네요. 우주복을 입고 투명헬멧을 쓰고 말이죠. 다름 아닌 피에르 앤 쥘(Pierre et Gilles)이 직접 모델로 나선 '우주인(Les Cosmonautes, 1991)'의 카피 본입니다. 저 두 명은 우주에서 온 관음증 환자입니다. 샤워를 할 때마다 빤히 쳐다보거든요. 하지만 개의치 마세요. 저들의 각별한 취미가 그것이거든요. 샤워부스 안에 들어가면 거대한 투명헬멧을 쓰고 저들처럼 진공의 우주 공간을 떠도는 기분입니다.

이제 좌식 변기에 연도를 적고 욕실용품 제조업자의 이름을 멋있게 서명할까 합니다. 이 시대에 새롭게 탄생한 제 2의 '샘(Fountain)' 작품을 세상에 공개할 때가 온 거죠. 레디메이드(Ready made)로 센세이션을 일으켰던 마르셀 뒤샹(Marcel Duchamp)이 죽자 사람들은 그새 모조리 망각해 버렸습니다. 세상은 아직도 저주받은 예술가들이 '진정성'을 빌미로 수많은 쓰레기를 만들고 있습니다. 그리고 아주 애걸복걸하지요. 그래서 저는 조만간 '쓰레기 전(展)'을 기획 중입니다. 안되면 '찌꺼기 전'이라도……. 이것 말고 달리 제가 뭘 해야 할까요? 이것 역시 좌식 변기에 앉아 길어 올린 생각이지요. 어때요, 재밌겠지요? 우리는 가장 평범하고 비루한 것들이 얼마나 의미심장한 것인지를 알아야만 합니다.

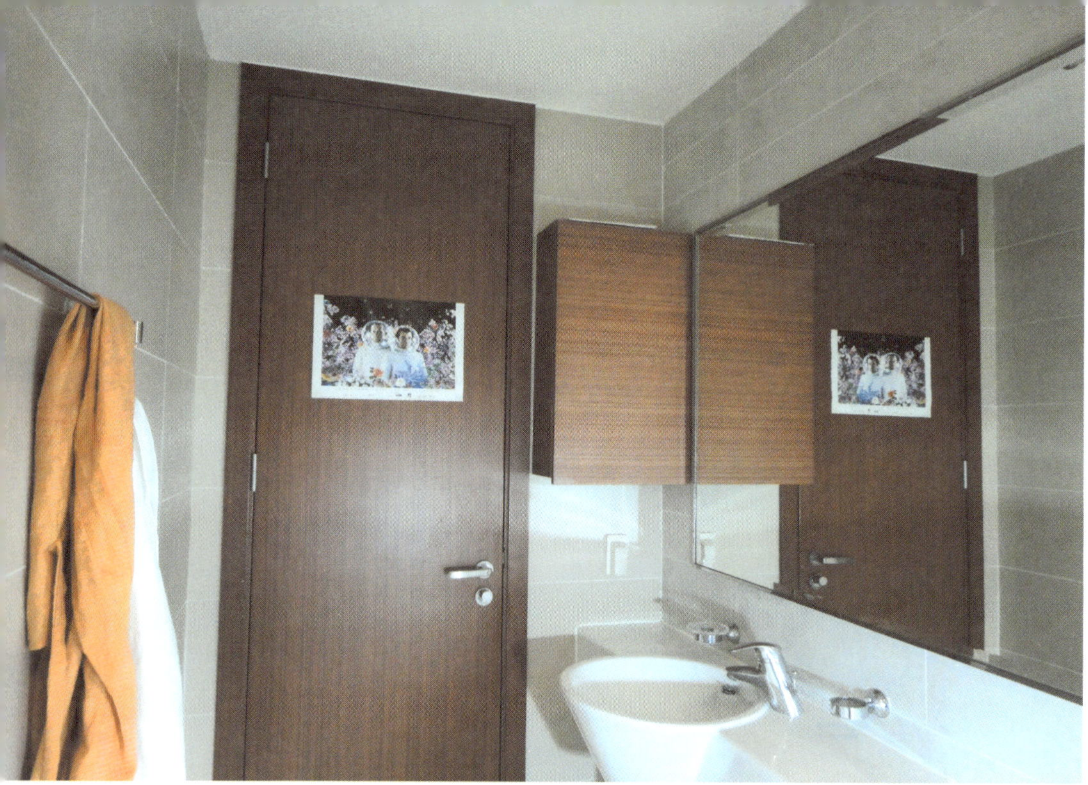

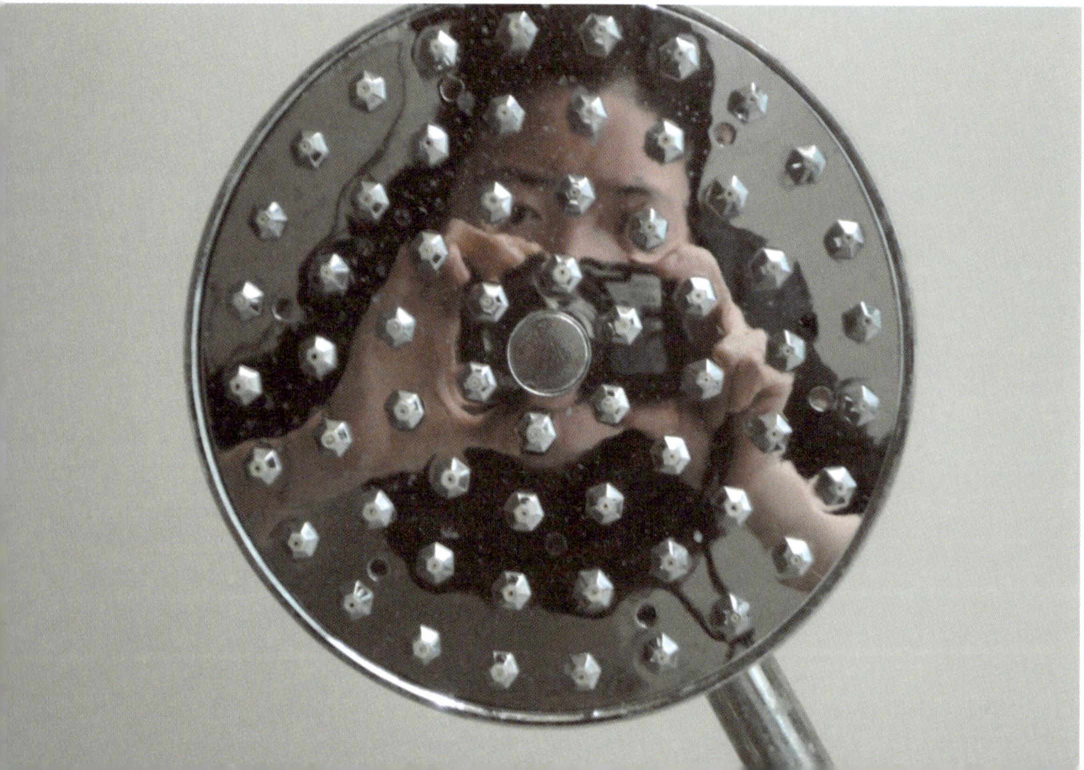

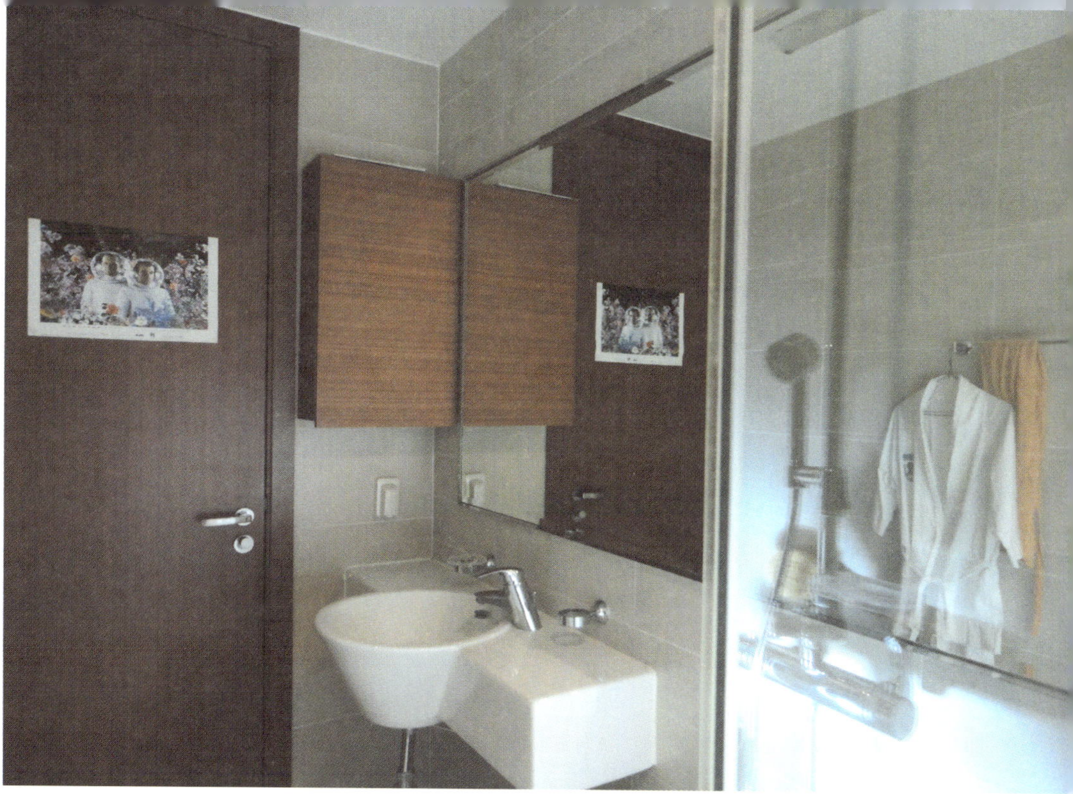

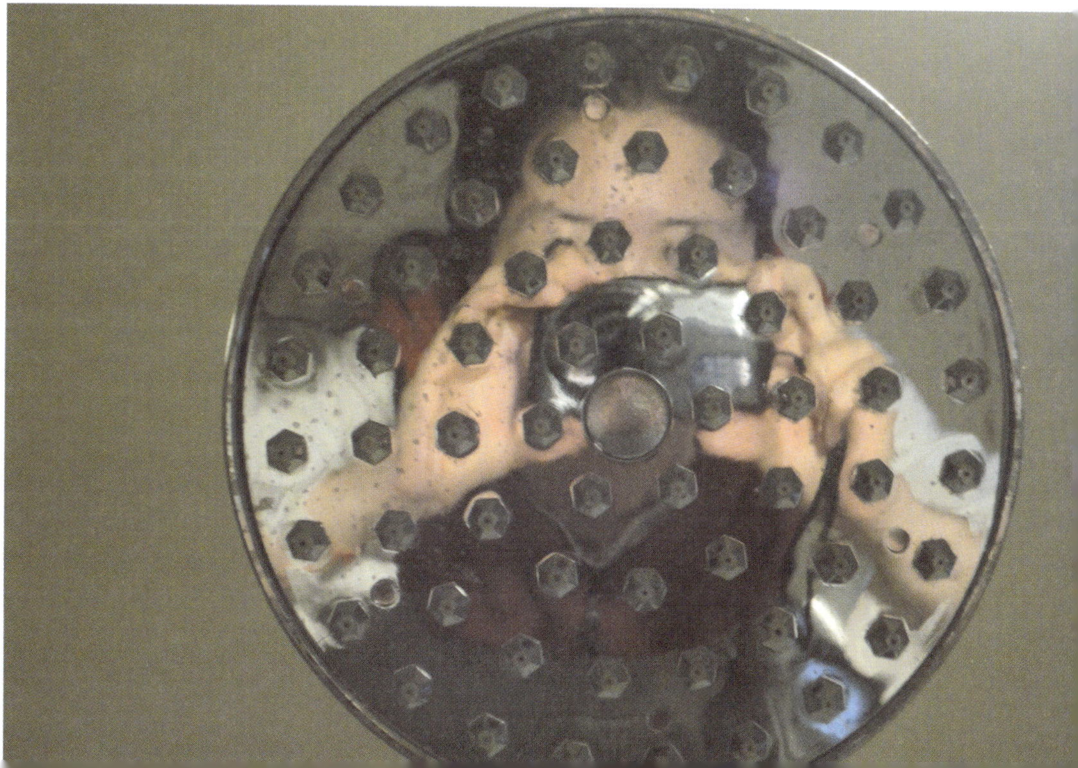

의자에 대한 단상

어느 날 경매를 앞둔 회사 창고에 들어가 보았더니, 빼곡하게 늘어선 골동품 가구들에 엄청난 가격이 매겨져 있었다. 진시황 때의 한 시녀가 걸터앉아 신세를 한탄했을 법한 중국풍 의자는, 껑충 뛰어오른 몸값에 짐짓 거만한 표정을 지었다. 하지만 주리를 틀고 고문을 해보라! 저 의자는 필시 진시황의 숨겨진 비밀과 진시황후의 미스터리에 관한 유일한 단서를 갖고 있을 것이다.

집에 놓인 각각의 의자를 붙들고 벌인 나의 해프닝이 궁상스러움의 극치와 미련함의 정수를 보여준다고 해도, 도대체 이 의자들이 간직하고 있는 가치를 어떻게 환산할 수 있을까? 이제 그들은 일선에서 우리 가족을 대변하기도 하고, 좀 더 점잖은 방법으로 잃어버린 정체성을 환기시켜 주기도 한다. 그들에게 기대어 우리 가족의 속내와 일거수일투족을 허심탄회하게 털어놓는 동안, 어느새 그들은 놀라운 통찰력과 식견을 갖추고 몰라보게 성장하였다.

· 낡아빠진 소파

낡고 헤진 가죽 소파가 우리 집 거실에 늘어지게 드러누웠다. 처음 소파를 구입하여 집 안으로 들여놓은 날은, 눈부시게 화사한 복숭아 빛깔이 온 집안을 환하게 물들였다. 그러나 시간이 흐르자 거북이 등의 껍질처럼 깊은 골이 생겼고, 발이 닿는 부분과 팔걸이는 검게 때가 탔다. 좀처럼 펴지지 않는 쭈글쭈글한 주름과 흉터 자국은 곱디고운 복숭아 빛깔마저 시들하게 만들었다. 하지만 점점 더 갈라지는 가죽만큼 지혜롭고 관대해진 소파는, 세상의 이치를 거스르지 않는 자연스러움을 보여주었다. 새것은 절대로 재현할 수 없는 깊이와 독창성의 산물을 말이다. 엄마는 광주로 이사를 오기 전, 새 소파를 구입하기 위해 가구점을 돌아다니셨다. 하지만 아빠와 나는 기어이 광주 집까지 낡아빠진 소파를 질질 끌고 왔다.

등나무 의자는 우리 집의 오래된 가구다. 광주로 이사를 와서는 놓을 자리가 마땅치 않아 고심 끝에 큰오빠 방의 테라스에 놓았다. 그런데 야외에서 비를 몇 번 맞고 나더니 등나무 의자가 엉망진창이 되었다. 등나무 의자는 곧장 현관 앞으로 내몰려 쓰레기차가 오기만을 기다렸다. 그런데 현관을 드나들던 나는 이상한 현상을 목격했다. 등나무 의자는 현관 앞에서 어떻게든 몸을 추스르며 살려는 의지를 적극적으로 표명해 왔다. 등나무 의자는 병약하고 불안한 눈동자로 매일매일 기억의 저장고에 숨겨둔 히든카드를 나에게 힘겹게 꺼내들었다.

봄이 돌아왔다. 겨우내 손상된 뒷마당의 야외 테이블을 손질하면서, 엉망이 된 등나무 의자의 복원작업을 시작했다. 커다란 챙이 달린 모자를 쓰고 팔을 걷어붙였다. 우선 급한 대로 등나무 의자의 정맥을 찾아내어 링거주사를 맞혔다. 호수를 끌어와 깨끗이 청소를 한 뒤 물기를 닦아내고 그늘에 한 이틀 말렸다. 안색이 파리했던 등나무 의자는 그새 혈색이 돌았다. 나는 칠 작업 전에 표면준비를 위해 필요한 물품들을 구입하러 철물점으로 향했다.

"빼빼 주세요!"

"아, 사포요. 근데 몇 방짜리 드릴까?

"방…… 이요? 그게 뭐예요?"

배불뚝이 철물점 주인아저씨의 족집게 강의가 시작되었다.

"그냥 우린 일반적으로 100방 400방 그러는데, 그게 말이지. 사포에 매겨진 번호에요. 이 번호는 사포의 사방 1인치 안에 들어간 모래입자의 개수에요. 에, 그러니까 번호가 작을수록 큰 입자들이 들어 있어 거칠고, 번호가 커지면 작은 입자들이 들어 있어 곱게 갈리죠. 천 사포와 종이사포가 있는데 어떤 걸 원하시나? 천 사포는 터프한 작업에 좋아요. 그러니까 80번 이하는 이걸 쓰시고 그 이상은 종이사포를 쓰세요. 아, 근데 이걸로 뭘 하시려고?"

더 욕심이 생긴 나는 동네 페인트 가게에서 진행하는 DIY(Do it yourself) 수업에 들어갔다. 거기서 목재를 다루는 법, 페인트 사용법, 관련 도구 사용법 등 여러 가지 기본 사항들을 꼼꼼히 배웠다.

누군가 프랑스 센(Seine) 강 근처의 화방
에서 안료를 구입해 왔는데, 그 안료를
조합하여 색을 만드는 법도 흥미로웠다.
나는 큰 입자에서 작은 입자의 사포를
여러 개 준비한 뒤, 가시가 일어난 등나
무 의자의 몸 전체를 반질반질 매끄럽
게 다듬기 시작했다. 난생처음 제대로
해보는 서툰 사포질이었다. 우선 사포
를 한 번 접어 두 겹을 만들어 단단히 손
가락을 감쌌다. 그리고 천 사포 100번
과 150번으로 1차 샌딩을 했다. 그다음
220번으로 샌딩을 마무리하고 칠 작업
에 들어갔다. 칠이 다 마른 뒤 종이사포
400번으로 한 번 더 샌딩을 했다. 그리
고 마지막 칠 작업을 끝낸 뒤 충분히 말
리고, 1000번으로 마감 샌딩을 했다. 일
주일에 걸친 대대적인 등나무 의자 복
원 작업은 차질 없이 진행되었다. 갑자
기 뒷마당으로 나가는 문이 덜컹 열렸다.
"아유, 못 말려! 요즘 얼마나 좋은 물건
들이 많은데, 다 망가진 걸 가지고 그렇
게 닦고 하니! 그만하고 얼른 내다 버려!"
엄마는 냅다 고함을 지르셨다.

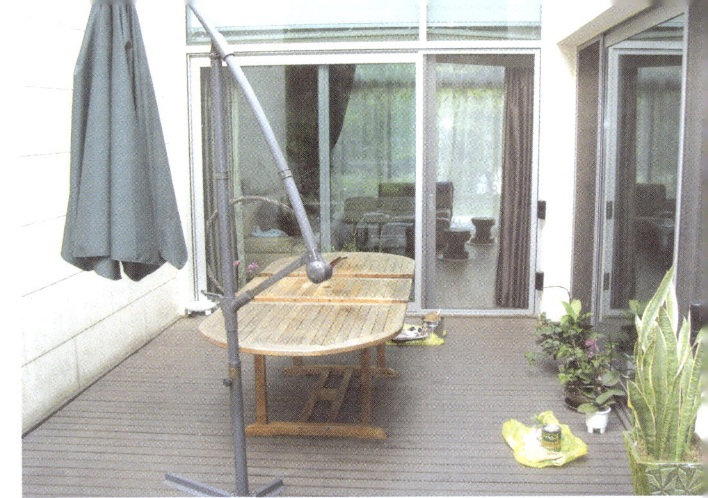

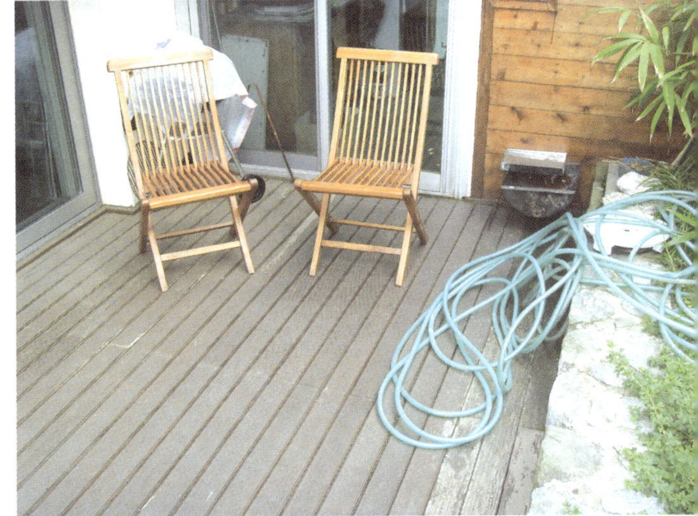

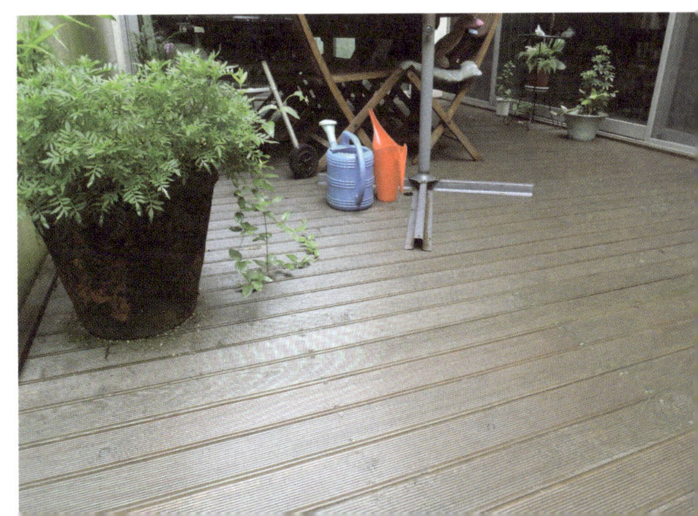

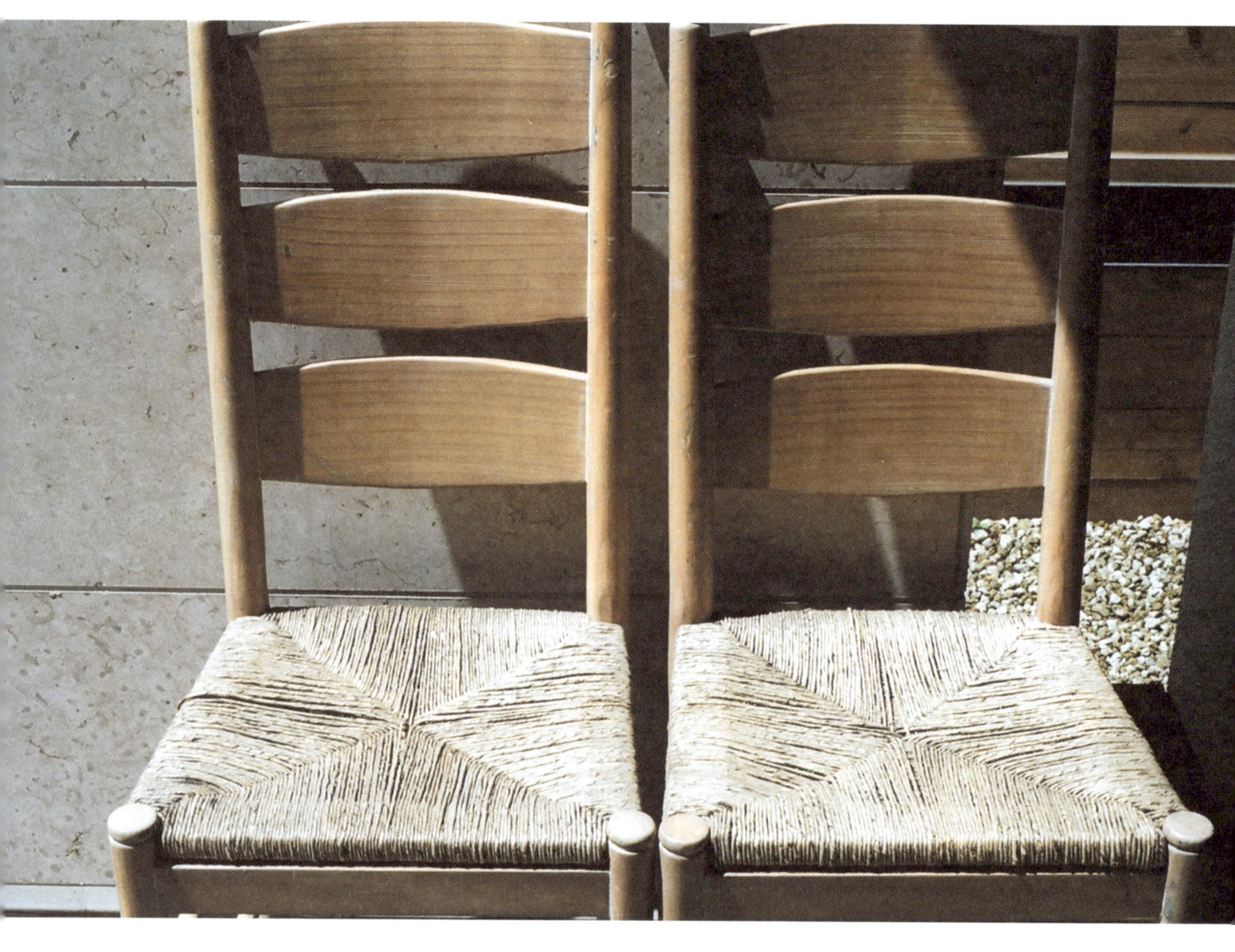

나는 어렸을 때부터 밖에 버려진 물건들을 잘 주워왔다. 현대빌라의 재개발이 시작될 무렵, 한 집 두 집 이사를 하기 시작하자 어느덧 반대편 단지가 텅 비었다. 동네를 한 바퀴 돌다가 무심코 유리창이 뻥 뚫린 빈집으로 들어갔다.

'앗! 저건…… 빈센트 반 고흐(Vincent van Gogh)의 의자다! 그것도 무려 8개나!'

폐허가 된 빈집의 거실에서 그 옛날 고흐의 방에 놓인 의자와 똑같은 의자를 발견하고는 나는 무척 흥분에 휩싸였다. 아마도 8인용 식탁의자로 쓰였던 모양이다. 어쨌건 조각난 대리석 위에 나뒹굴고 있는 의자들은 '아를의 반 고흐의 방(Van Gogh's Bedroom at Arles)'에 놓여 있는 의자와 똑같았다.(하필 이 집의 거실 벽 색깔마저 고흐의 방 벽에 칠해진 여린 울트라마린 빛깔이라니!)

거실 한 모퉁이에는 한쪽 귀가 잘려나간 고흐가 붓을 들고 가만히 의자를 응시하고 있는 것 같았다. 나는 귀를 감싸 안고 울부짖는 고흐의 절규를 뒤로하고 서둘러 집으로 돌아왔다. 그리고 대뜸 중요한 일이 있다며 폐허가 된 집으로 작은오빠를 끌고 들어갔다.

"너 이 집에서 뭐 한 거야? 혼자 무섭지도 않냐? 아이고, 귀신 나올 것 같네."

오빠는 이해할 수 없다는 표정이었다. 하지만 버려진 의자 8개를 모조리 집으로 가져가야 한다는 나의 단호한 의지와 부탁을 마다하지 않고, 오빠는 열심히 거들어 주었다. 엄마는 현관에 잔뜩 쌓여 있는 의자를 보고, 크게 손사래를 치며 성화셨다. 햇빛이 쏟아지는 여름날, 고흐의 의자는 남프랑스 아를의 햇살을 가득 머금고 있었다. 황토방 앞에 나란히 놓인 고흐의 의자 사진을 찍었다. 고흐는 미쳐갔지만 절대적인 휴식을 표현하고자 했던 고흐의 의도대로, 저 의자는 보는 것만으로도 나른한 오후의 휴식과 평화로움을 준다.

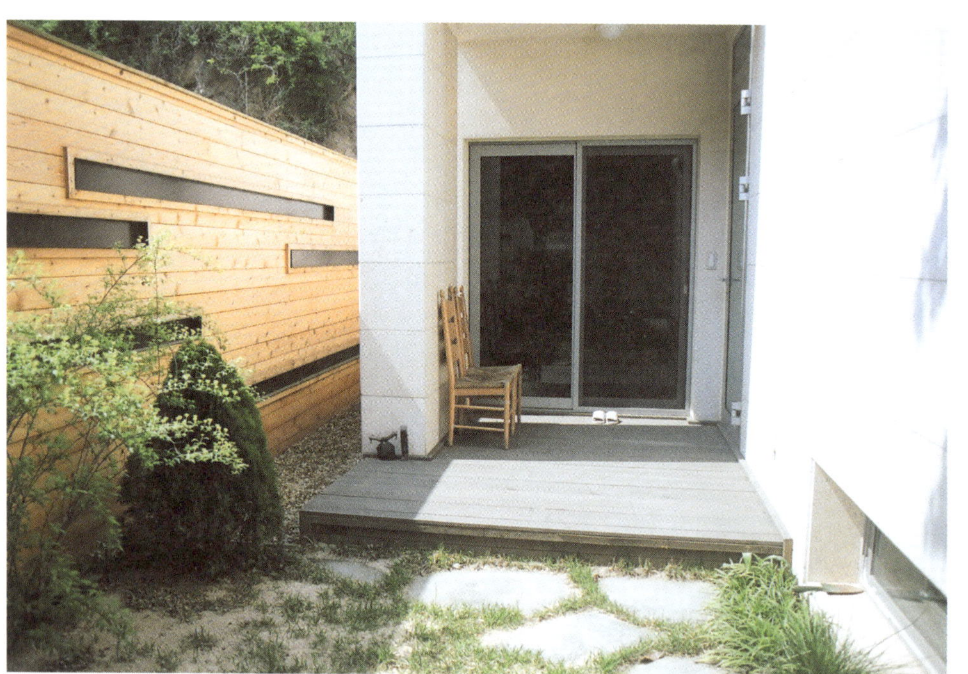

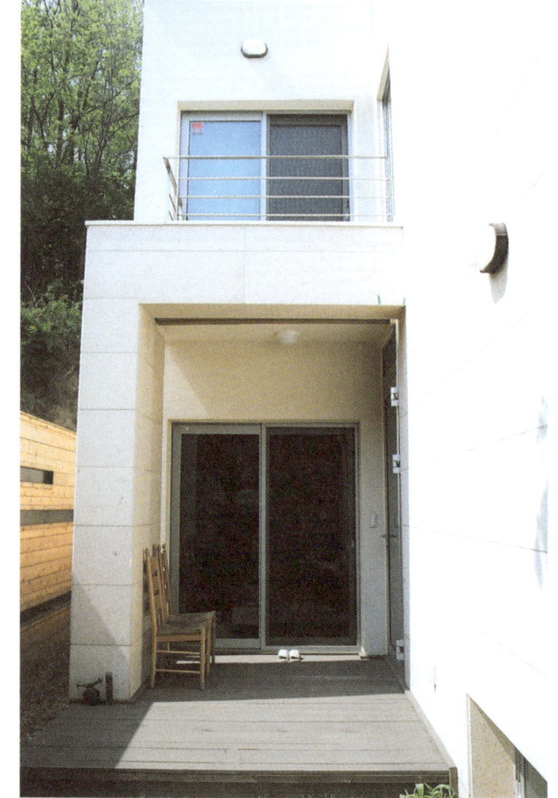

아빠와 금밭

"내가 오늘 너에게 특별히 금밭을 보여주도록 하겠다!"

"엥?"

가을이 무르익은 어느 날, 금밭을 보여주신다는 아빠를 따라 동네 뒷산으로 발걸음을 재촉했다. 아빠랑 산에 가면 행여 미끄러지지나 않을까, 돌부리에 걸리진 않을까, 아빠가 내심 걱정되곤 했다. 그런데 아빠는 좀 어려운 길이 나오면 아빠 손을 잡으라고 여전히 내게 손을 내미셨다. 딱따구리는 우리 부녀의 심정을 전혀 개의치 않고, 쪼아댄 나무 껍데기를 머리 위로 떨어뜨렸다. 먹이를 찾아 나선 고라니 두 마리도 보란 듯이 언덕을 쏜살같이 뛰어올랐다. 금광을 찾아 나선 부녀는 주거니 받거니 이야기를 나누며, 곡괭이 하나 없이 산을 올랐다.

"여봐라, 이 동네 작은 뒷산도 오르막 내리막이 있듯 살아가는 것도 마찬가지야. 좋은 일이 있다 싶으면 힘든 일이 생기고……. 한고비 넘으면 또 한고비고……. 가만, 어디가 금밭이더라……. 아, 저기다!"

샛노란 낙엽이 산길을 가득 메운 곳에 이르렀다. 와! 정말 눈부신 금밭이다! 나뭇가지 사이를 비집고 들어온 햇살은 애써 금덩어리를 향해 조명을 환히 켰다. 황금시대의 이상향을 보는 듯 반짝거리는 금덩어리는 산자락을 농락하며 마음껏 굴러다니고 있었다.

"오! 금이다 금! 저게 다 진짜 금덩어리면 얼마나 좋을까!"

"실제로 금덩어리가 잔뜩 있으면 뭘 해! 마음속의 금밭을 정성스레 키우고 가꿀 수 있어야지."

아빠는 누차 정성스레 가꾼 마음속의 금밭 같은 사람이 되라고 하셨다.

'꼬르륵~ 아, 그림에 떡이로다!'

슬슬 배가 고파오자 육중한 금덩어리들은 황금의 실타래가 되어 비탈길을 흘러내렸다. 햇빛에 녹아내린 금덩어리들은 매콤한 향신료를 곁들여 걸쭉하게 끓여진 샛노란 카레(Curry)가 되었다.

"자, 마음껏 봤느냐? 이제 하산하자!"

아빠와 나는 산에서 내려와 근처 식당에 들러 청국장 하나씩을 먹었다. 아름다운 금밭을 보여주신 당신 같은 아빠가 있어 정말 행복합니다! 온 세상의 금덩어리를 내 품에 안은 듯 훈훈하고 벅찬 하루가 저물어갔다.

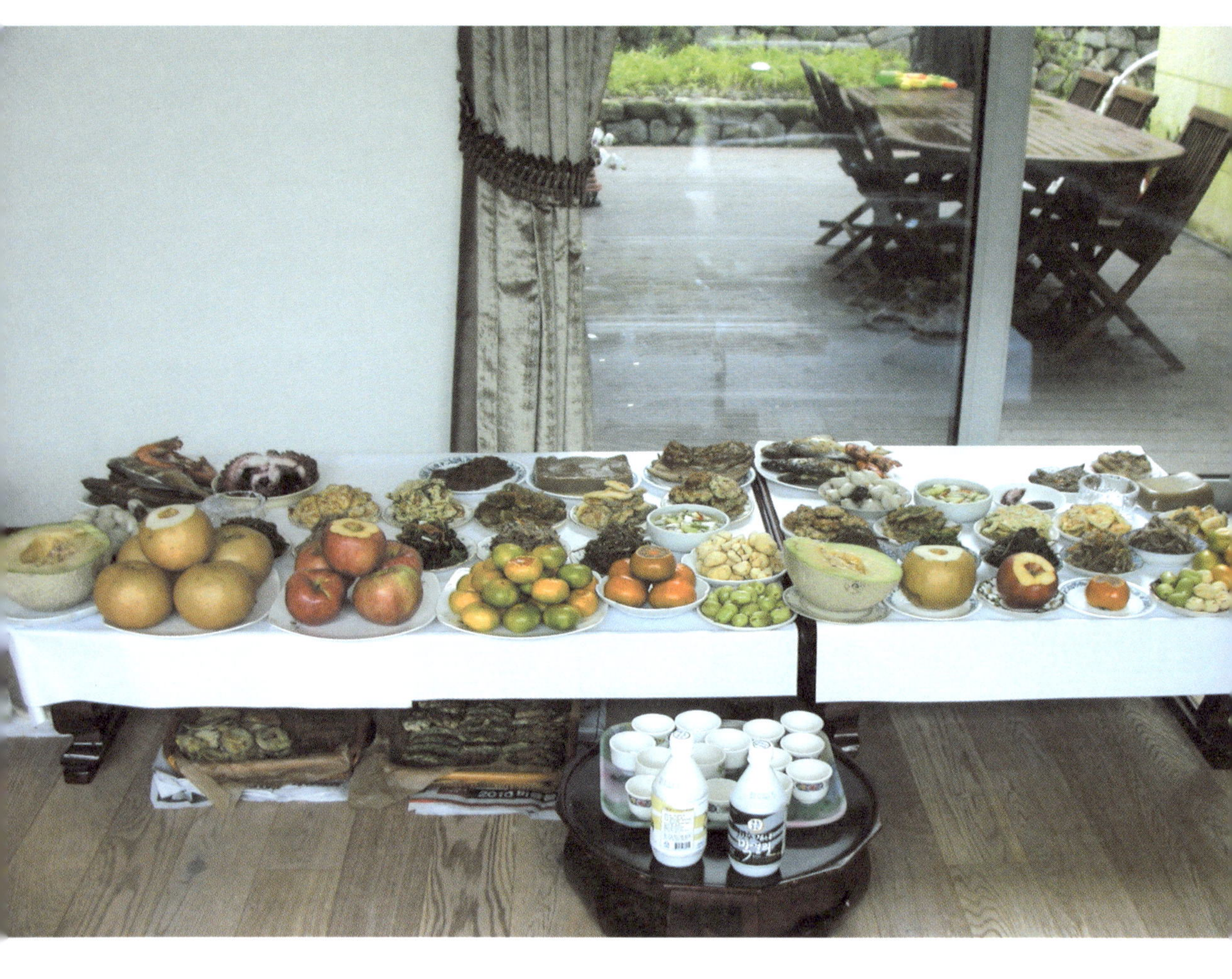

추석, 그리고 큰엄마의 소원

추석 당일, 아침 일찍부터 전날에 마련한 음식들을 정성스럽게 접시에 담고 있는데, 아빠가 주방을 기웃기웃하면서 노래를 흥얼거리셨다.

"아따, 내가 소원이 있는디, 죽기 전에 작은아빠 노래 한 번만 듣고 죽었으면 좋겠소. 이자 내가 살면 얼마나 더 살겠는가! 오메오메, 꼭 다시 한 번만 제대로 듣고 잡네. 어머니 잔치 땐가? 그때 마지막으로 들었잖소."

큰엄마는 접시에 나물을 담으시며 구성진 사투리를 털어내셨다.

"하이고, 작은아빠가 울고 넘는 박달재를 부르면 아조 끝내주제! 아조 박달재가 살짝살짝 잘도 넘어간다니께!"

작은 큰엄마도 웃으시며 한 말씀 거드셨다.

오! 진정 신이 내린 목소리여! 아빠의 목소리는 깊은 우물에서 퍼 올린 기적의 샘물처럼 청량함과 진중한 깊이가 우러난다. 깊고 풍부한 성량은 새벽녘 산사를 휘감고 멀리까지 갔다가 되돌아오는 범종의 울림처럼 긴 여운을 남긴다. 아빠가 이탈리아에서 젤라또(Gelato)와 파스타(Pasta)를 드시면서 노래를 제대로 배웠다면, 단언컨대 세계를 풍미했던 3대 테너의 구도는 확 바뀌었을 것이다.

한창 노래를 잘 한다고 방송국을 전전하던 내가 이제 와서 아빠의 핑계를 좀 대야겠다. 나는 중학교 때부터 예술학교에 들어갔다. 그리고 당시 학교에서 우수한 제자들만 받는다는 아빠와 비슷한 연배의 남자 선생님을 배정받았다. 그런데 이 선생님은 아무리 생각해도 아빠보다 노래실력이 형편없었다. 내 목소리는 날로 기어들어갔고, 늘 뭔가 아니라는 생각이 들었지만, 당시에 나는 그 아닌 것이 뭔지를 잘 몰랐다. 입을 꾹 다물어버린 내게 아빠는 내가 목소리 잃은 카나리아가 되었다고 하셨다. '목소리 잃은 카나리아?' 그것은 참 시의적절한 비유였다.

아빠, 왜 가발 안 써?

아빠의 형제들은 모두 머리숱이 많다. 둘째 큰아버지, 작은아버지 모두 머리숱이 많고, 돌아가신 큰아버지도 머리가 덥수룩했었다. 그런데 유독 아빠만 탈모 유전자를 물려받았는지, 아니면 이것저것 신경을 많이 써서 그런지, 어느 순간부터 걷잡을 수 없이 머리가 숭숭 빠지기 시작했다.

뒤늦게 아빠의 탈모와의 전쟁이 시작되었다. 아빠는 머리관리에 온갖 방법을 동원하셨다. 우선 탈모방지에 좋다는 메뉴로 식단을 바꾸셨다. 그리고 식사 후에는 혈액순환에 좋다는 탈모방지 체조, 즉 요가 수트라(Yoga-sutra)를 방불케 하는 고행에 가까운 체조를 한 시간 동안 하셨다. 어느 날은 솔잎을 한 움큼 묶어서 머리에 마사지했고, 어느 날은 이상한 희귀 약초를 정성껏 달여서 머리에 바르기도 하셨다.

아빠가 은퇴하신 뒤, 절친하게 지내시는 아우 한 분이 패션가발을 권유하셨다. 아빠와 엄마, 그리고 나는 안방의 컴퓨터에 둘러앉아 가발 센터에서 보내온 이메일을 열어보았다. 우리는 누가 먼저랄 것도 없이 폭소를 터뜨렸다. 메일에 첨부된 이미지를 열어보니 가발 센터에서 찍은 아빠의 얼굴 10개가 있었다. 그리고 10개의 아빠 머리 위에는 다양한 헤어스타일의 가발이 얹혀 있었다.

다음날 엄마와 거실에서 저녁 뉴스를 보고 있는데, 갑자기 낯선 사람이 불쑥 집으로 들어왔다.

"꺅!"

엄마와 나는 동시에 외마디 비명을 질렀다. 그리고 곧장 덥수룩한 머리의 낯선 사람이 아빠임을 확인했다. 엄마는 가발을 쓴 아빠가 젊어 보이기는 하지만, 시원한 이마가 가려서 아빠 같지 않다고 하셨다.

어느 날 가발을 쓰고 외가에 나타난 아빠를 외할머니는 무척이나 유심히, 그리고 꼼꼼하게 살펴보셨다. 외할머니는 분명히 그 옛날 머리가 덥수룩했던 까까머리 청년의 모습을 머릿속에 완벽하게 떠올리셨을 거다. 외할머니는 그 누구보다도 아빠의 패션 가발을 적극적으로 환영하셨다. 그러나 아빠는 얼마 전 가발을 벗으시고, 다시 근본적인 치료를 해보겠다고 하셨다. 의기양양하게 나를 놀라게 했던 거치대에 걸린 두 개의 가발은 화장실 수납장으로 꼭꼭 숨었다. 아빠의 시원한 이마가 다시 드러났고, 훤한 광채가 빛을 발했다.

"아범, 왜 가발 안 써? 가발 쓰는 게 더 젊어 보이고 좋은데."

외할머니는 아쉬워하셨다.

아프리카의 여인들은 아랫입술을 뚫고 거는 '아발레(입술 원반)' 라는 접시 모양의 장신구를 통해 자신의 아름다움을 뽐낸다. 그들은 접시가 크면 클수록 더 아름다워 보인다며 해가 질 때까지 큰 접시를 정성스럽게 빚는다. 그리곤 커다란 접시를 아랫입술에 달고 자신의 아름다움에 한껏 도취한 채, 모래바람이 이는 사막에 몸을 맡긴다. 이 세상의 아름다움의 기준이란 뭔가? 우리가 맹신하던 아름다움의 기준이라는 것은 때로는 너무 보잘것없어 실망스럽기까지 하다. 이제 큰 접시를 아랫입술에 달고 사막의 모래바람을 견디던 아프리카의 여인들처럼, 탈모를 바라보는 새로운 관점에 주목할 때다.

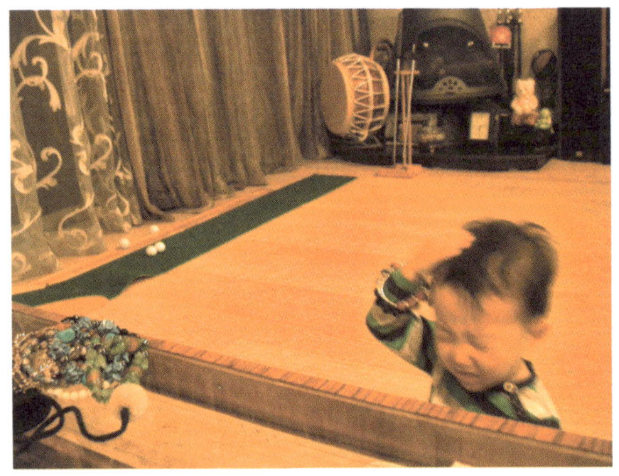

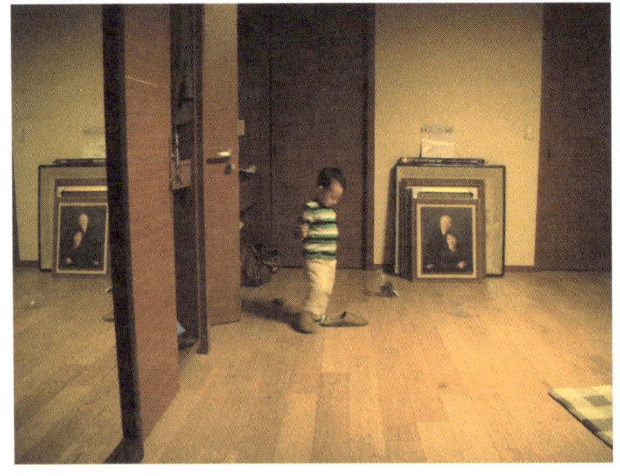

쌍둥이 조카들이 100일 되던 날

천사 같은 아이들과 작은오빠, 새언니의 가족들이 우리 집에 와서 100일을 축하했다. (나는 곁에서 드레스를 입고 하프와 류트를 켜며 천사들이 부르는 노래라도 불러주고 싶었지만, 그 당시 나는 집에 없었다.) 아빠는 서둘러 현관문에 환영인사를 적어 붙이셨다. 우선 맨 위에는 날짜를 적고, '축 100일! 쌍둥이 환영한다. 반듯하게 커라. 할아버지, 할머니' 라고 적으셨다.

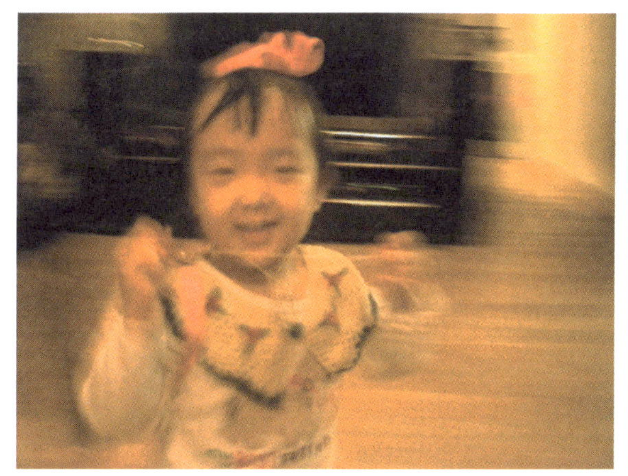
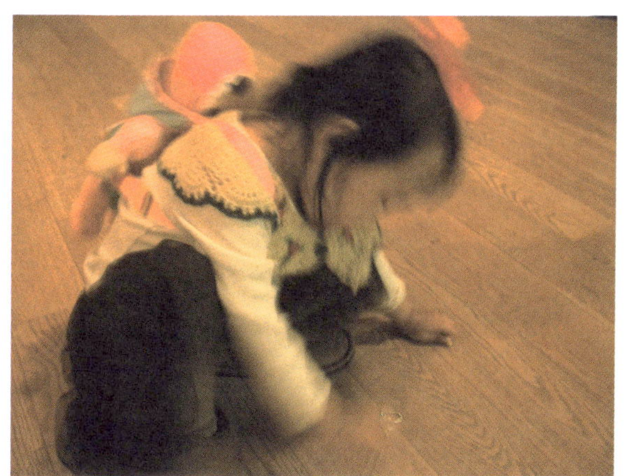

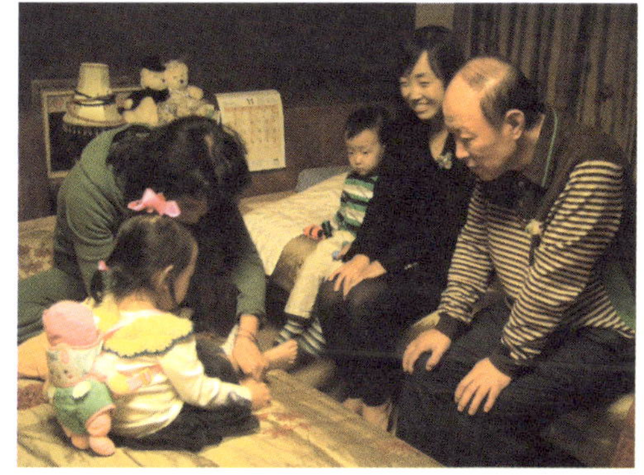

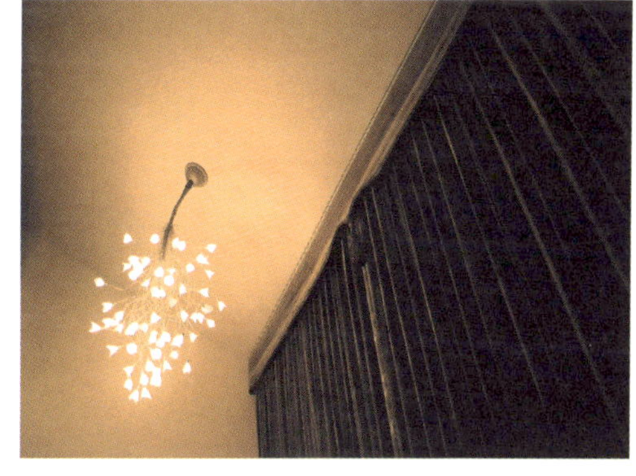

"하라베지…… . 함마니…… ."

괴상한 발음으로 모든 것들을 무력화시키는 말썽꾸러기들의 심사가 무척 궁금했다. 아이들을 쫓아다니면서 사진을 찍자니 여간 힘든 게 아니었다. 아이들은 너무 빨라 앵글에서 자꾸 벗어났다. 이미 한 녀석은 탁자에 머리를 들이받아 울음을 터뜨렸다. 또 한 녀석은 로맨틱 튀튀(Tutu: 발레리나 치마)를 입고 고난도의 점프와 사뿐한 착지로 분위기를 고조시켰다. 아빠, 엄마는 할아버지, 할머니로서 드높은 권위를 가지고, 괴상한 발음을 거리낌 없이 구사하는 아이들과 진지한 대화를 시도했다. 외계인을 방불케 하는 아이들의 옹알거림에 두서없이 웃음이 터져 나왔다. 이제…… 아이들의 웃음을 뒤로하고 문을 닫아걸 시간이다.

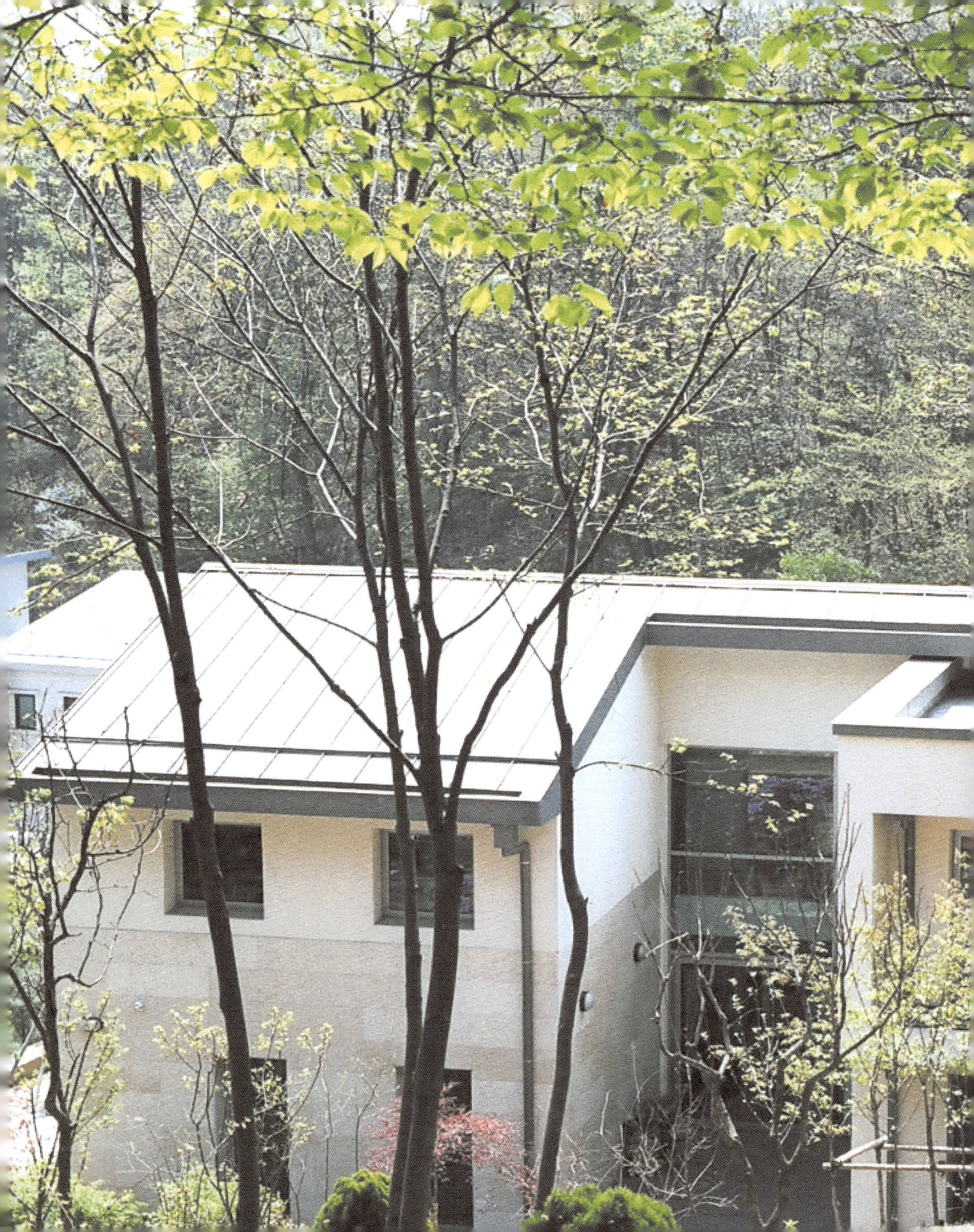

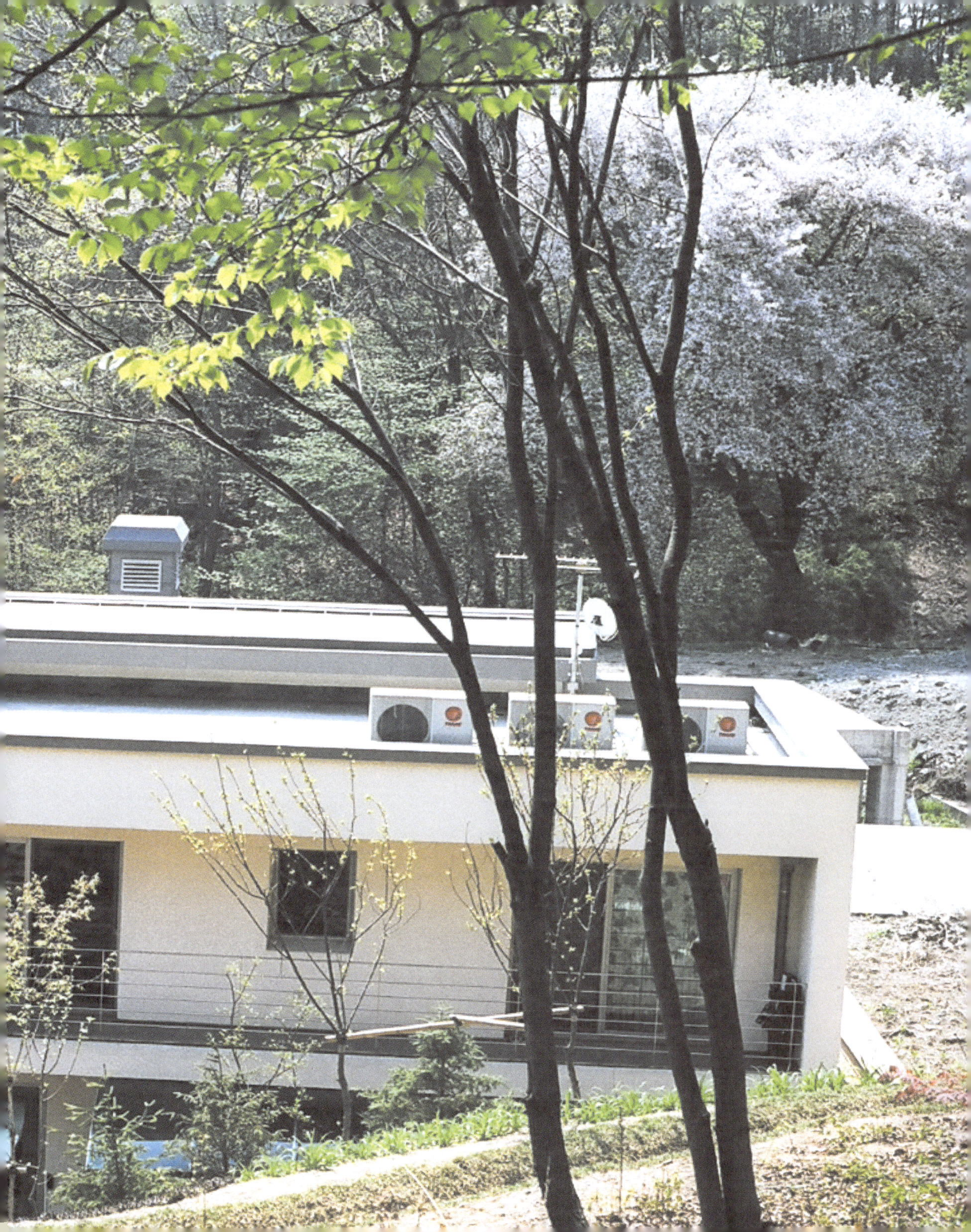

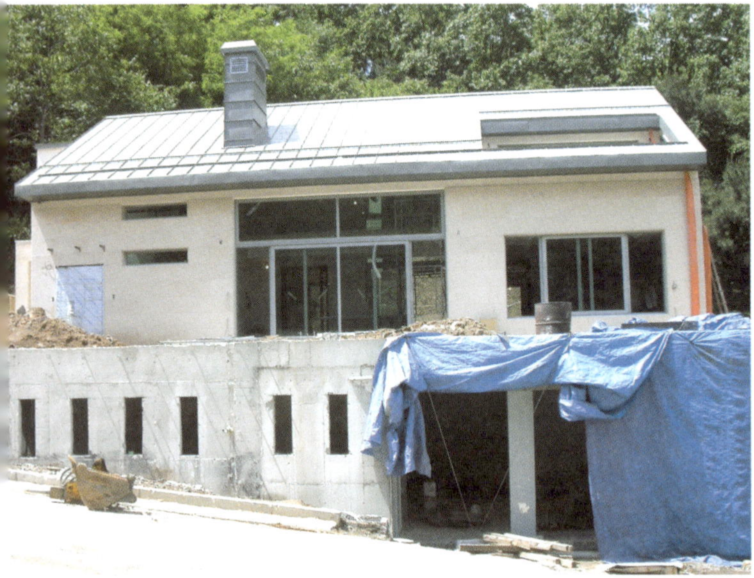

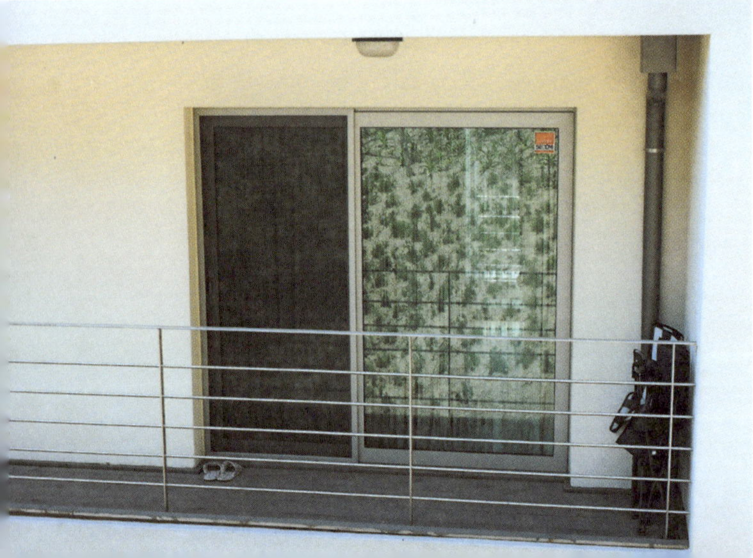

사계절이 아름다운 집

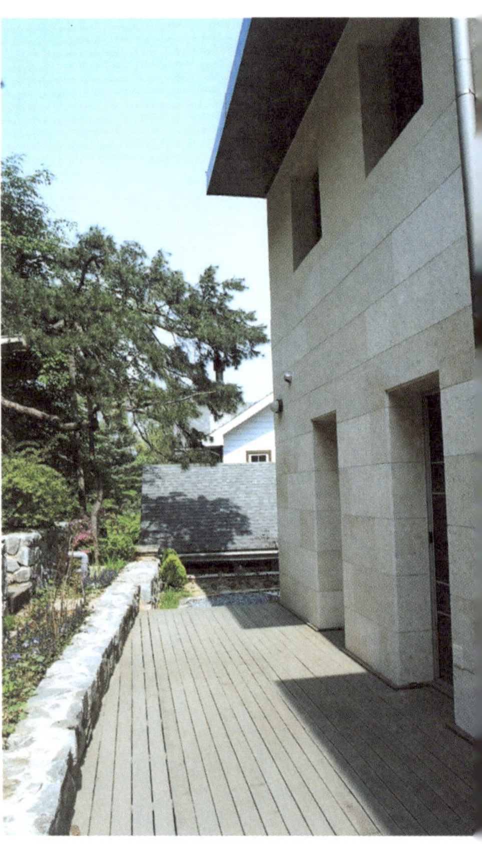

읍 주민이 되었다. 우리 가족은 이사를 오기 전, 주말마다 경기도 광주로 와서 동네 곳곳을 찬찬히 둘러보곤 했다. 그리고 어떤 식으로 집을 지으면 좋을지 가족회의를 열었다. 종합한 의견을 반영하여 큰오빠 친구가 설계도를 가져오기도 했고, 건축 쪽에 계시는 아빠 친구 분의 조언을 구하기도 했다. 뚝딱뚝딱 집짓기가 시작되었다. 주말마다 집이 변모해가는 과정을 보며 다음 단계를 가늠해 보는 것은 상당히 흥미로웠다. 나는 집의 설계와 시공까지의 전 과정에 은근슬쩍 가담했다. 홍수 같이 밀려드는 빛과 활짝 핀 벚꽃이 집안으로 쏟아져 들어온다. 눈이 멀어 버릴 듯 탄성을 자아낼만한 빛과 벚꽃의 향연이다! 앞마당과 뒷마당을 전 방위에서 조망할 수 있는 큰 창은 융숭한 바깥경치와 쉽게 교감할 수 있다. 집 안에 들어오는 빛을 잘 활용하면 상당량의 열기를 저장해 실내온도를 보존할 수 있다.

"뻐꾹, 뻐꾹!"

마당의 어딘가에서 조심스럽게 뻐꾸기 소리가 울려 퍼졌다. 우리 집에는 오래된 뻐꾸기시계가 있다. 그런데 이 집으로 이사를 와서 뻐꾸기 소리를 제대로 듣고 보니, 시계의 뻐꾸기 소리는 순전히 사기였다. 숲 속에서 들려오는 뻐꾸기 소리는 너무도 아름다워 그때마다 나는 잠깐씩 숨을 멈췄다.

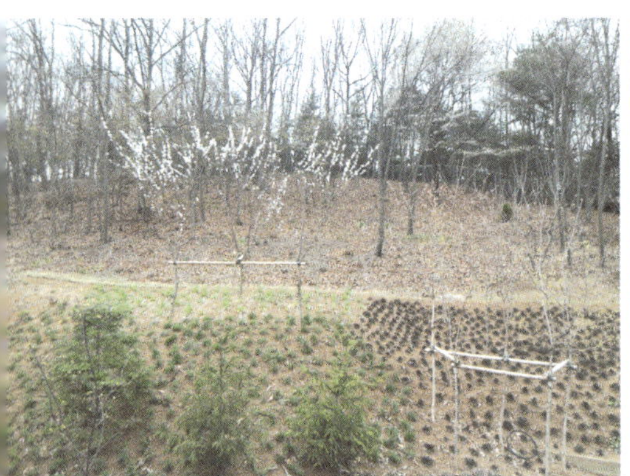
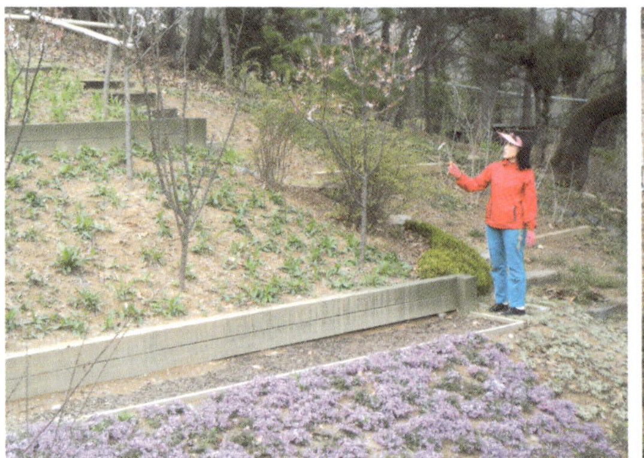
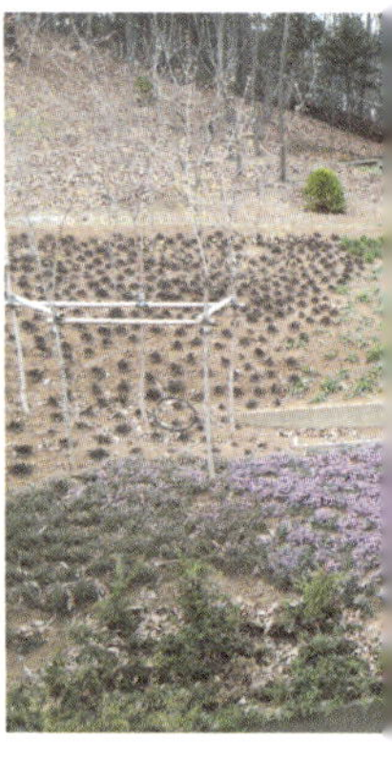
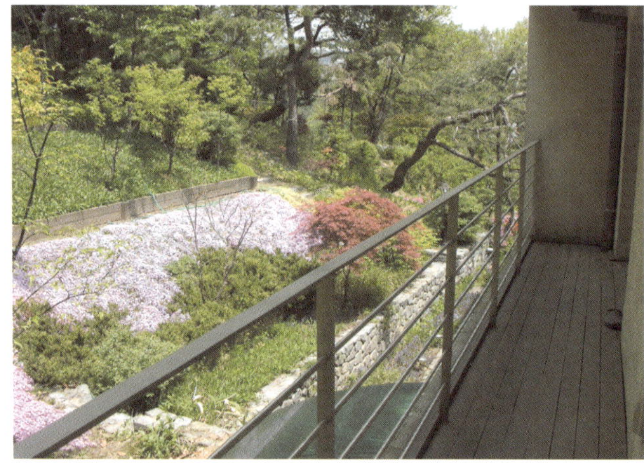
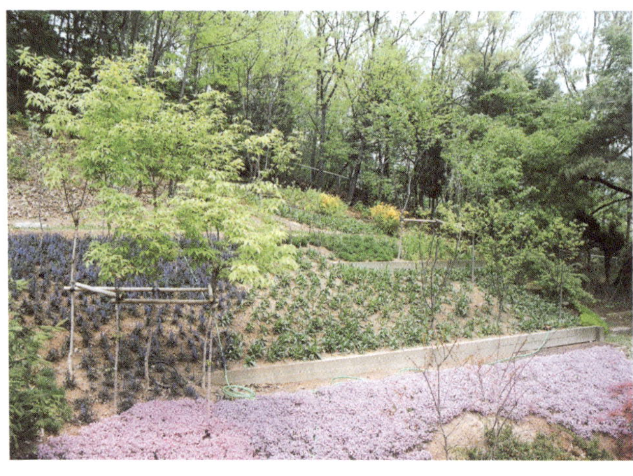

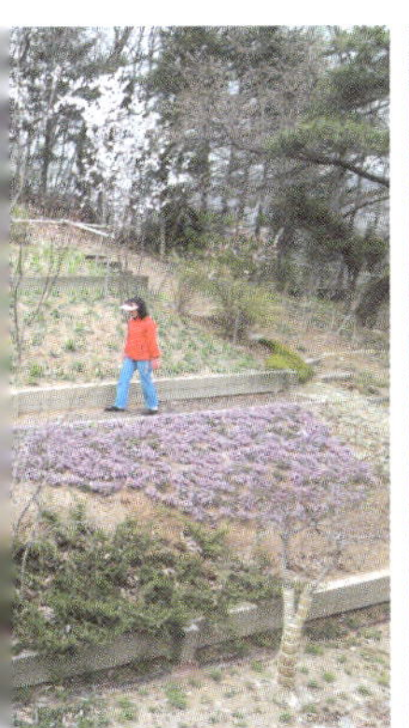
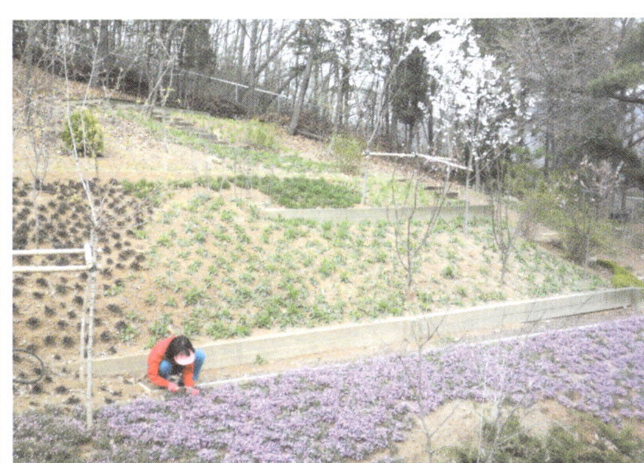
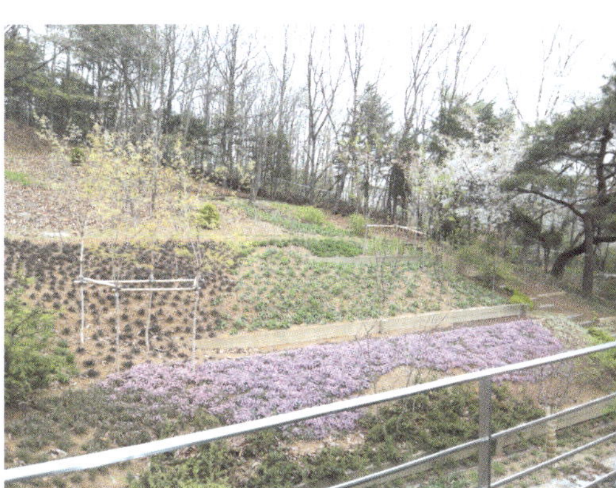
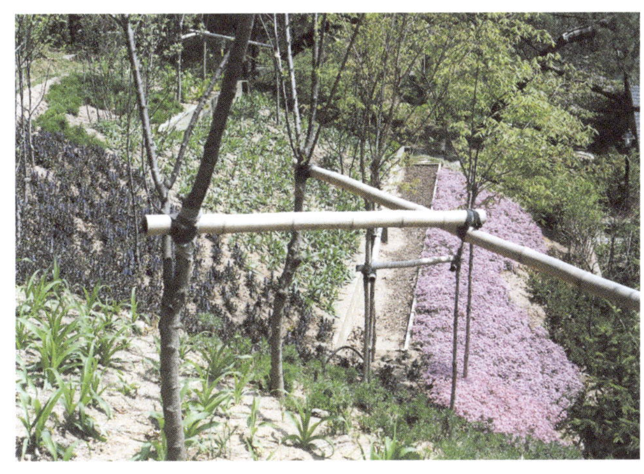
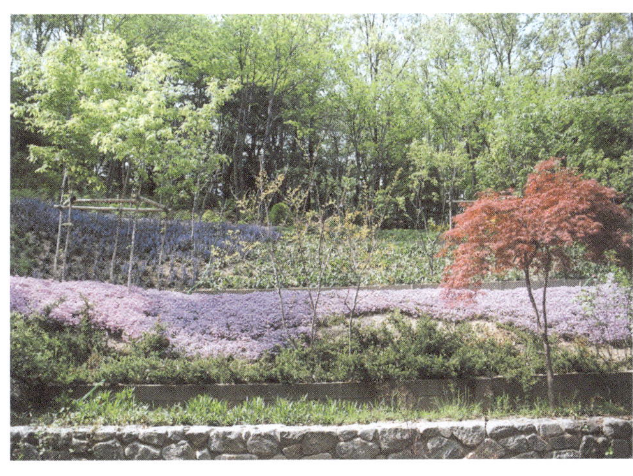

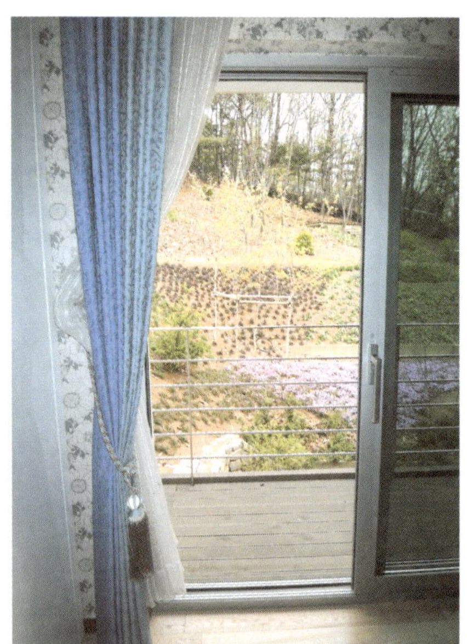
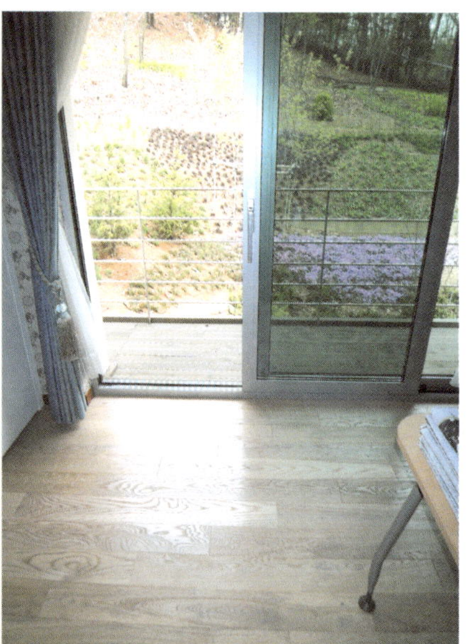
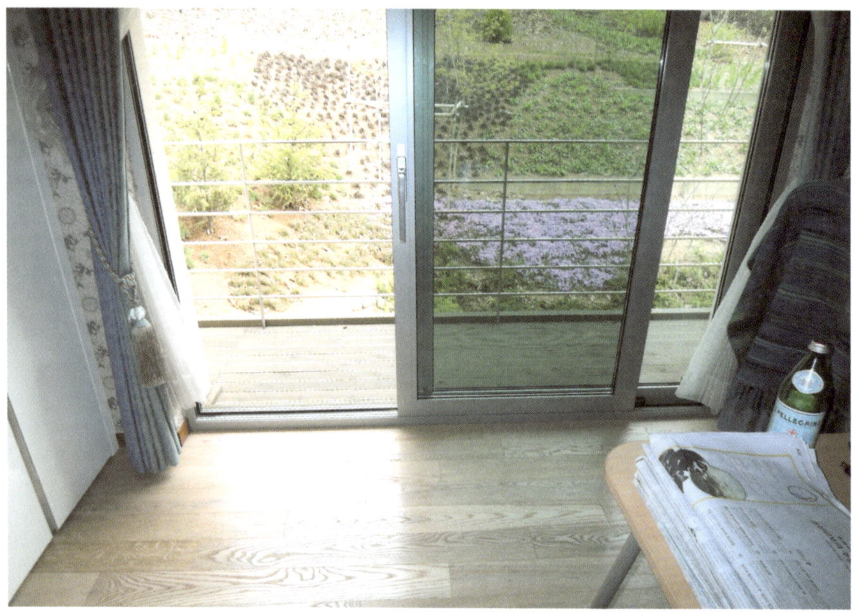

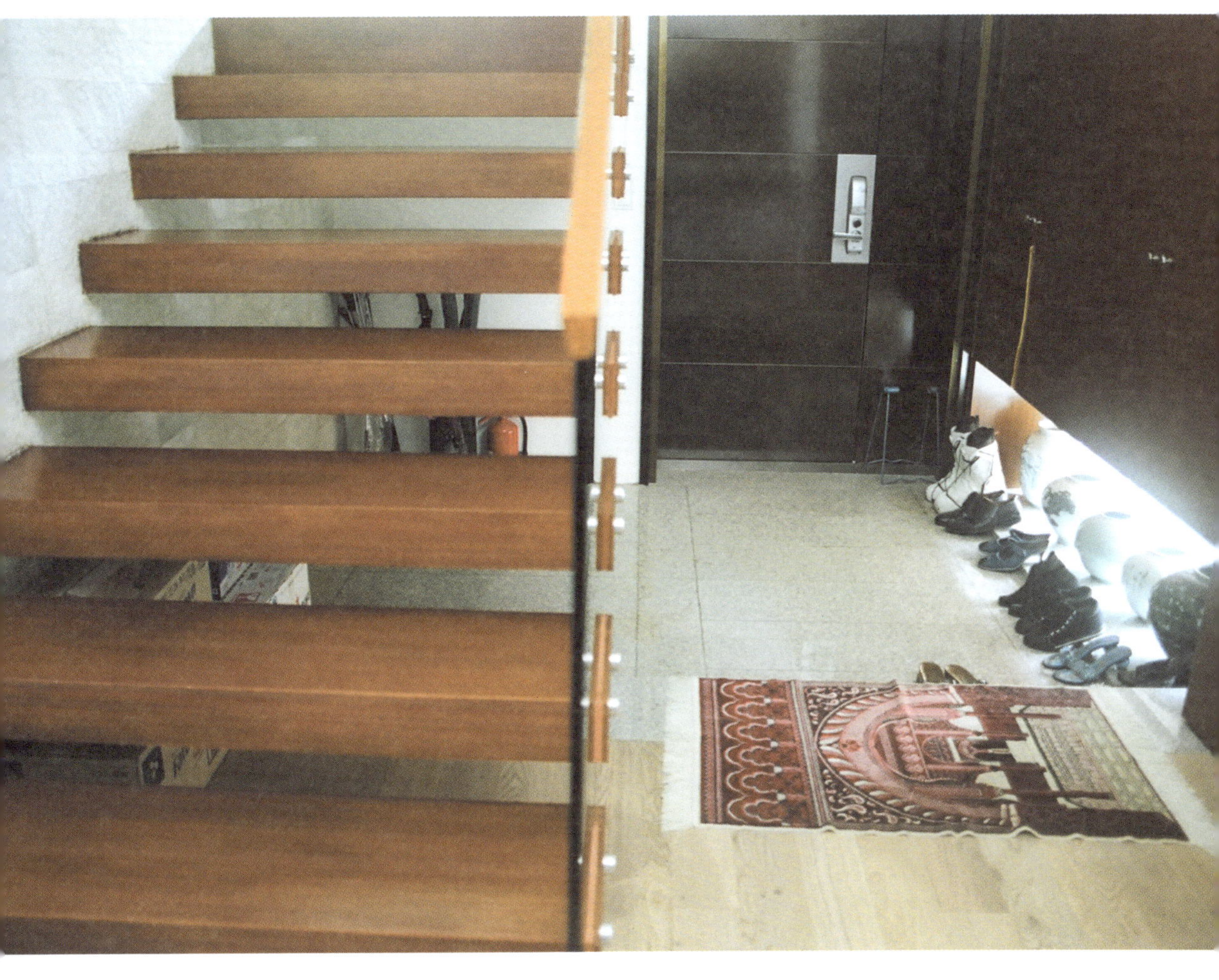

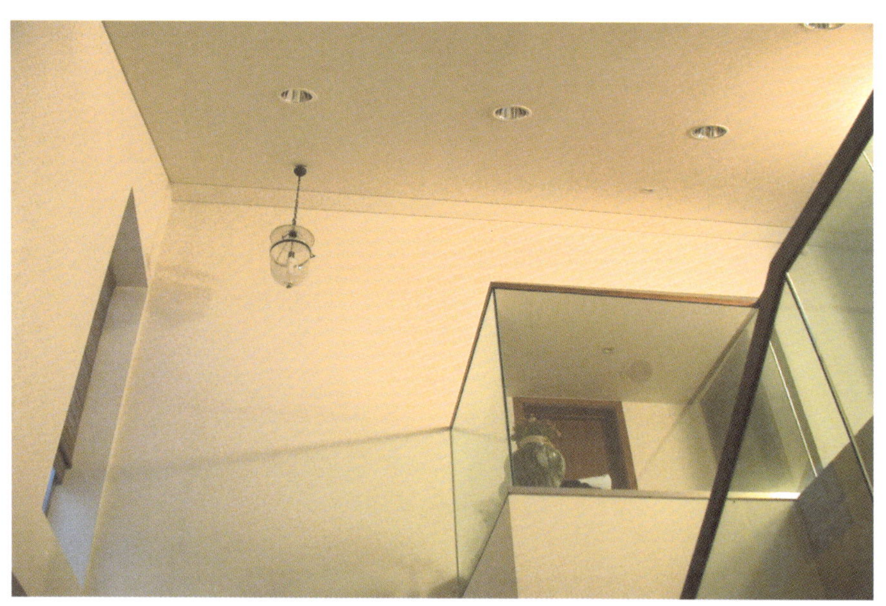

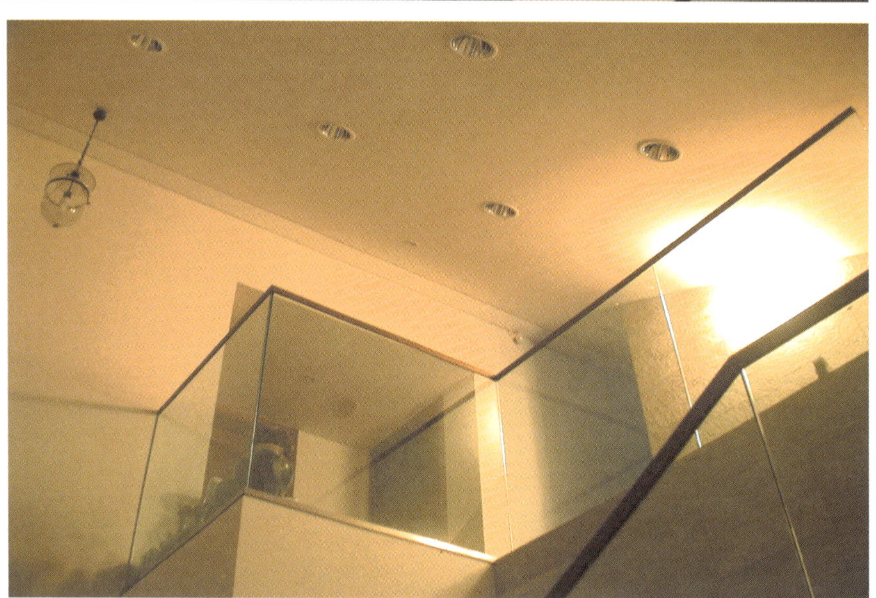

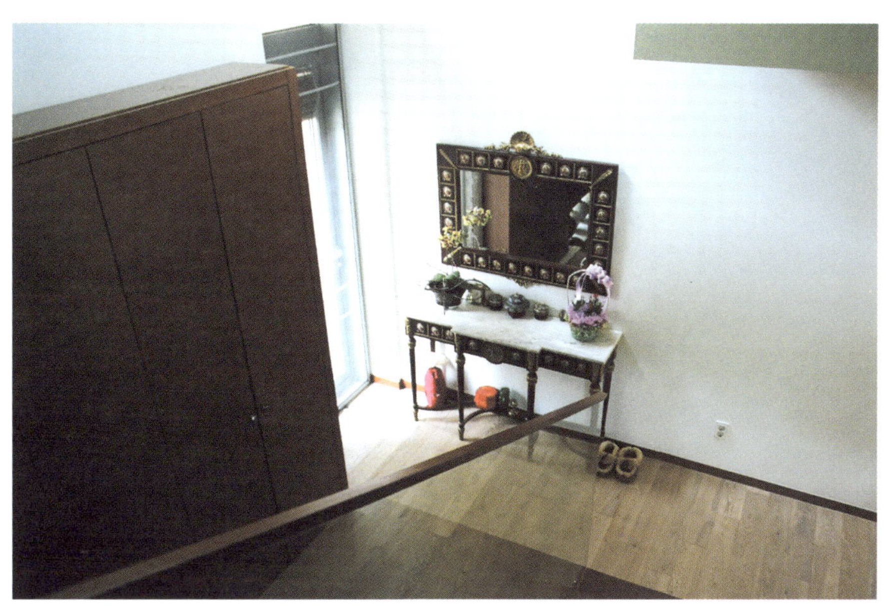

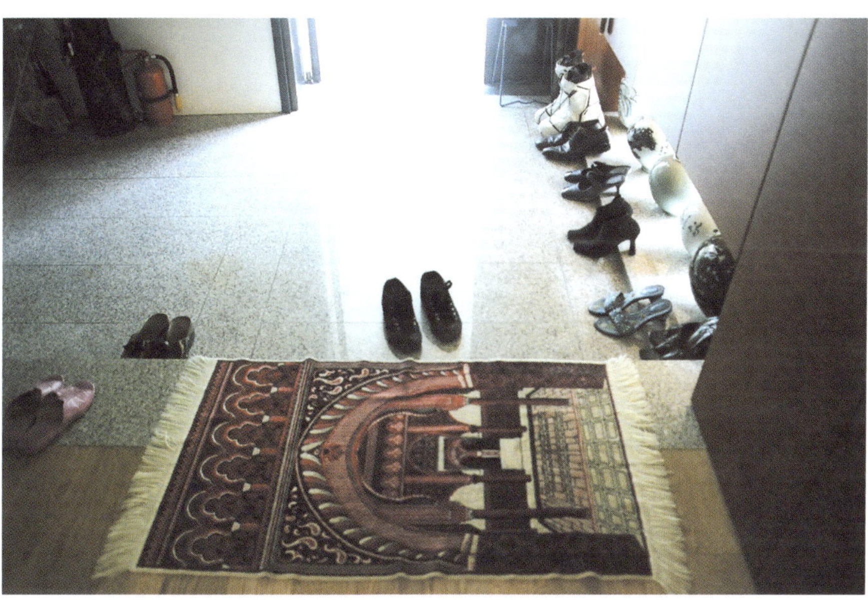

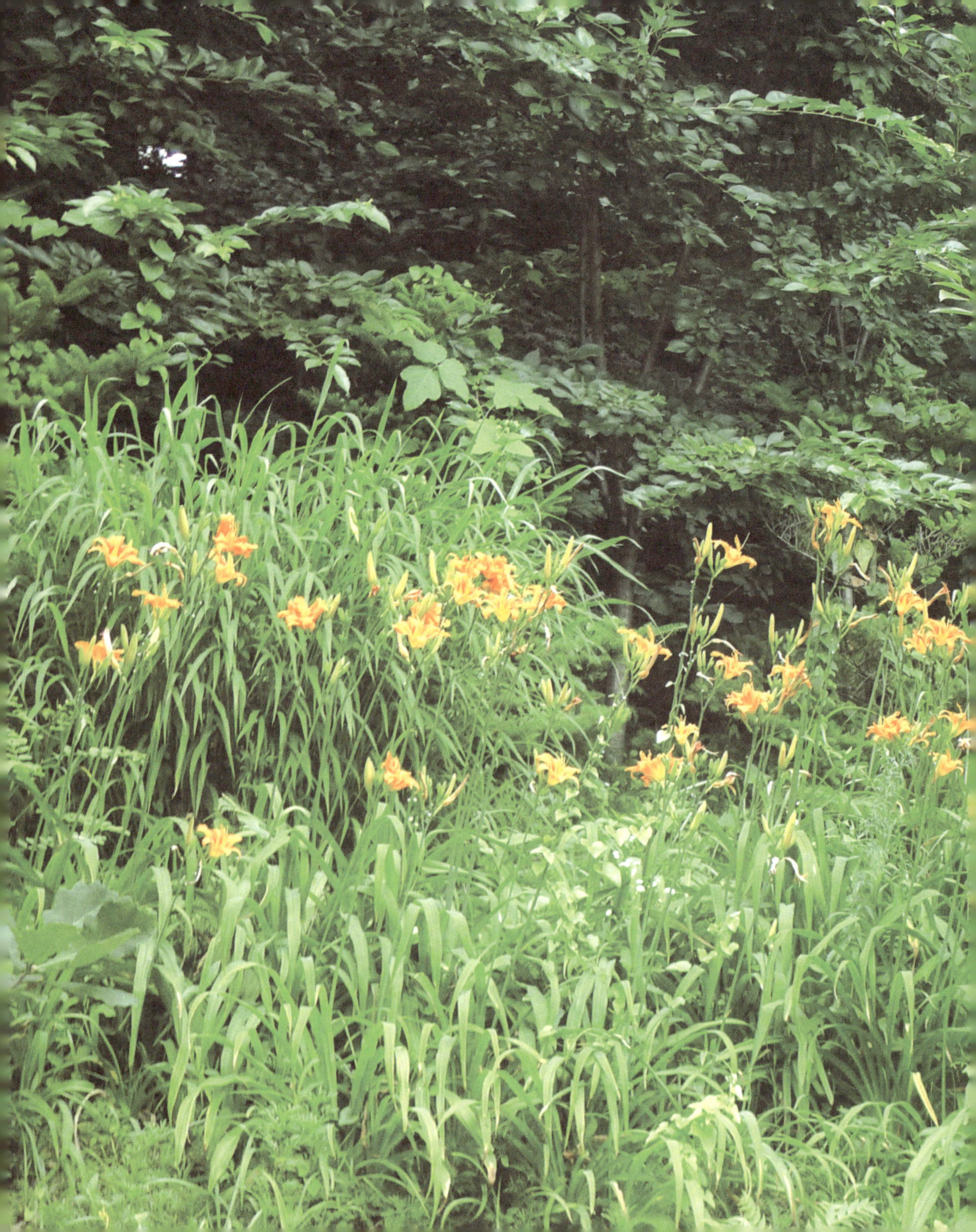

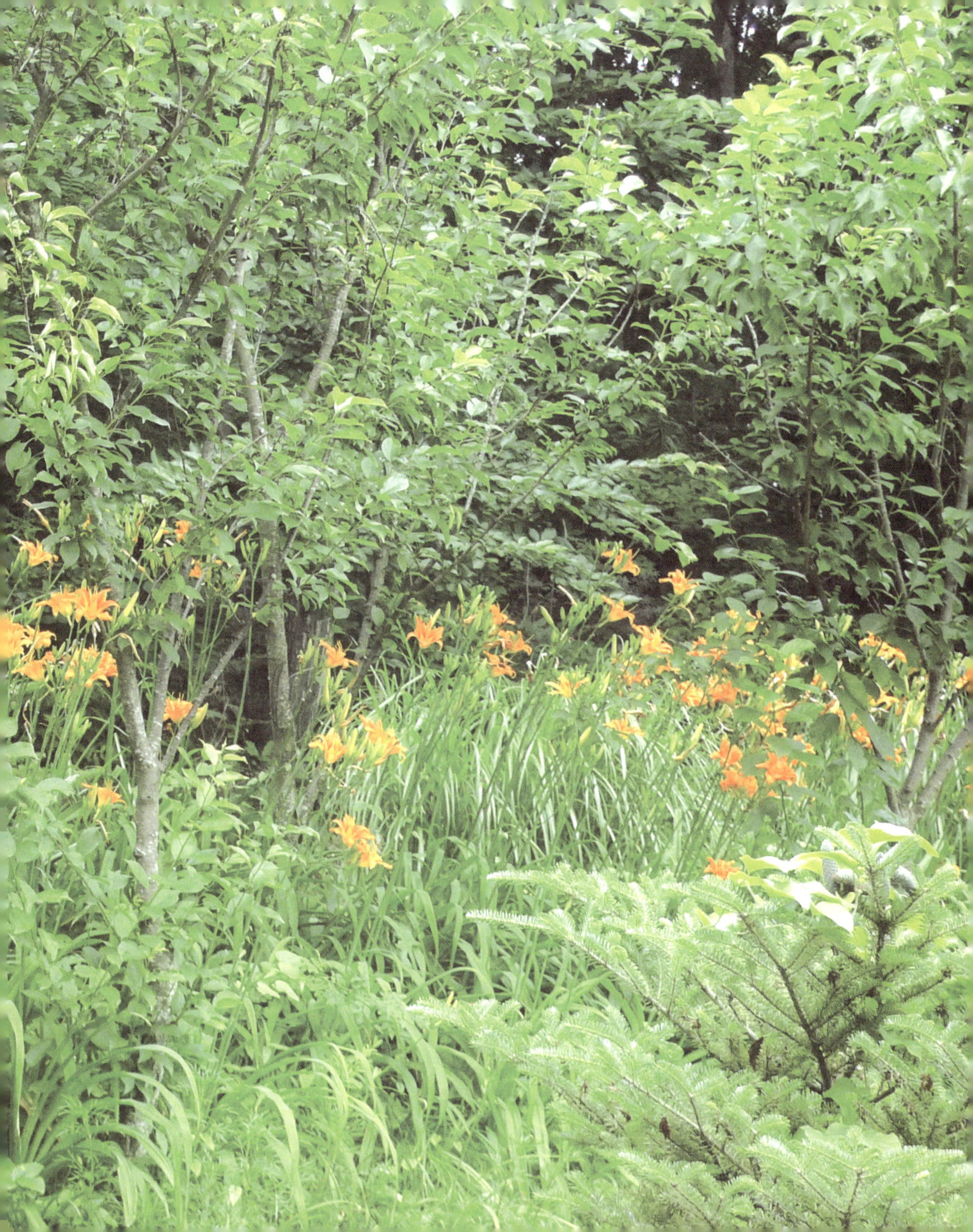

여름

햇볕이 쨍쨍 내리쬐는 날, 맨발로 걷는 자갈길은
온돌방의 따뜻한 아랫목 같다. 자갈이 깔린 구불
구불한 샛길을 지나면 바로 작은 텃밭이다. 일용
할 양식이 무럭무럭 자라는 신통방통한 요술공간
이다. 우리 가족은 이 텃밭에서 해마다 방울토마
토, 상추, 고추 등을 정성 들여 키웠다.

햇볕이 잘 드는 텃밭에는 가끔 성가신 손님들이
찾아온다. 어느 날은 미끈한 뱀이 먼 산길을 내려
와 한가롭게 일광욕을 하였고, 또 어느 날은 야생
의 기질이 다분한 산토끼 가족이 상추밭을 초토
화시키기도 했다.

작은 텃밭이지만, 뭔가를 내 손으로 직접 가꿔서
먹는다는 것이 뜻하지 않은 보람과 기쁨을 안겨
주었다. 갓 따온 상추 한 장으로 커다란 쌈을 만
들어 입안에 힘겹게 넣으면서, 나는 내 안에 잠재

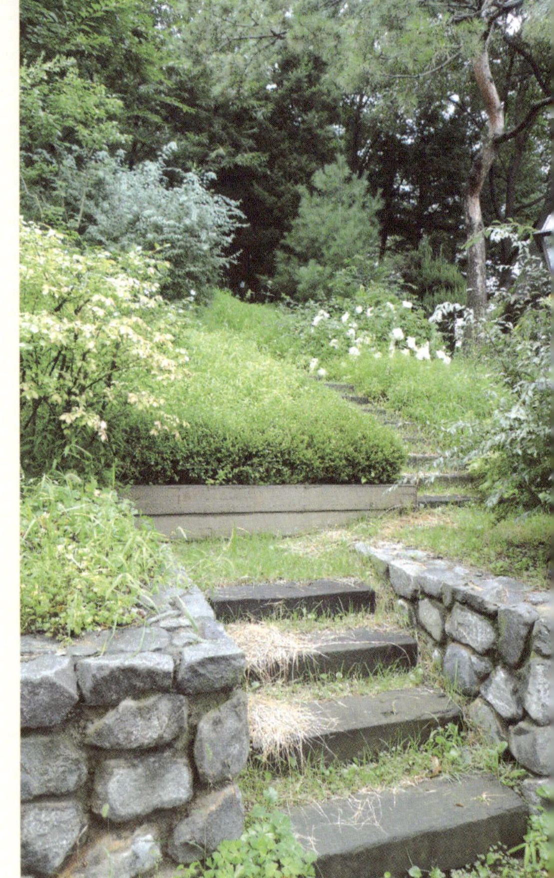

된 포악한 기질이 점점 사그라짐을 느꼈다. 텃밭에서 바로 공수해 온 것들은 좀 더 고매(高邁)한 사
람됨에 적극적으로 이바지했다.

매미들의 소란 속에 오랜만에 야외 테이블에 온 가족이 모였다. 갓 수확한 방울토마토, 상추, 고추
가 테이블에 한 상 올랐다. 너나 할 것 없이 싱싱한 상추로 입이 찢어질 정도의 커다란 쌈을 만들
었다. 자, 뭔가 좀 더 고매해짐을 느끼시나요? 아니, 전혀? 나는 산 모기에게 습격을 당해 다리가
퉁퉁 부어올랐다.

"타닥타닥! 타닥타닥!"
타들어가던 숯불이 스러지고, 떠들썩한 한여름 밤도 꿈결같이 사라져갔다. 아, 이제 숲 속의 요정
들을 불러 모아 밤하늘을 수놓는 별들의 폭죽을 보고 자야지!

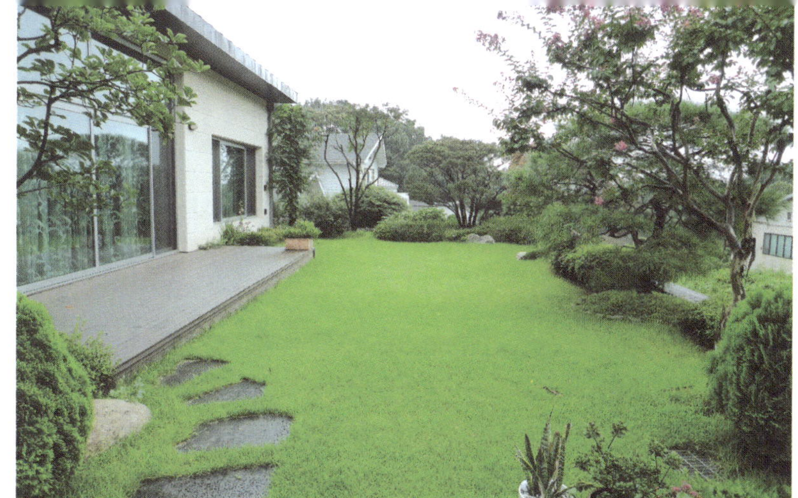

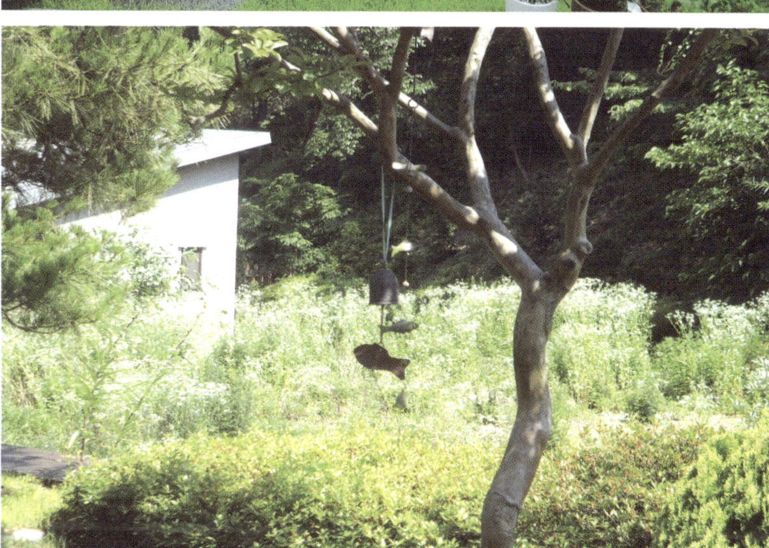

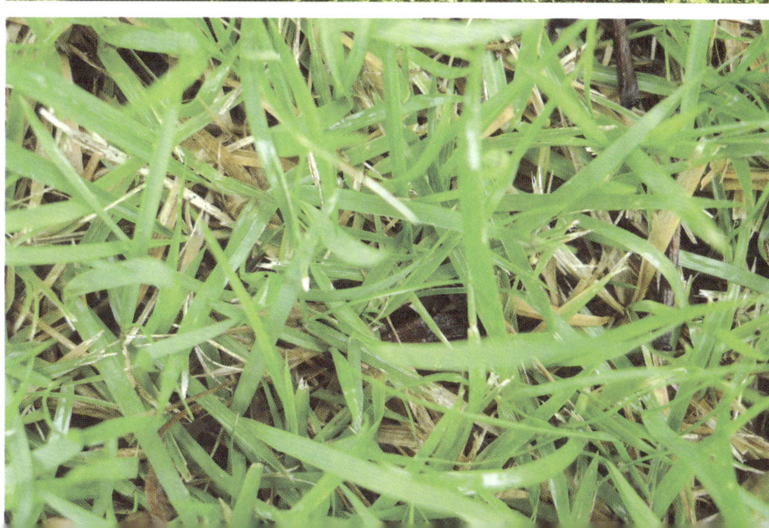

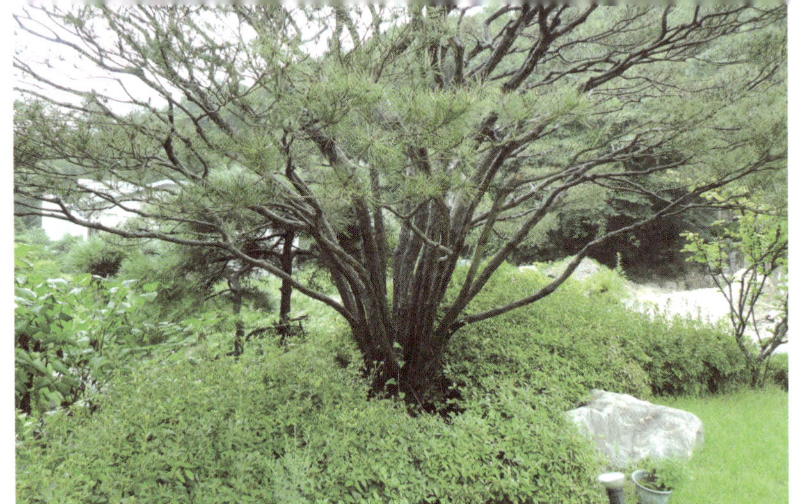

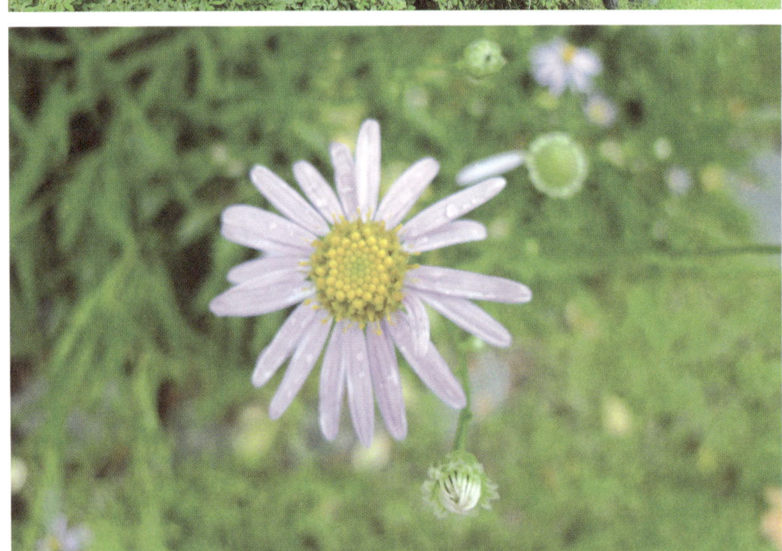

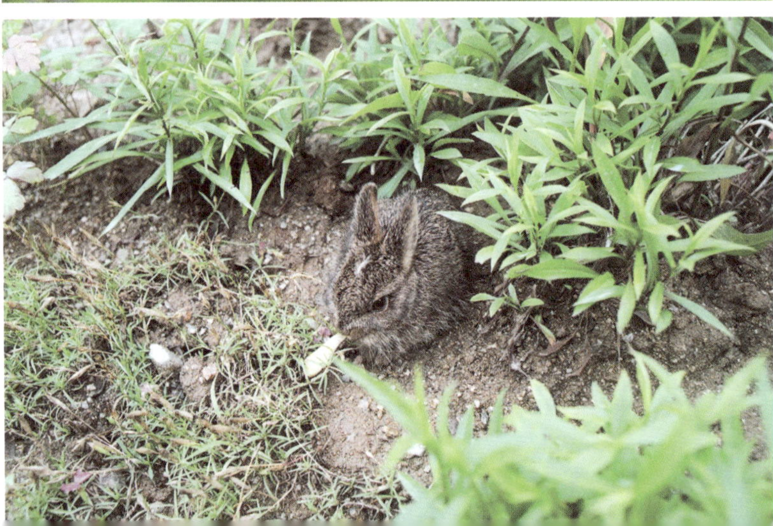

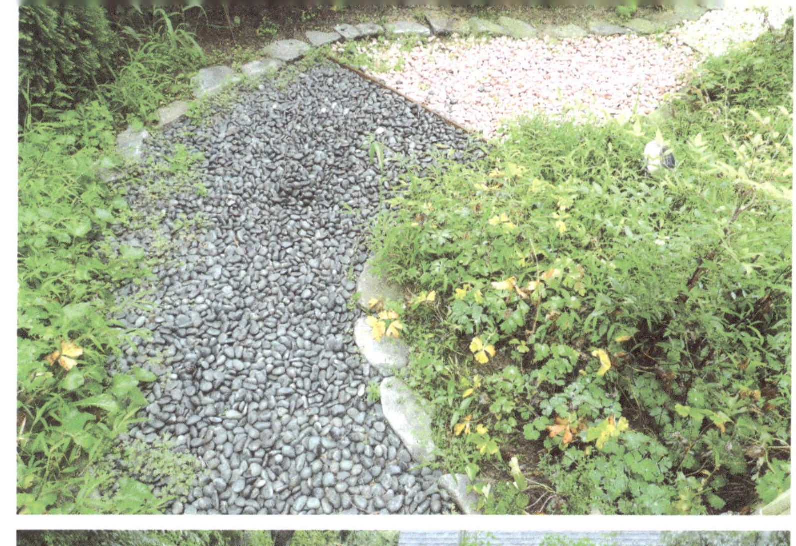

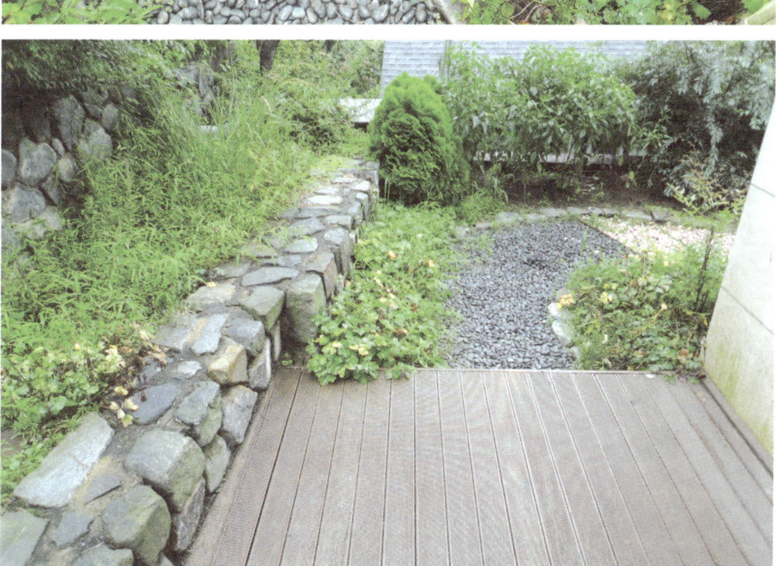

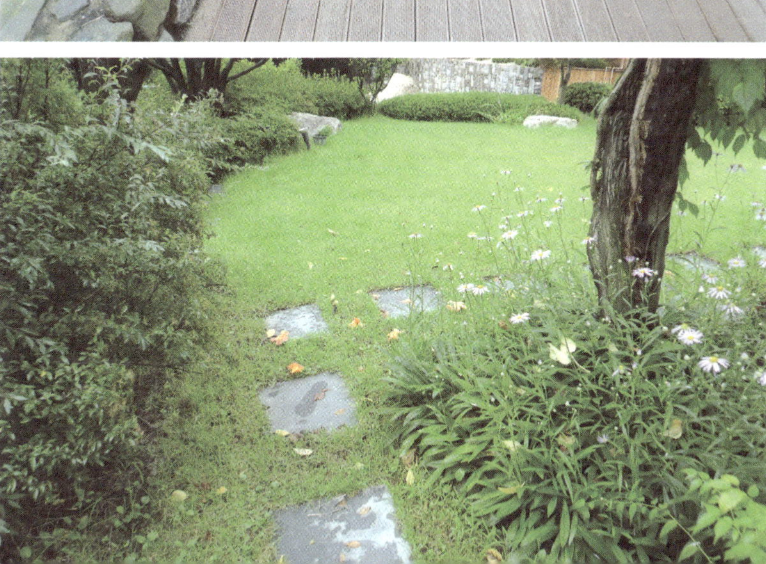

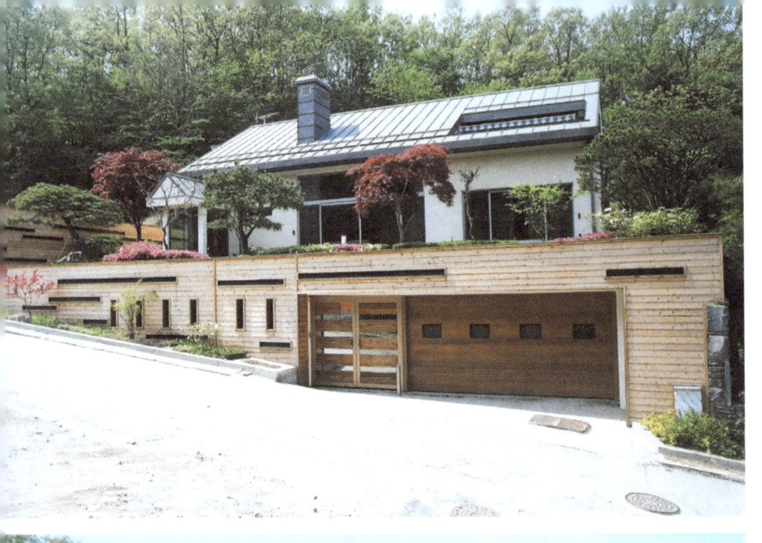

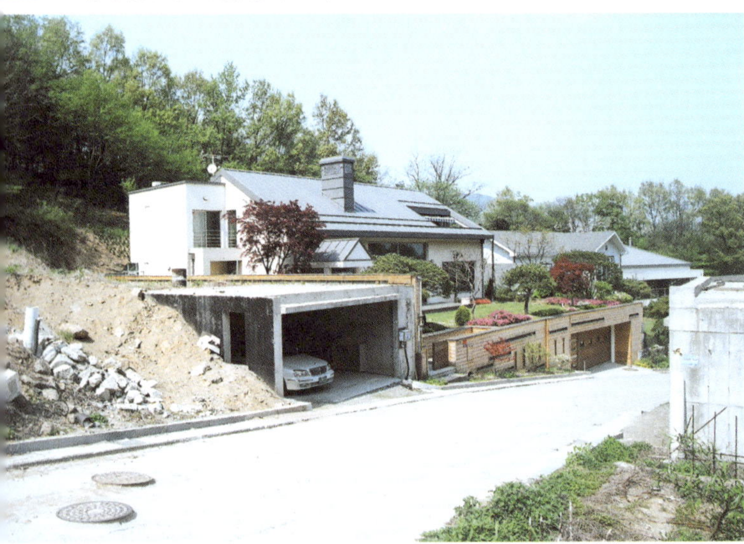

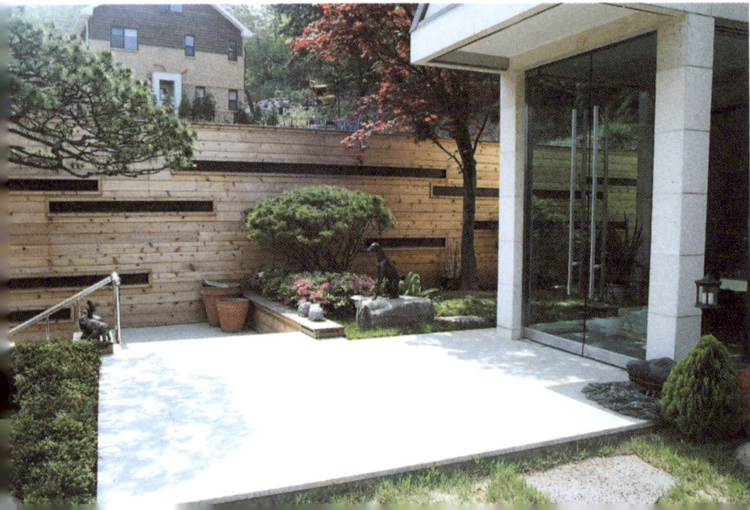

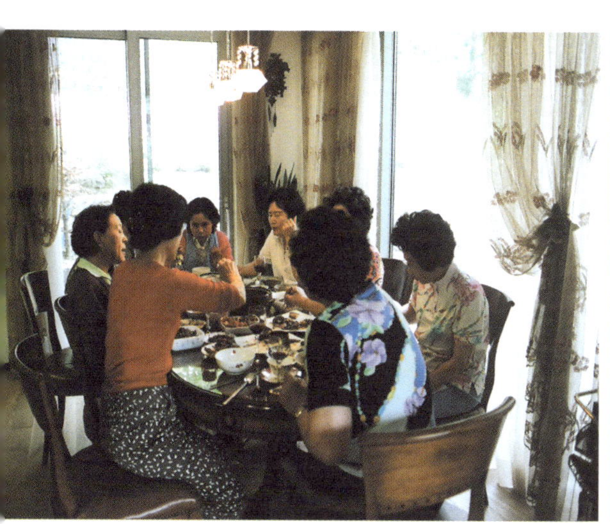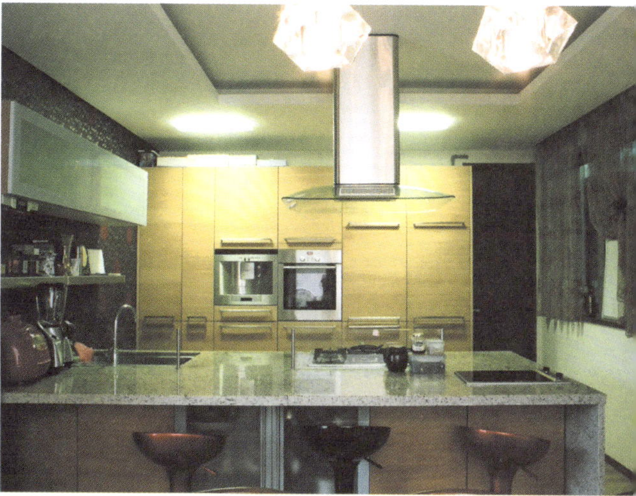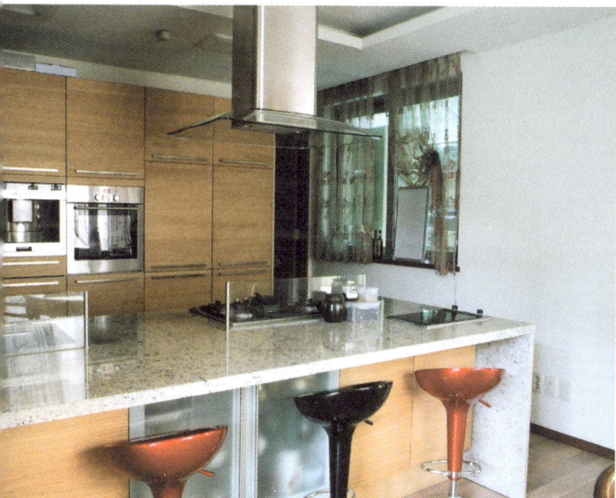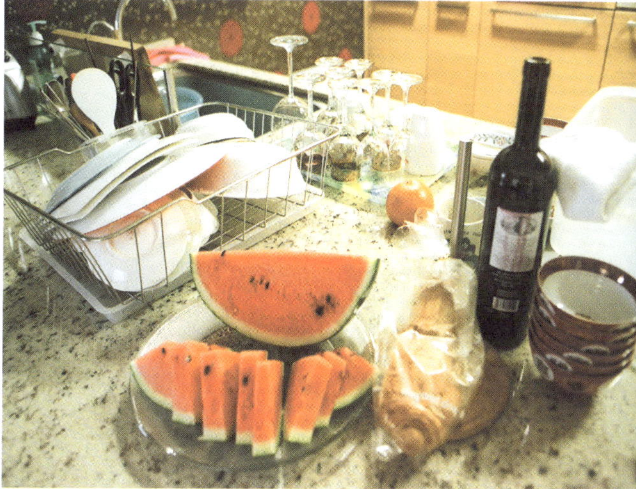

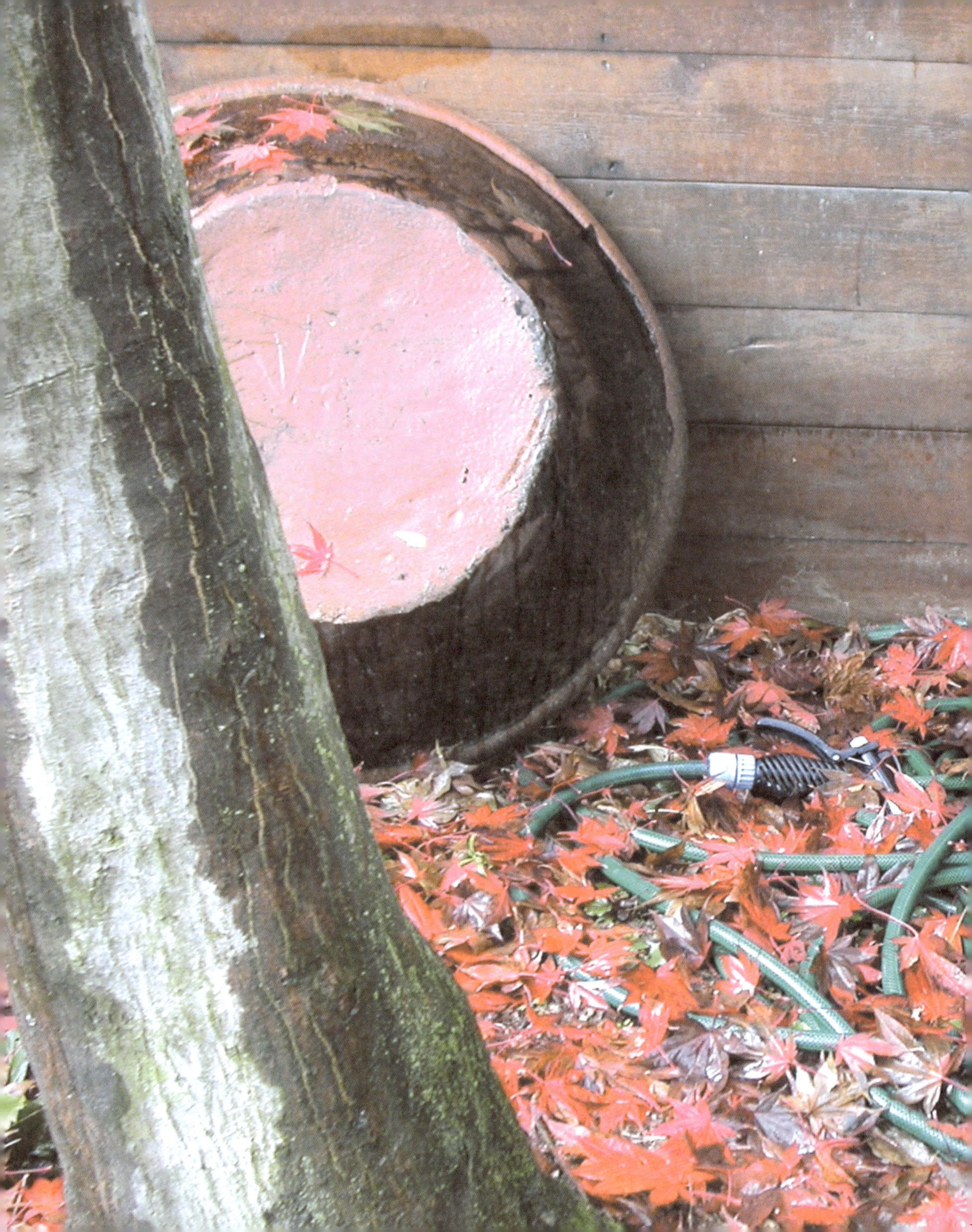

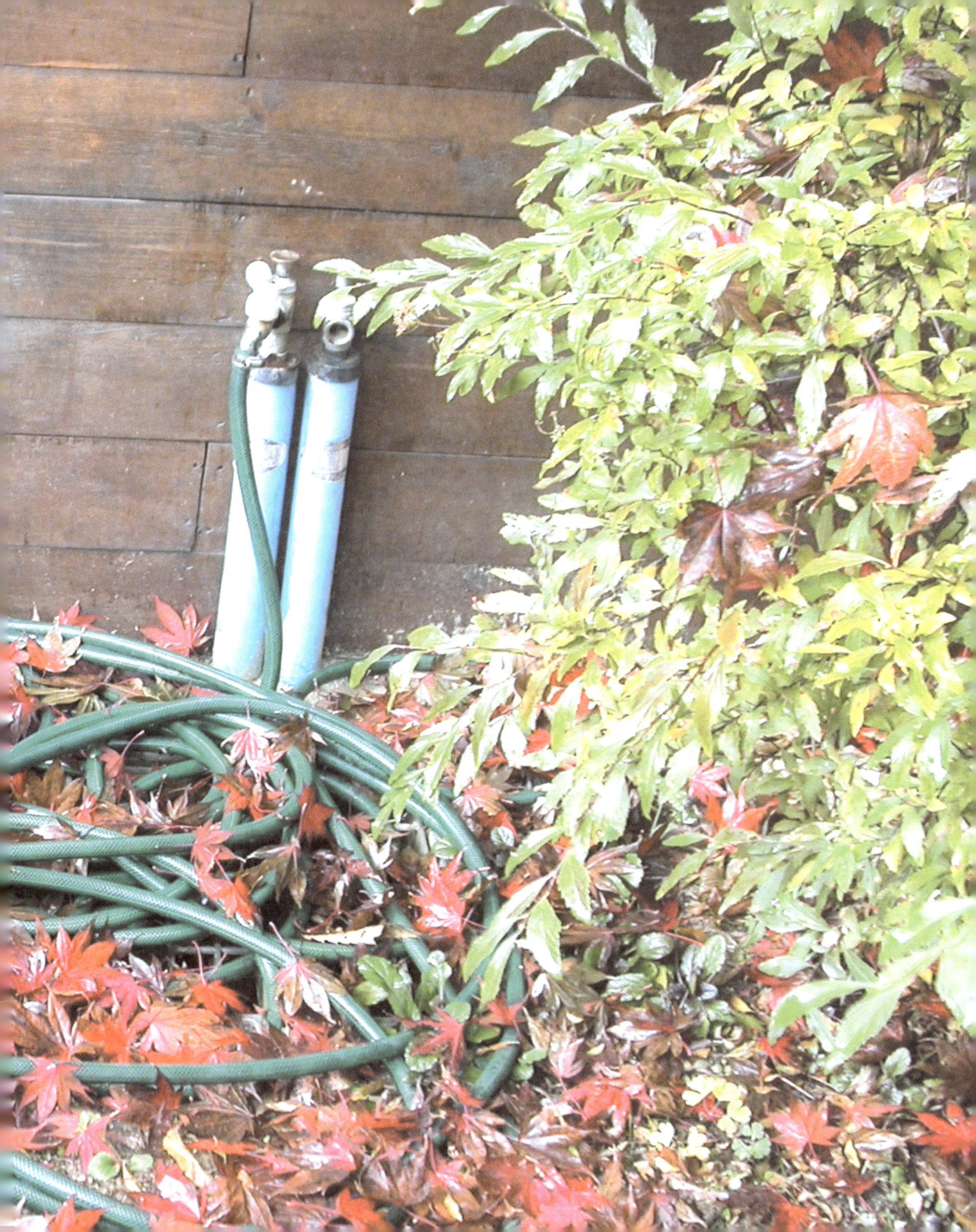

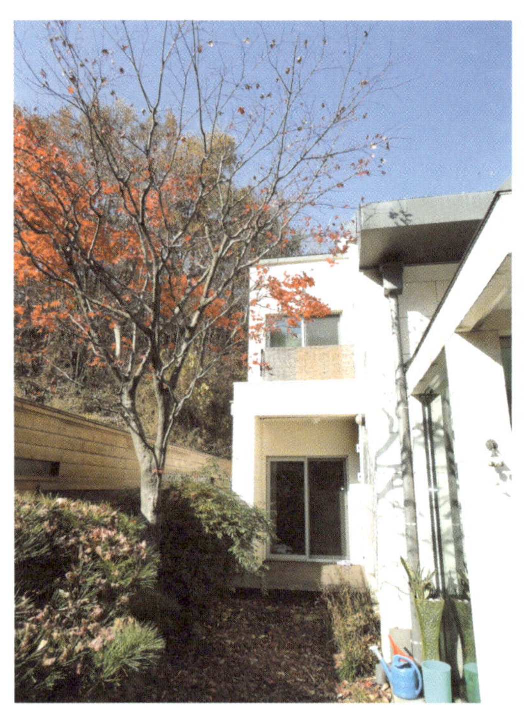

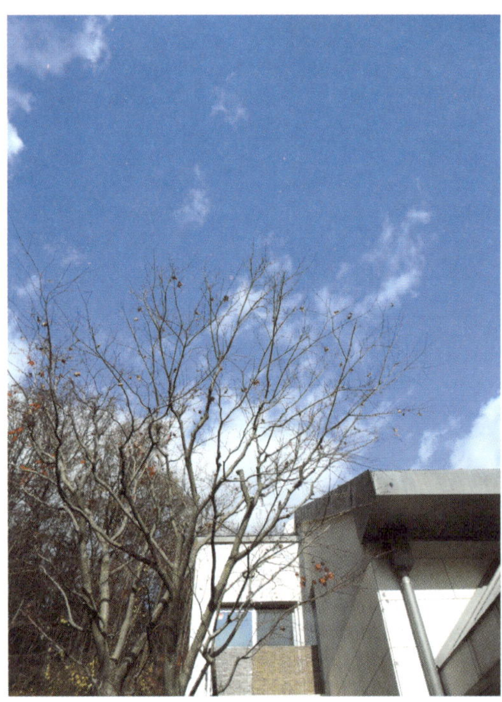

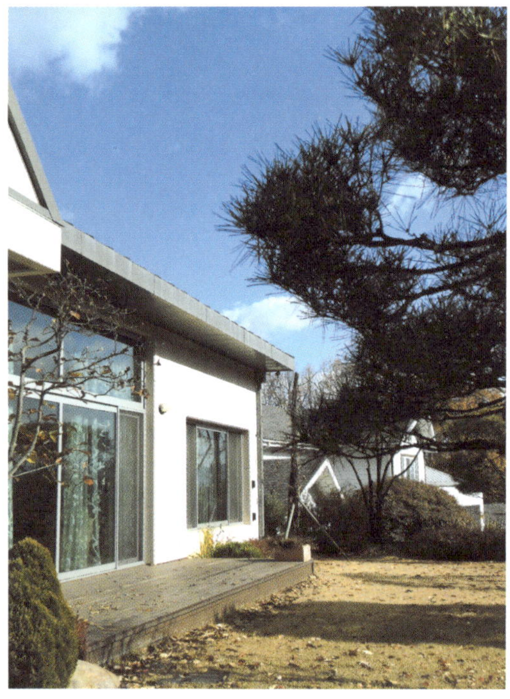

비바람이 부는 가운데 펼쳐지는 나무들의 군무는 한 치의 오차 없이 웅장하고 질서정연하다. 그들의 동작이 정점에 올라 몸을 비비며 내는 소리는 머리를 맑게 해주는 신비의 특효약이다. 소나기 소리 같기도 하지만, 그것과는 분명히 다르다. 집 주변을 둘러싼 나무들은 비바람을 막아주는 역할을 톡톡히 한다.

뒷마당의 나무 층계를 따라 올라가면, 커다란 평상이 미지의 섬처럼 떠있다. 평상 주변은 떨어진 밤송이들과 낙엽들로 장관이다. 그럴 때면 평상은 낙엽 더미 위에 둥둥 뜬 뗏목이 된다. 뗏목을 타고 가을 속을 한껏 유랑한다. 그러다가 밤송이와 낙엽을 끌어모아 불을 지핀다. 이내 매캐한 연기와 함께 피어오르는 낙엽 냄새는 센티멘털한 가을 정취에 흠뻑 빠져들게 한다. 느긋하게 집의 뒤태를 감상할 수 있는 평상은, 산속에 푹 잠겨 있는 쉼터이자 또 다른 세상의 출입국이다. 이제 이파리를 훑어 내린 나뭇가지가 앙상한 맨몸을 드러냈다. 허울 좋은 가면을 훌훌 벗고 모든 것들이 실체를 드러내는 계절이다.

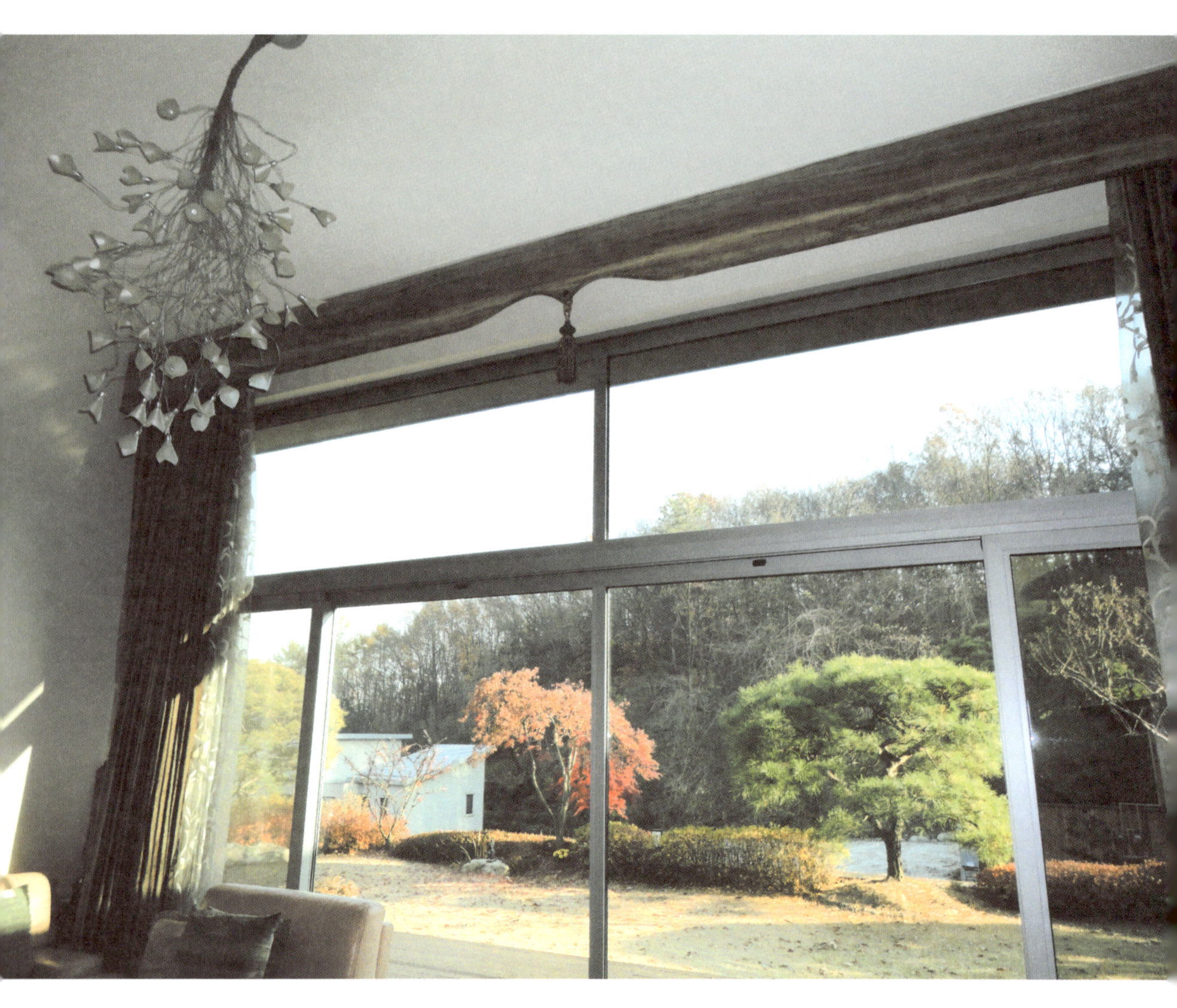

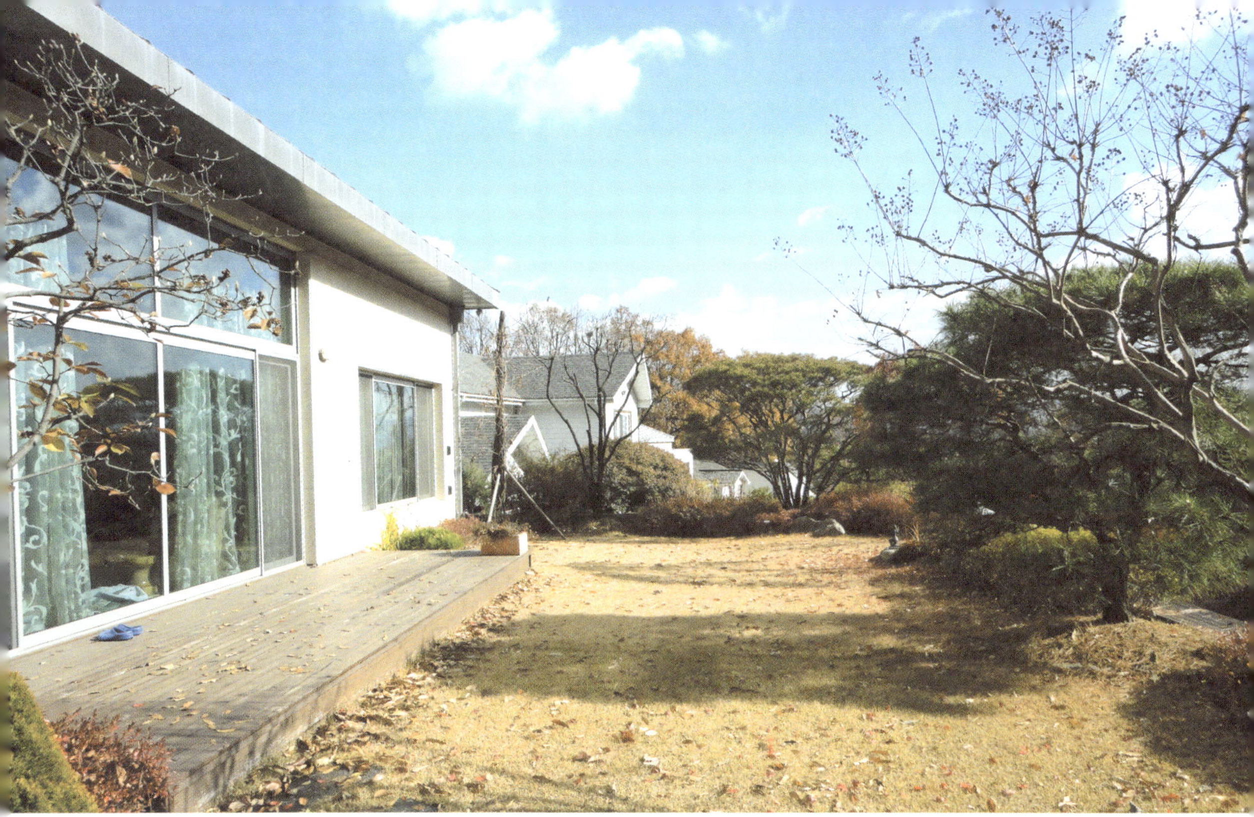

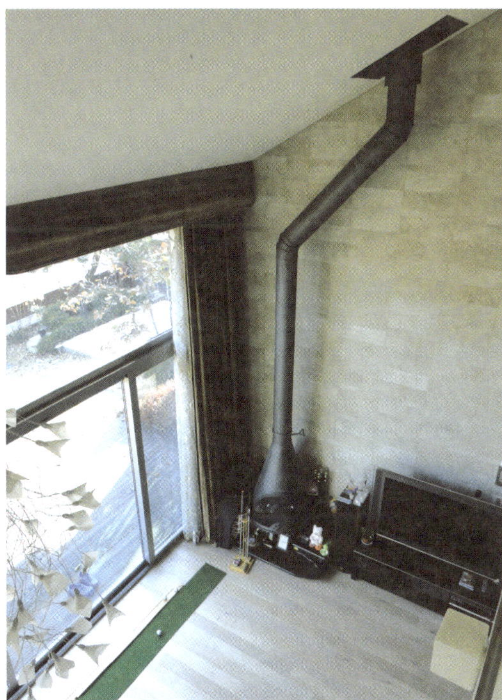

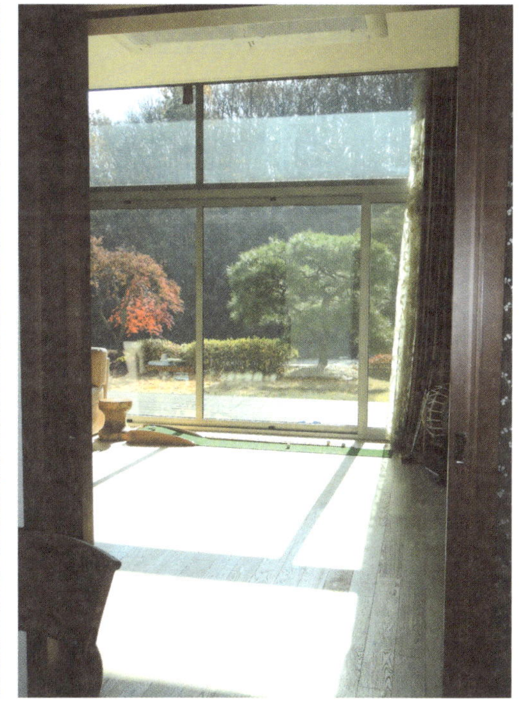

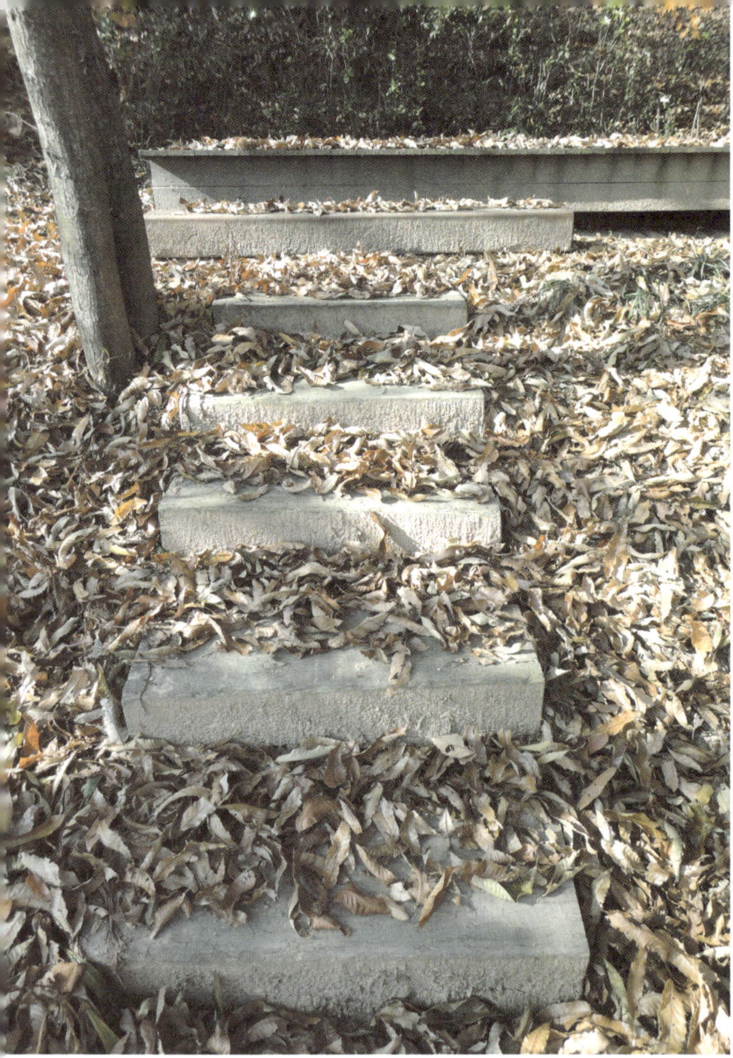

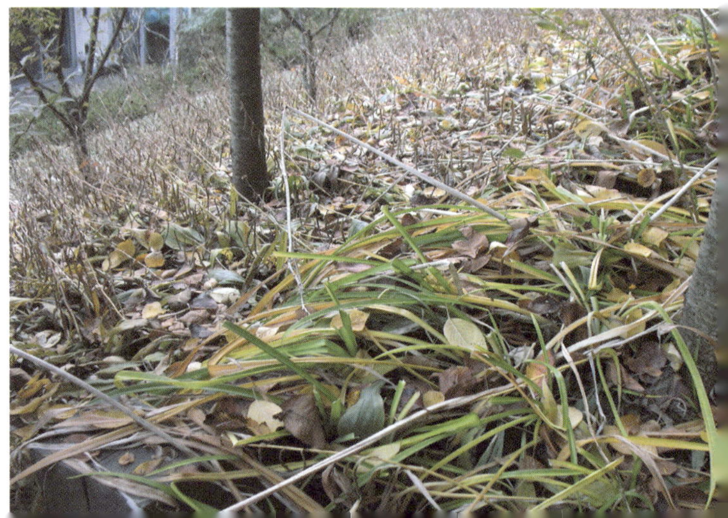

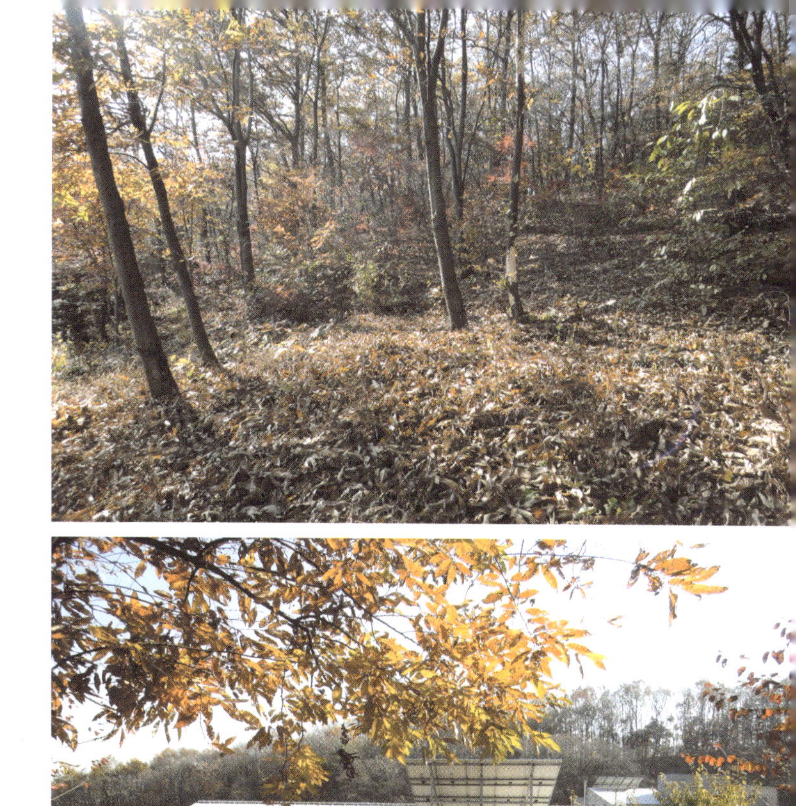

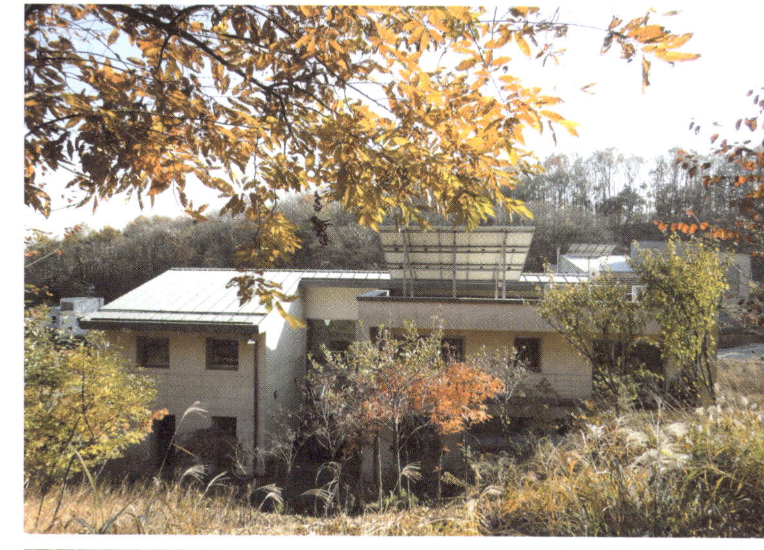

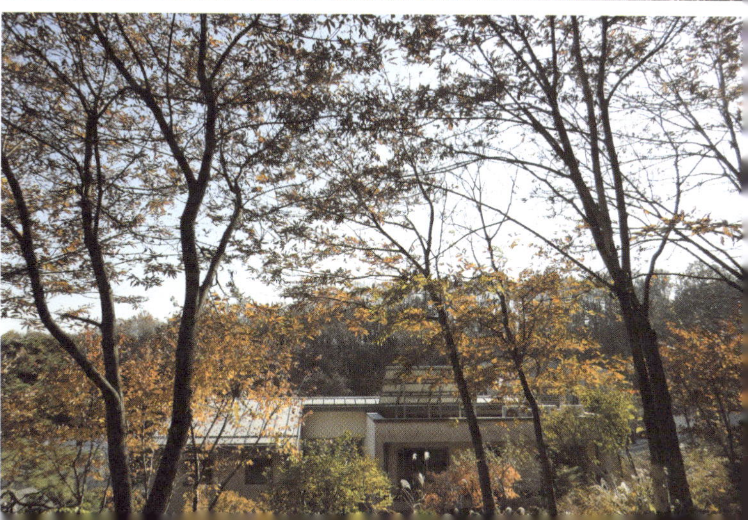

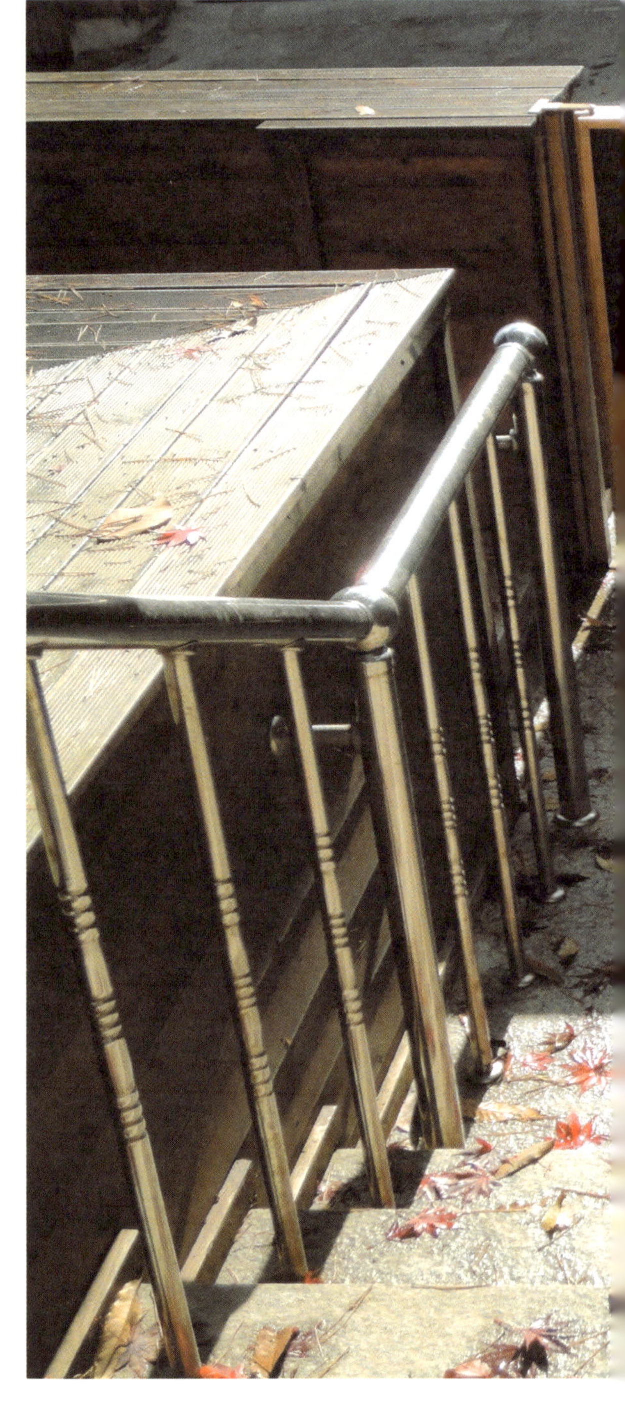

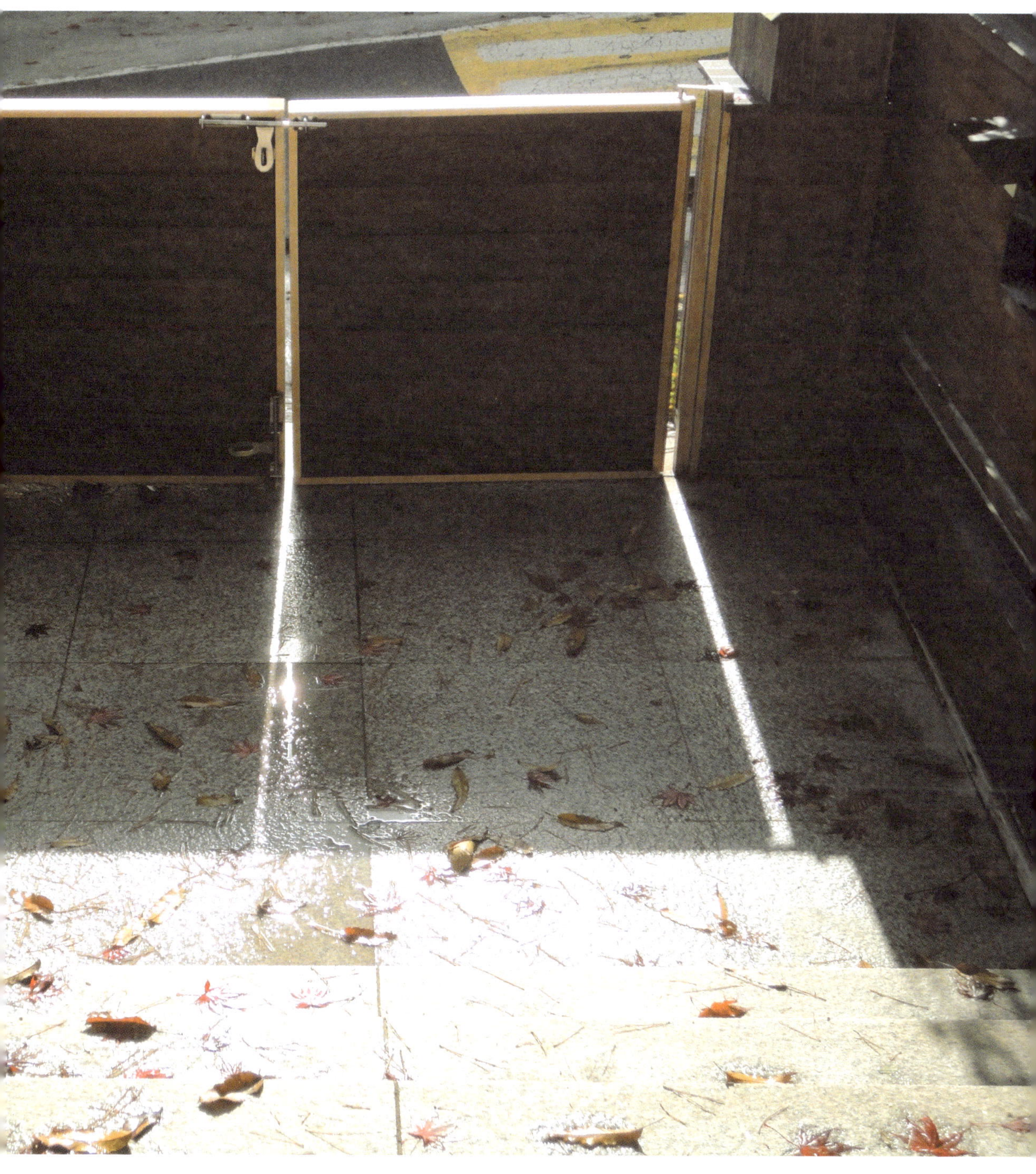

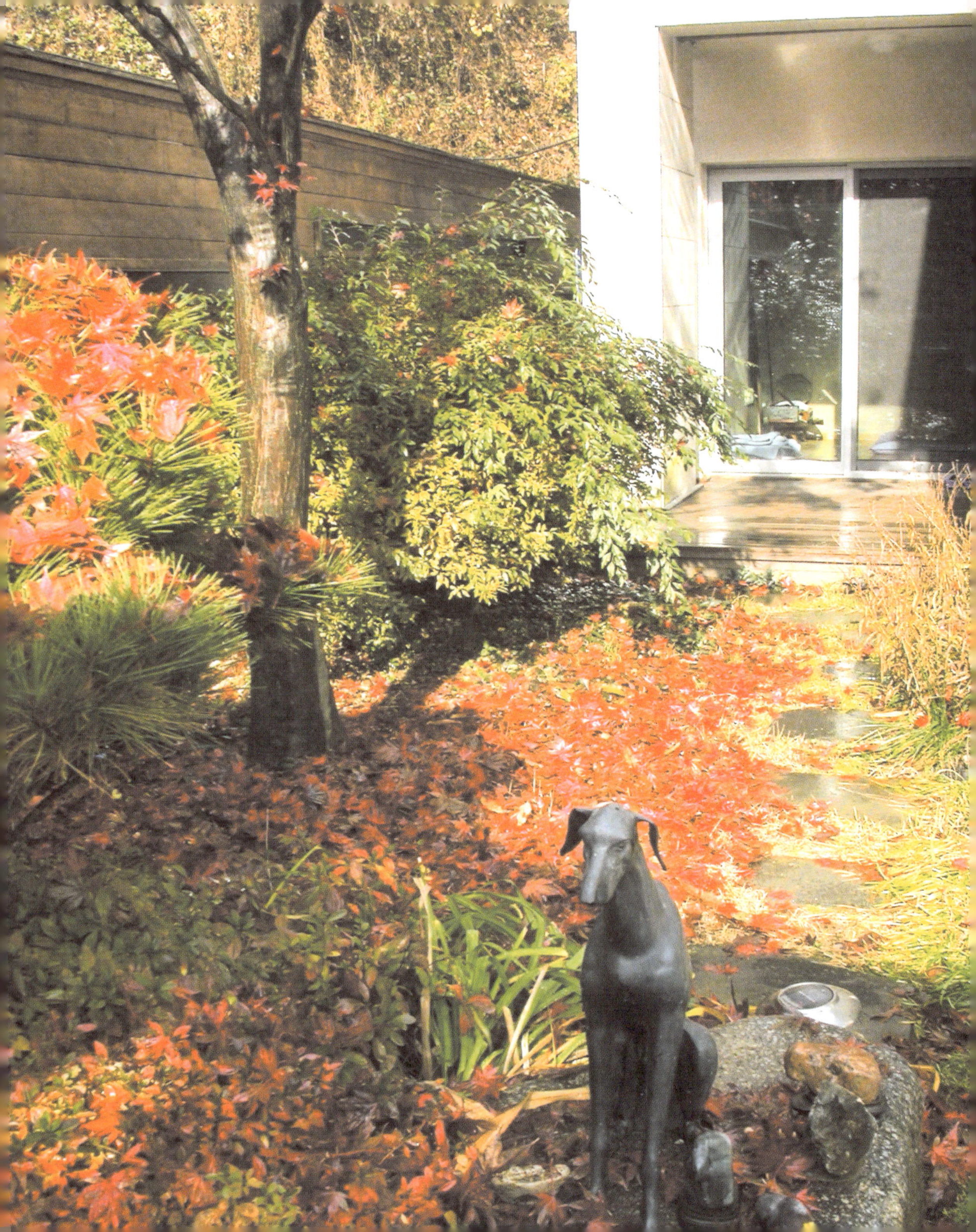

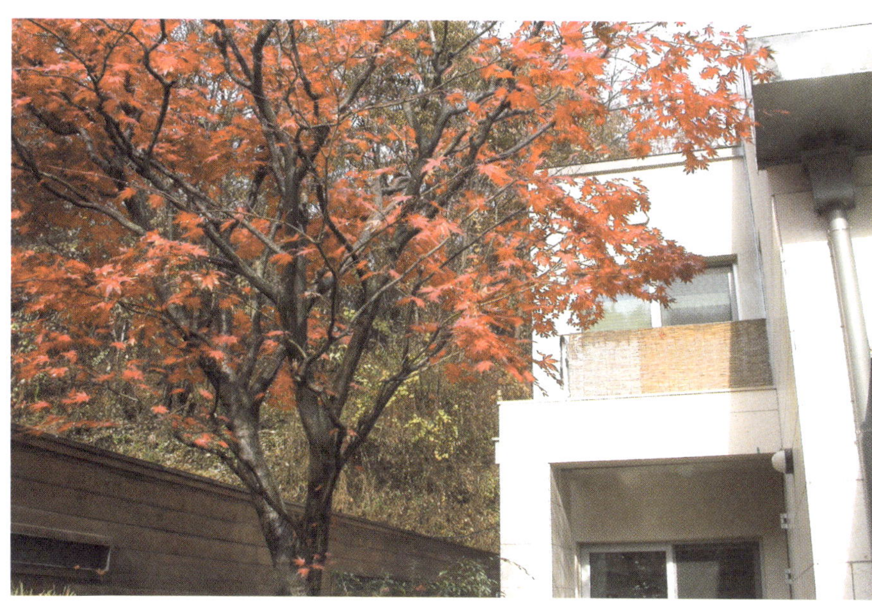

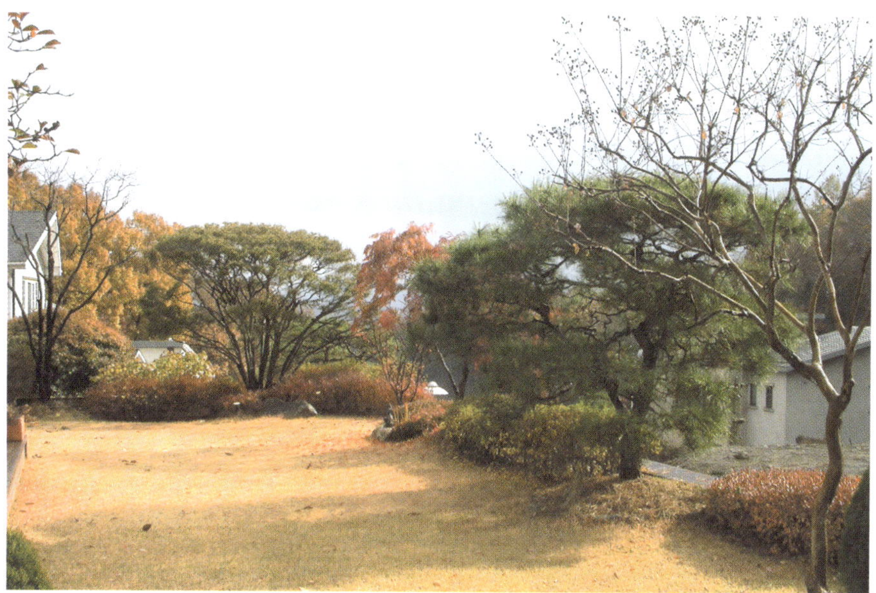

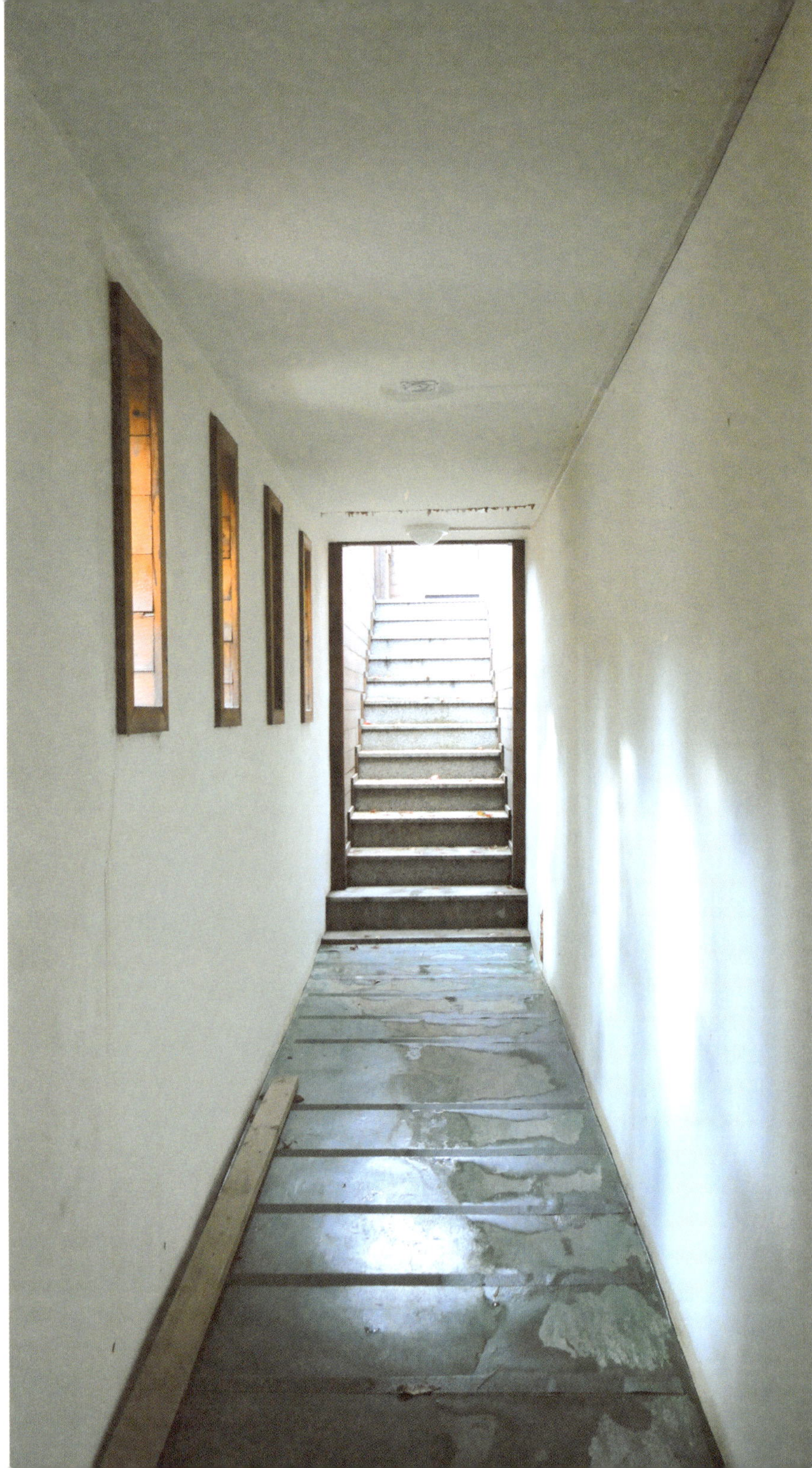

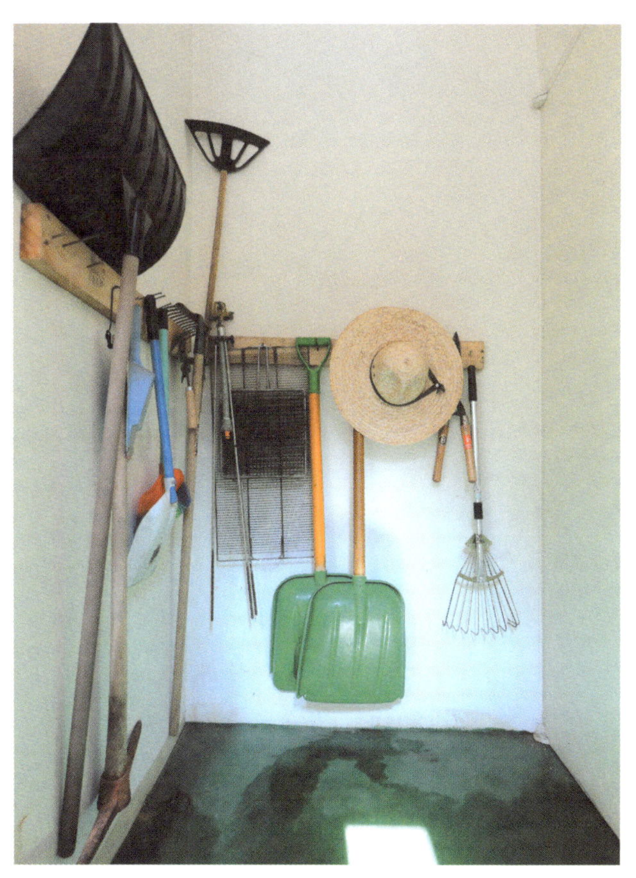

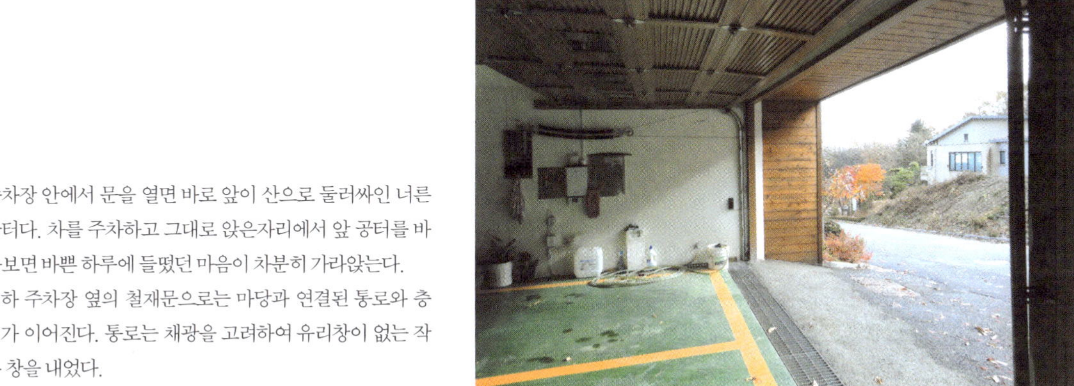

* 주차장 안에서 문을 열면 바로 앞이 산으로 둘러싸인 너른
  공터다. 차를 주차하고 그대로 앉은자리에서 앞 공터를 바
  라보면 바쁜 하루에 들떴던 마음이 차분히 가라앉는다.
  지하 주차장 옆의 철재문으로는 마당과 연결된 통로와 층
  계가 이어진다. 통로는 채광을 고려하여 유리창이 없는 작
  은 창을 내었다.

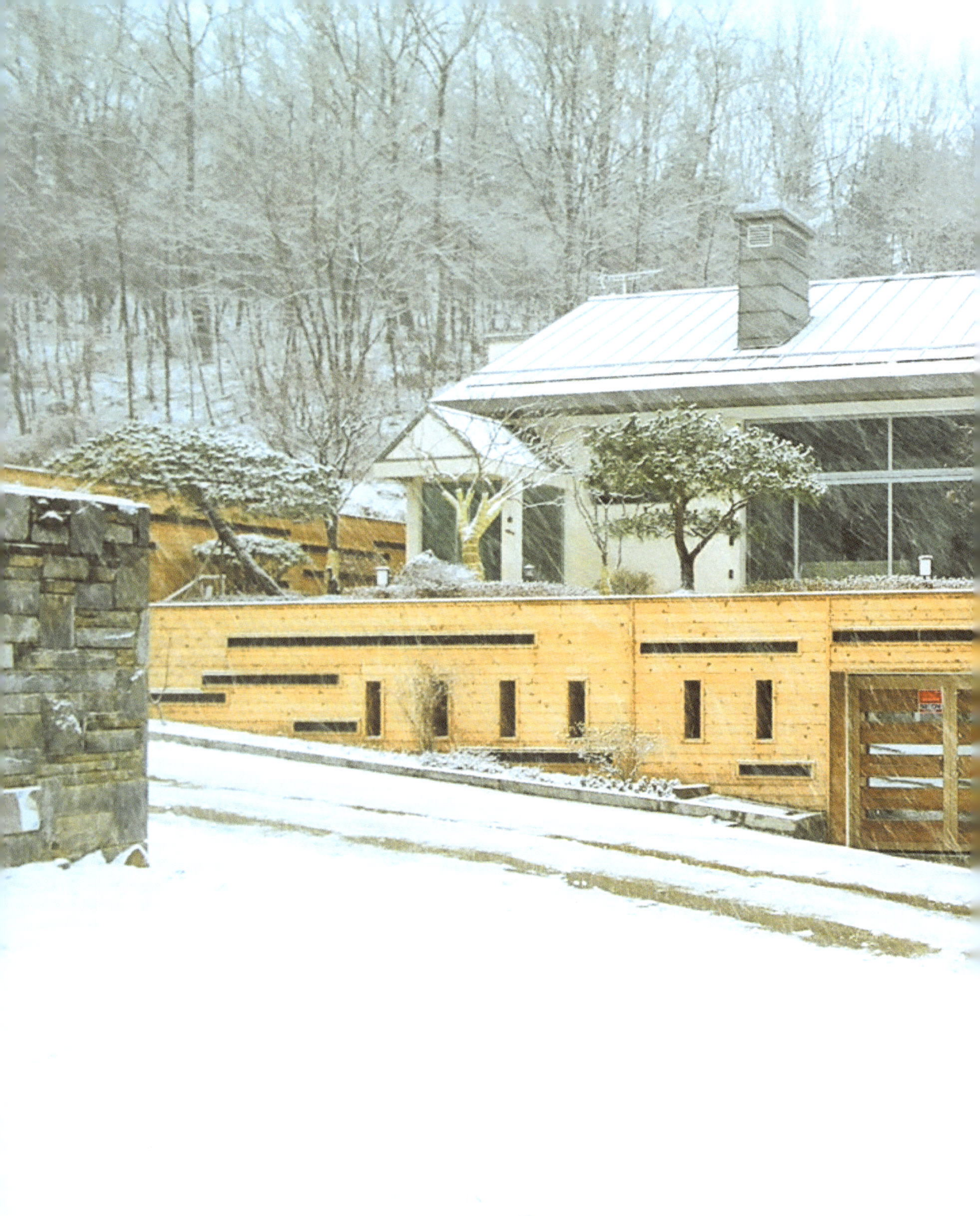

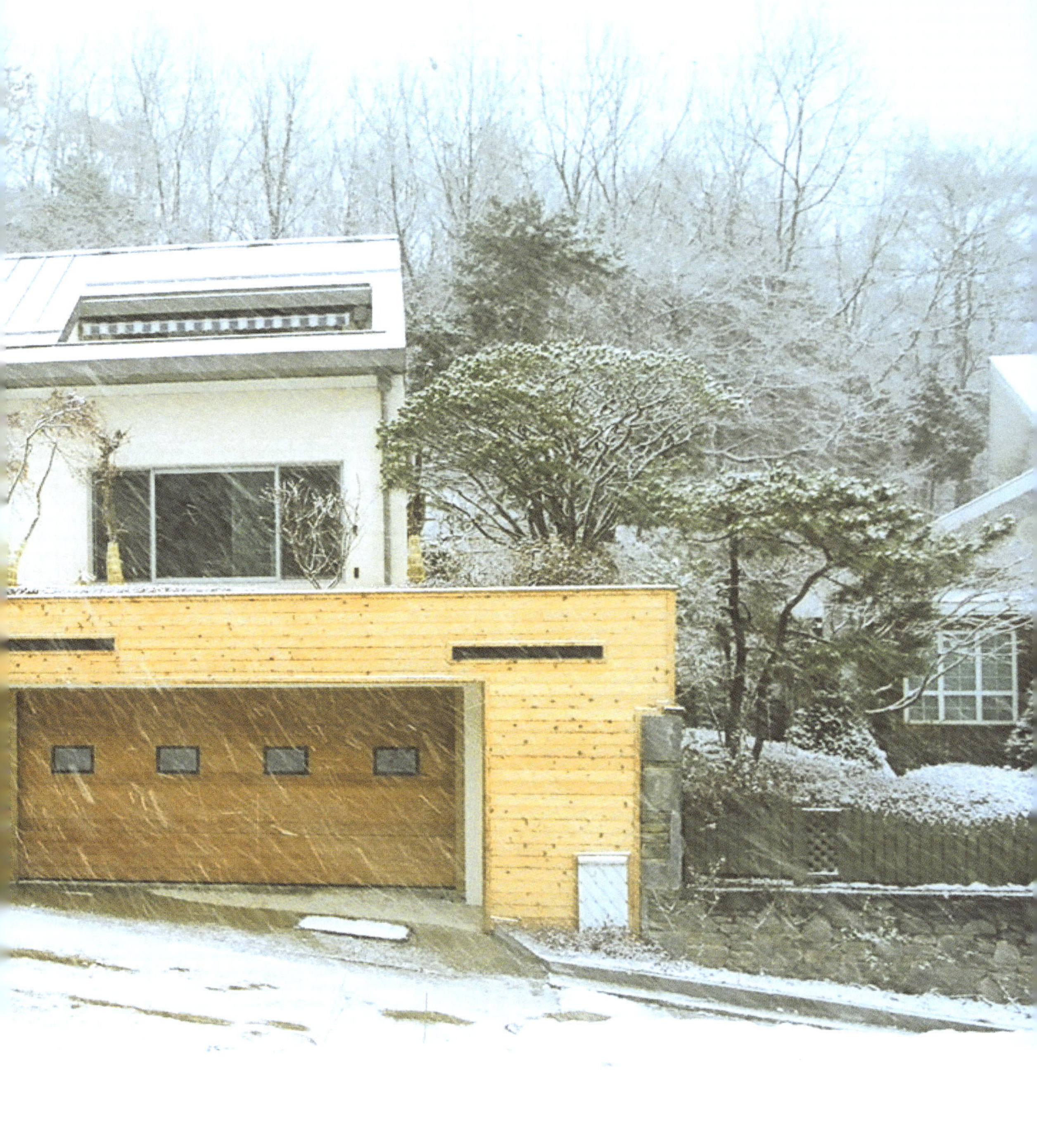

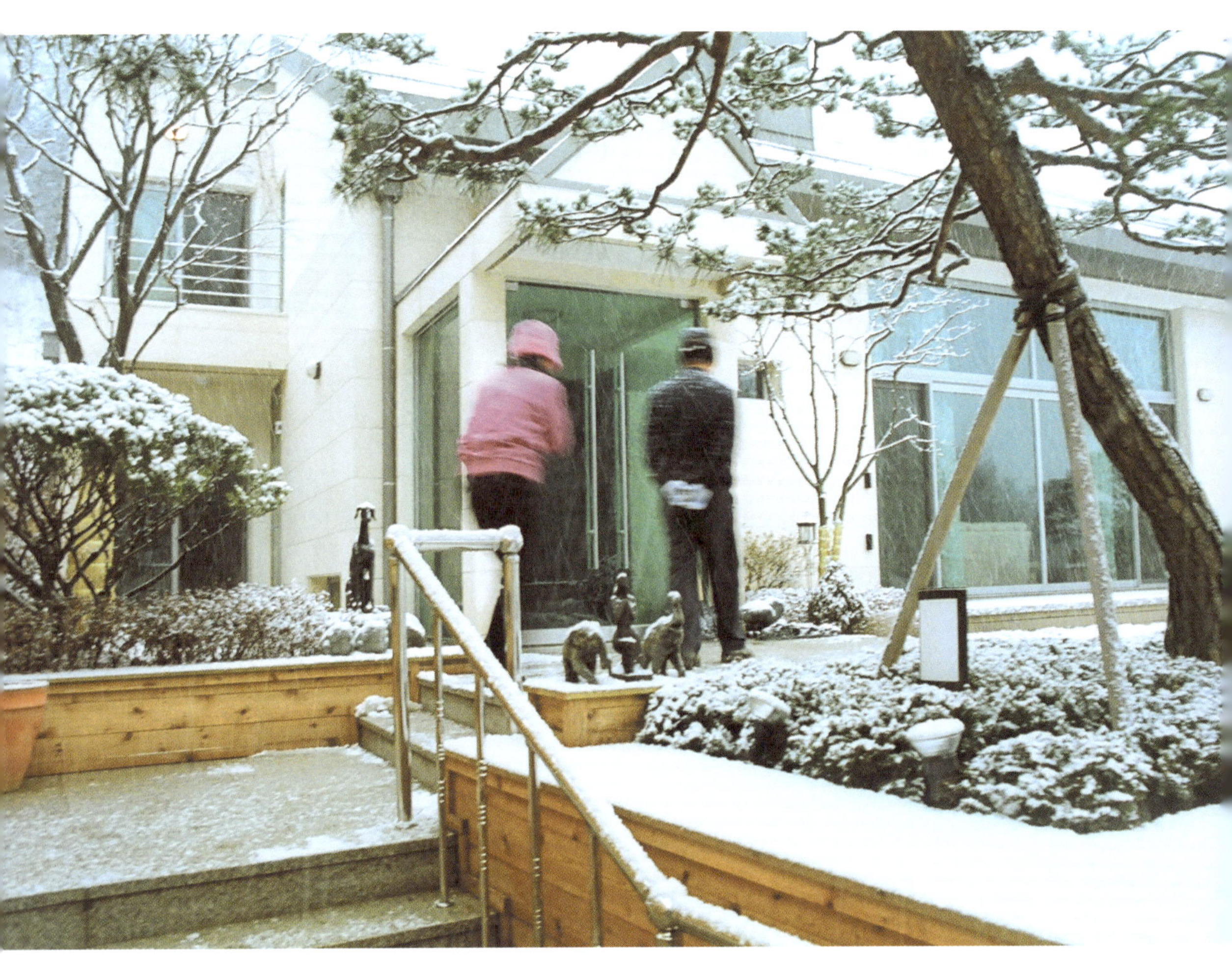

광주 집은 귀신같이 우리 가족의 말을 알아들었다. 부모님이 이사 갈 집을 알아보는 사이, 벽에서는 타일이 떨어져 내렸고, 바깥의 계량기가 얼었으며, 수도까지 꽁꽁 얼어붙어 한동안 물이 나오지 않았다. 다용도실에는 그간 잠잠하던 쥐가 들어와 새로 사온 고구마를 초토화했고, 보일러도 오작동으로 불편한 심기를 드러냈다. 올해 들어 유난히도 추운 겨울 날씨 탓에 집 안팎이 심한 몸살이다.

철저히 광주 집의 관점에서 이야기해 보자. 무엇이 그들로 하여금 이토록 동요하게 하였는지. 우리 가족은 상황을 주시하고 그들의 이야기를 진지하게 경청해야 했다. 자, 이만 진정하고 이리로 와서 여기 소파에 앉아 봅시다. 어서 앉아요, 앉아.

'흠, 일종의 배신감이랄까, 그래요. 이 집이 좀 성가시다는 건 인정합니다. 몸을 부지런히 움직여야 하죠. 그러나 내가 숨 막히는 도심의 아파트 따위와 비교가 됩니까? 주상복합이라고요? 사람들의 편의를 위해 지어졌다죠? 알고 보면 고약한 변종이죠. 거참, 시멘트 상자 안에서 공중에 붕 떠 허공에서 잠을 자겠다고요? 나를 무시해도 유분수지! 유식한 척하지 마세요. 무식하기 짝이 없는 인간들 같으니. 인간은 거룩한 땅에 발을 디뎌야 합니다! 발을!'
광주 집은 화가 풀리지 않아 계속 씩씩거렸다.

올해 초 아빠의 음력 생신날, 한 식당에서 가까운 친지들만 모시고 아빠의 칠순잔치가 있었다. 조촐하게 점심을 함께하는 자리였다. 그날은 앞이 안 보일 정도로 눈이 많이 내렸다. 식당 문을 나서면서부터 우리는 챙겨놓은 운동화가 차에 있는지 확인부터 했다. 눈이 수북이 쌓인 긴 언덕배기의 고비가 어김없이 우리를 기다리고 있을 터였다. 아빠는 한복을 입고 눈길을 미끄러지며 긴 언덕길을 올라오셨다. 발걸음을 맞추려고 해도 두루마기를 걸친 아빠는 자꾸 뒤처지셨다. 그날따라 눈 내린 주변은 장관이었다. 하지만 펑펑 내리는 눈은 길고 가파른 언덕길을 힘겹게 오르는 나의 마음을 무겁게 짓눌렀다.

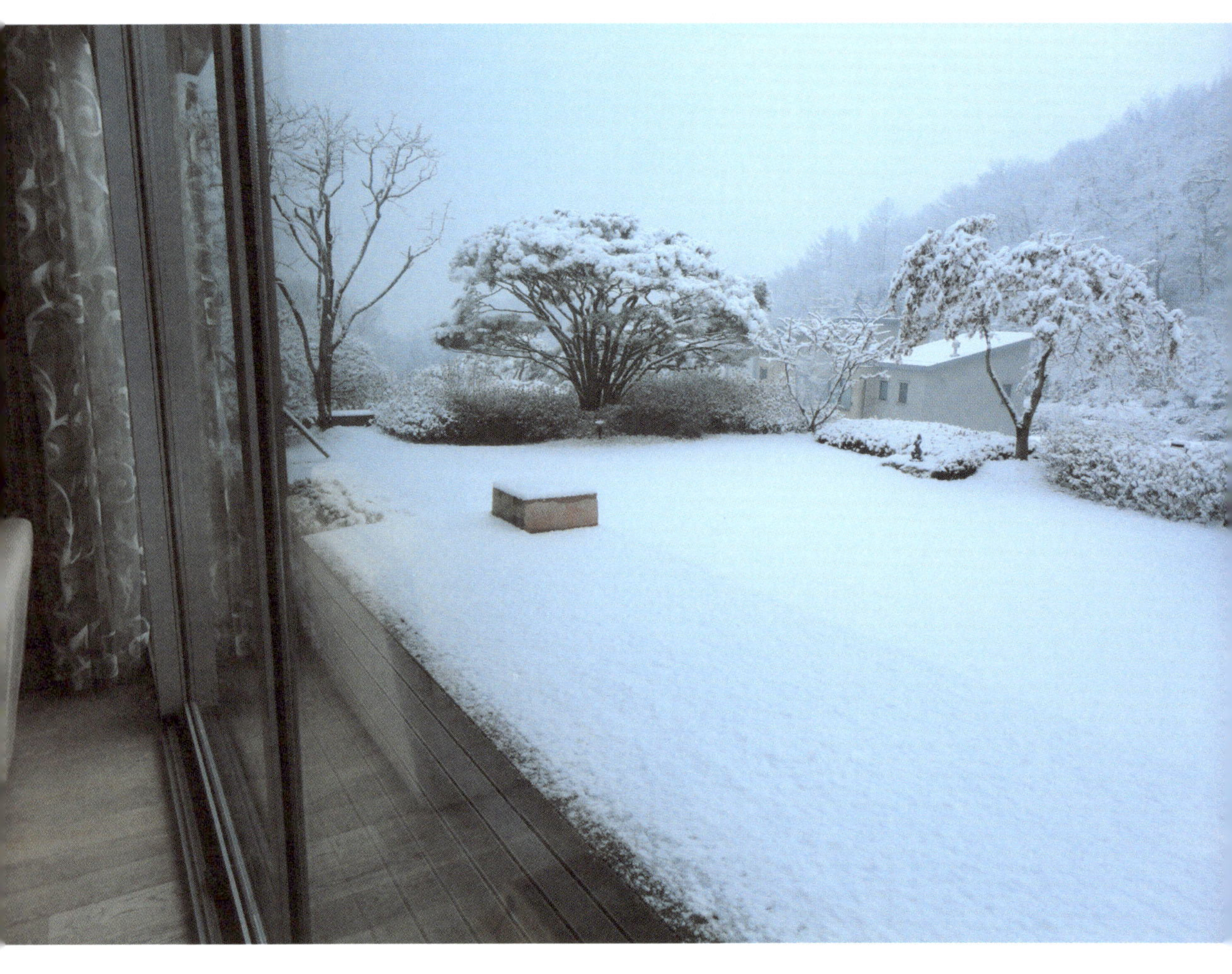

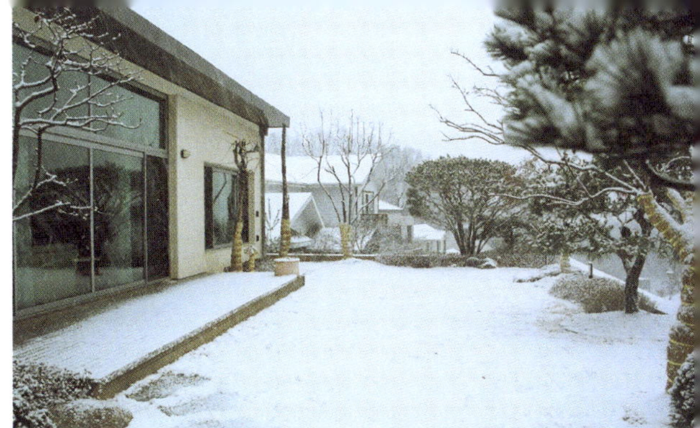

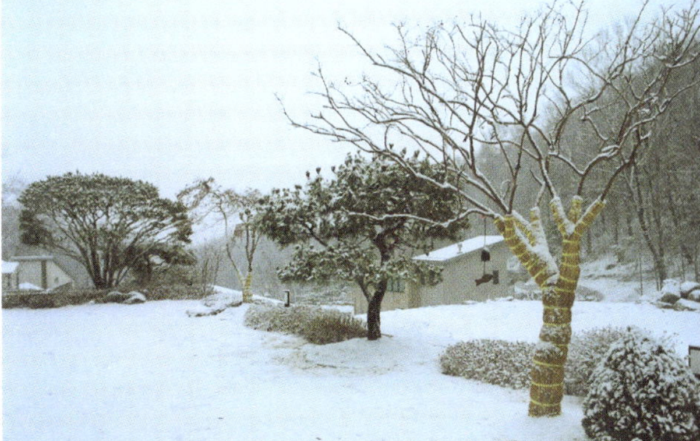

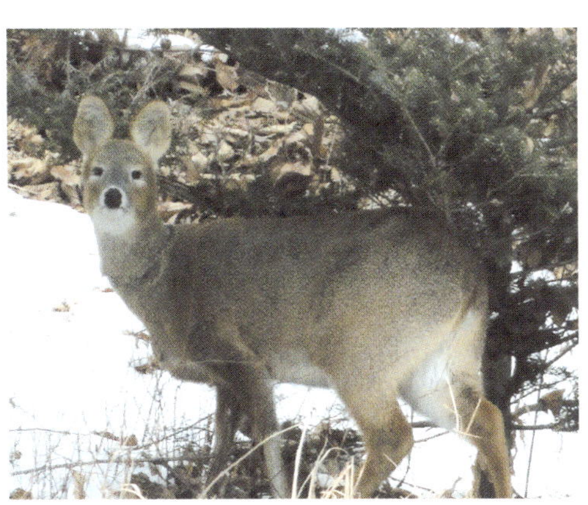

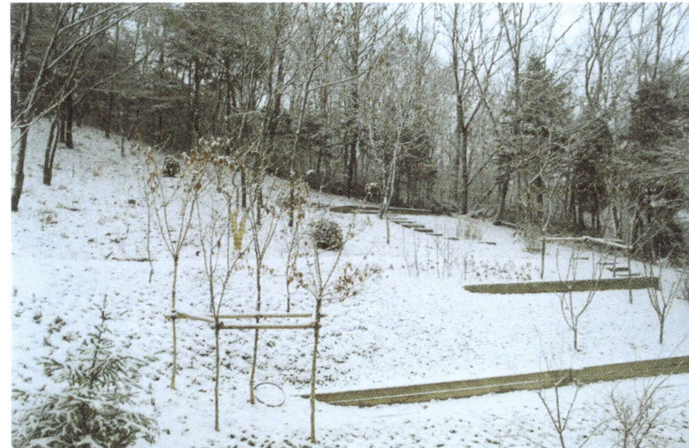

*우리집 뒷마당에 자주 오던 고라니다. 작은 소리에도 깜짝
  놀라 줄행랑을 치던 고라니가 오늘은 무슨 할 말이라도 있
  는 듯 한참 동안 발걸음을 멈췄다.
 "고라니야!"
 나는 조심스럽게 사진기를 꺼내들었고 고라니는 귀를 쫑
 긋 세웠다.

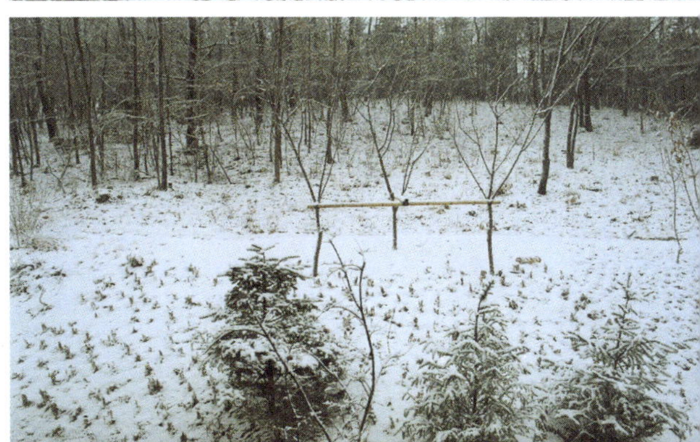

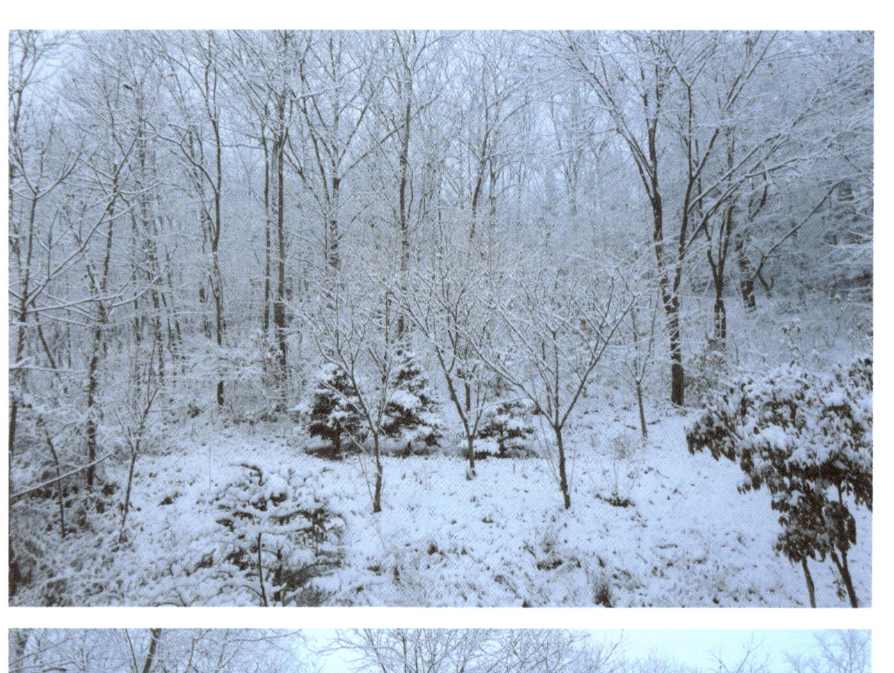

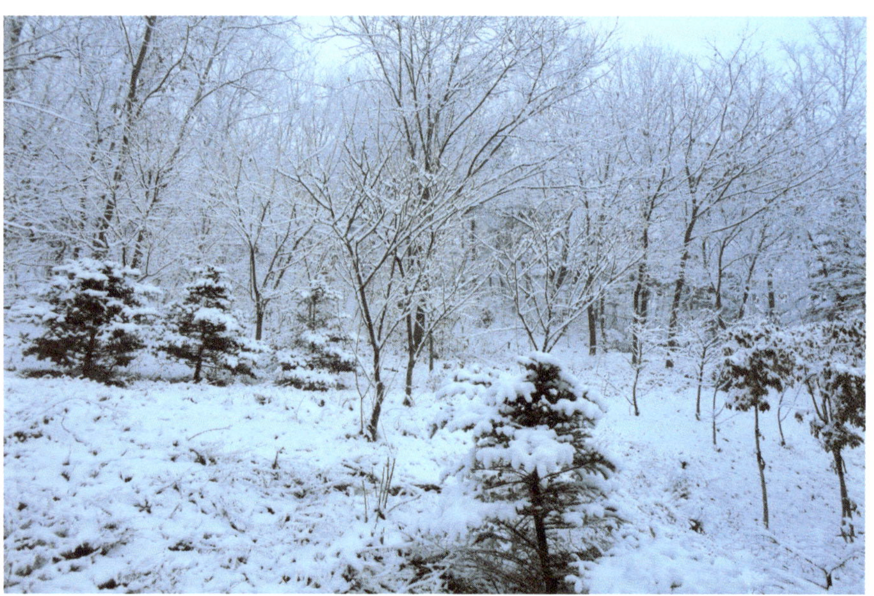

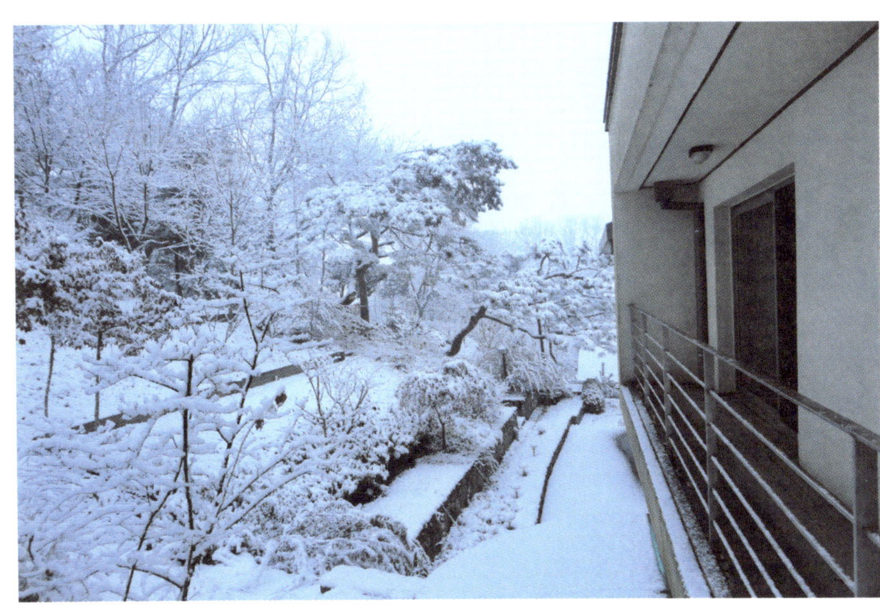

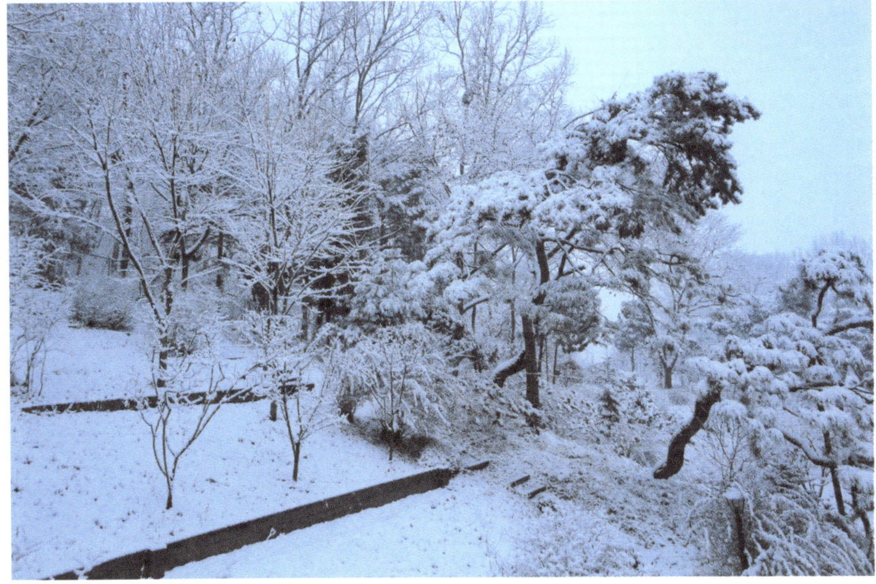

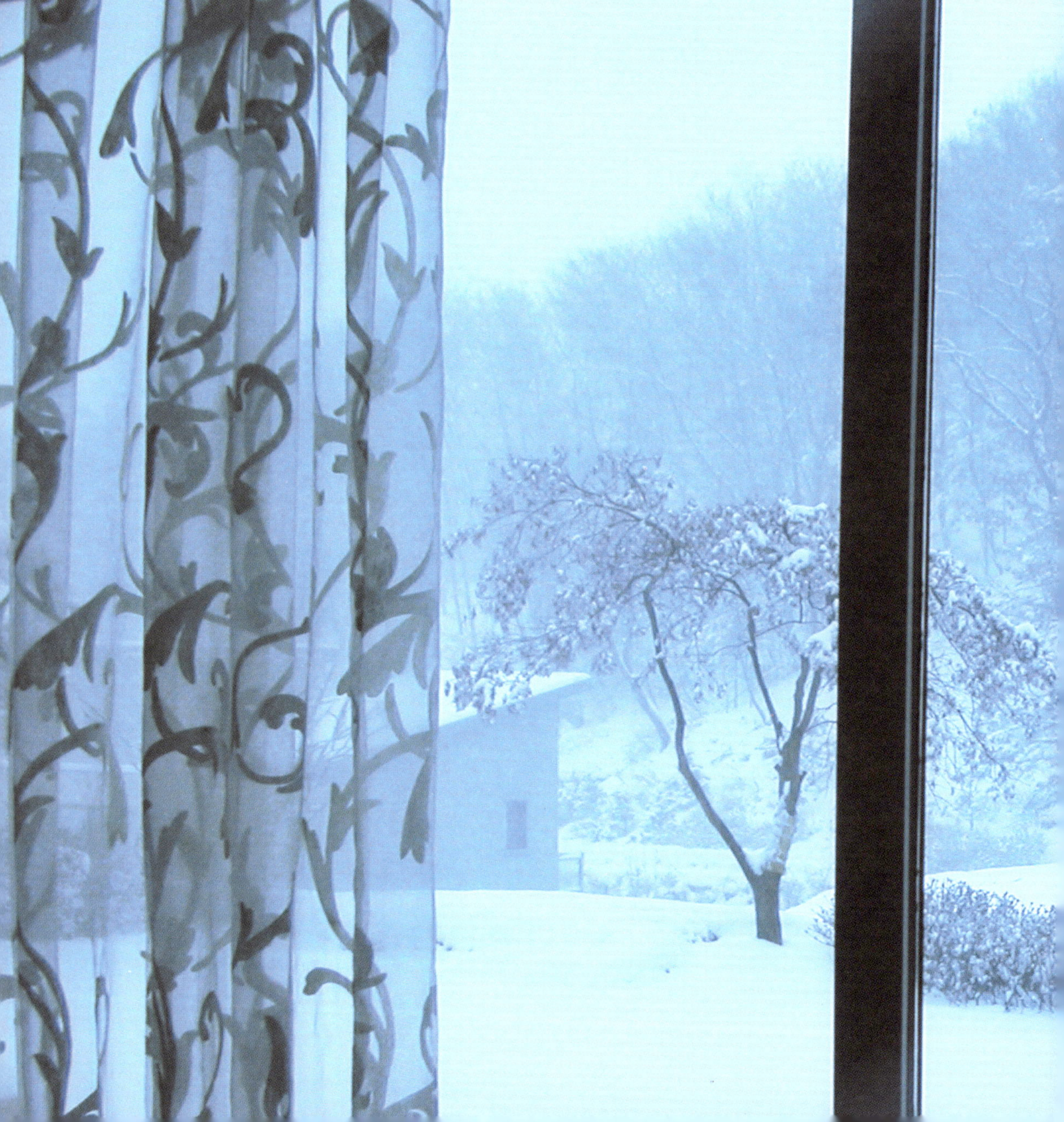

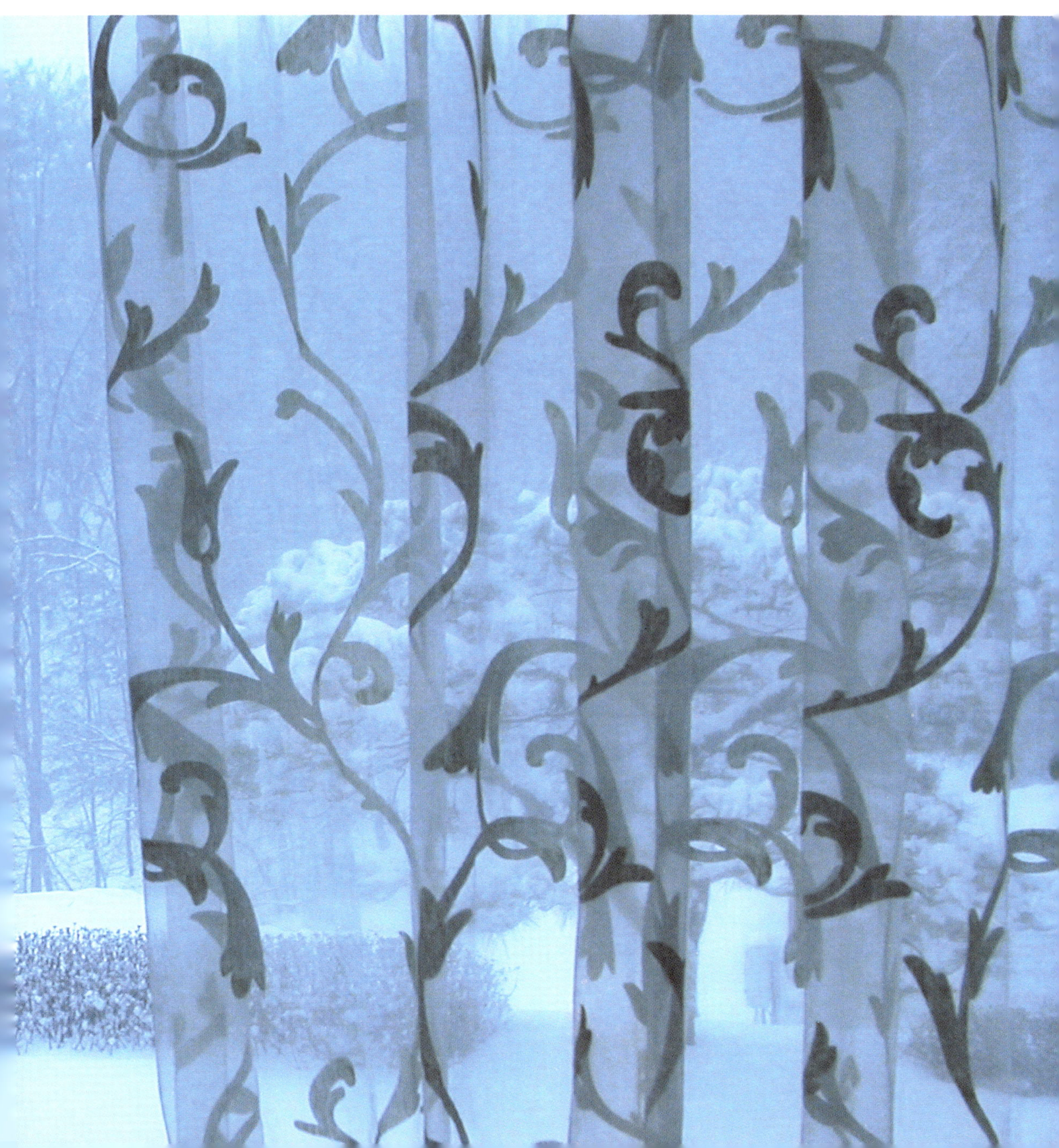

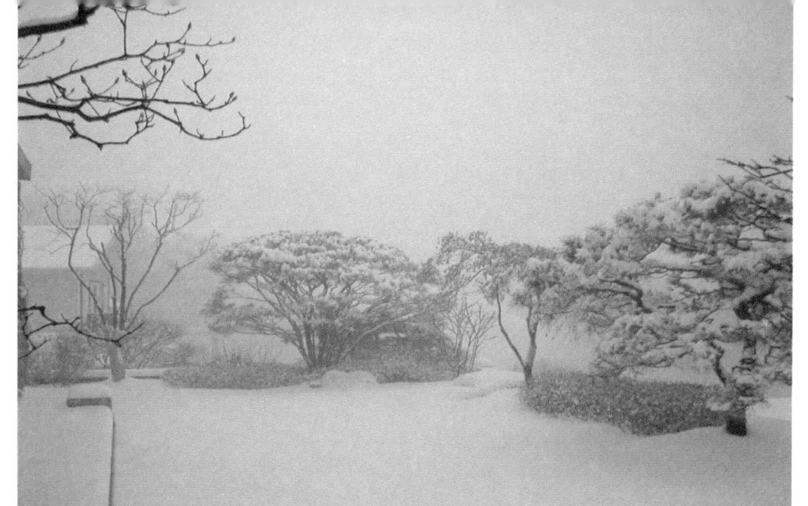

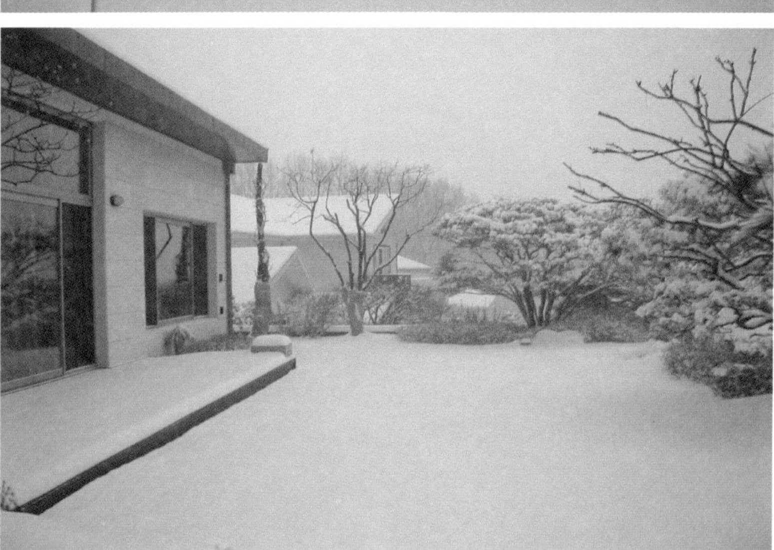

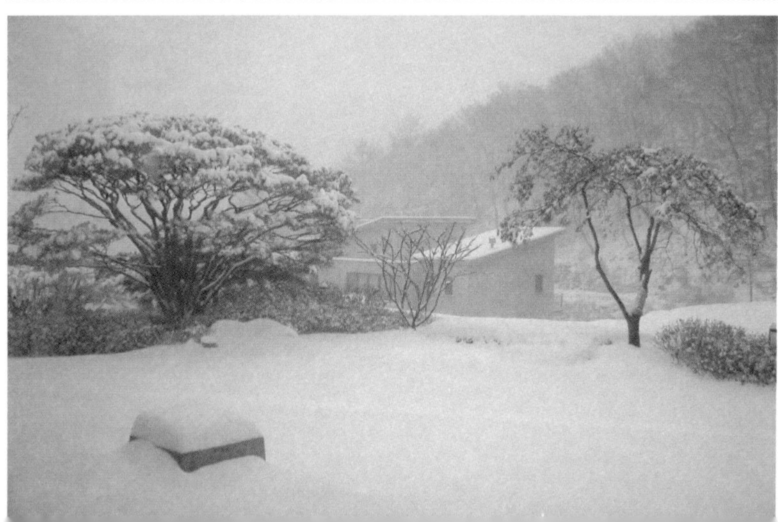

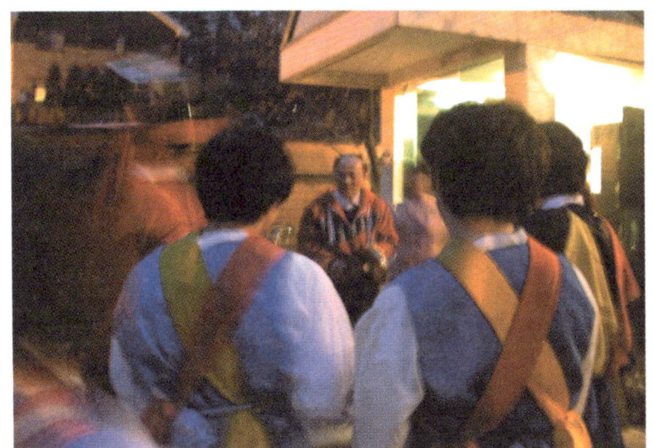 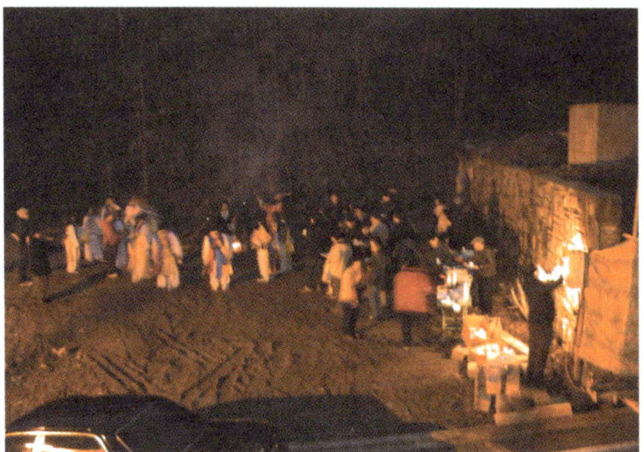

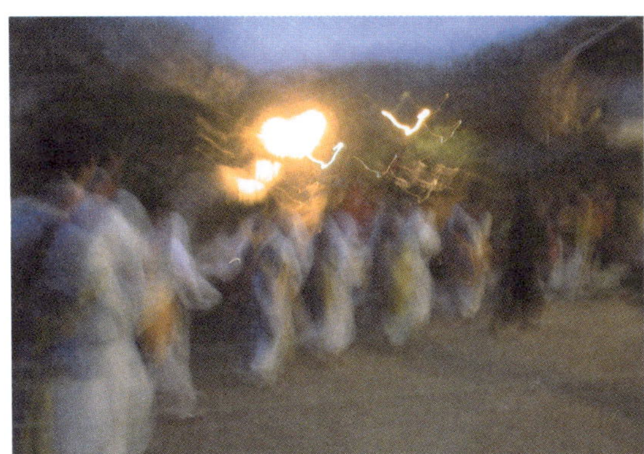 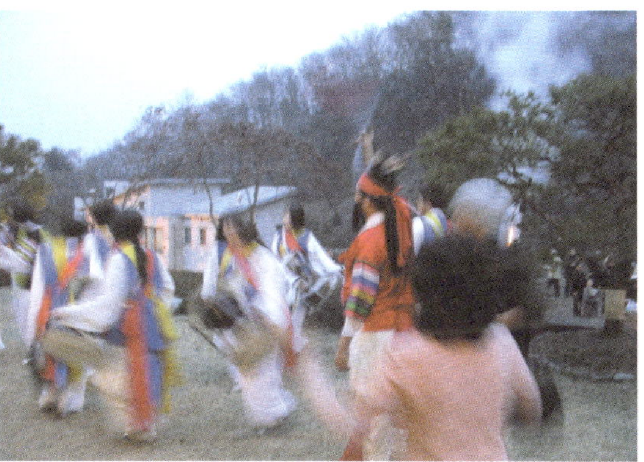

* 정월 대보름날, 동네 사람들이 모두 모여 우리 집 앞 공터에서 쥐불놀이가 벌어졌다. 아빠는 동네 분들과 사물놀이를 배우러 다니셨다. 리듬감이 뛰어난 아빠의 장구실력은 일취월장이었다. 사물놀이가 시작되었다. 얼쑤! 사람들은 흥에 겨워 덩실덩실 어깨춤을 췄다.

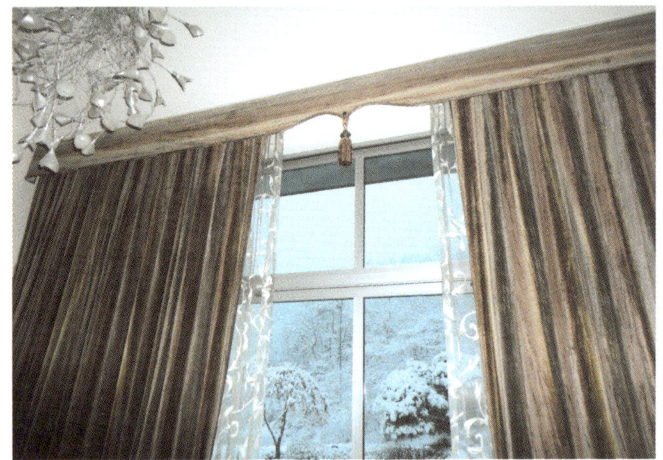

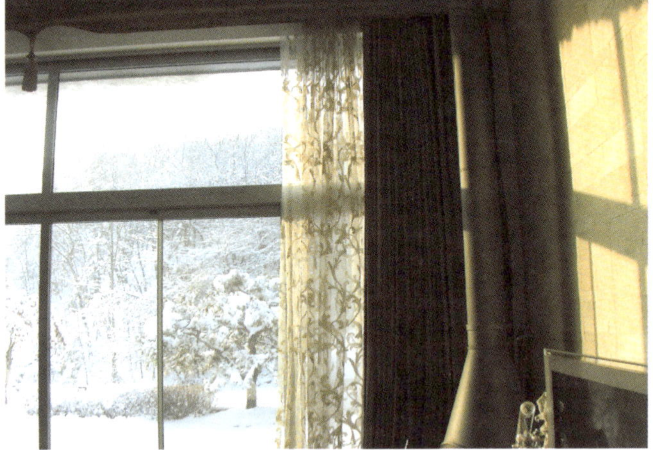

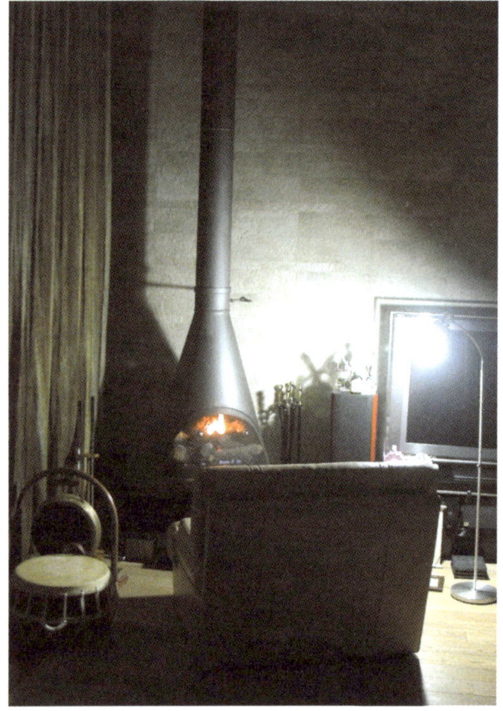

다음 날 아침, 우리 가족은 따끈따끈한 차를 끓여 벽난로 주변에 모여 앉았다. 그리고 우리가 처한 상황을 조목조목 설명하며 떠날 집에 최대한 깊은 동의를 구했다. 우리 가족은 이 집의 아름다운 풍경을 감상하는 노고와 비용을 톡톡히 치렀다. 그래도 계속 물이 안 나오자 엄마와 나는 동네 목욕탕으로 향했다. 이 동네 거주자의 월동장비 필수품인 두터운 검은색 점퍼와 털모자를 뒤집어쓰고 말이다. 문을 나서고 보니 둘 다 영락없는 군밤장수였다.

"졸지에 군밤장수가 다 되었네!"

엄마와 나는 마주 보며 깔깔대고 웃었다.

올겨울, 앞 공터에는 새로운 까치가족이 이사를 왔다. 좋은 소식을 몰고 온 반가운 이웃사촌이다. 창밖으로 두 개의 까치집이 정답게 늘어섰다. 소란스러운 까치가족은 오늘도 희소식을 전하느라 우리 집 마당에 잠시 들렀다.

Epilogue

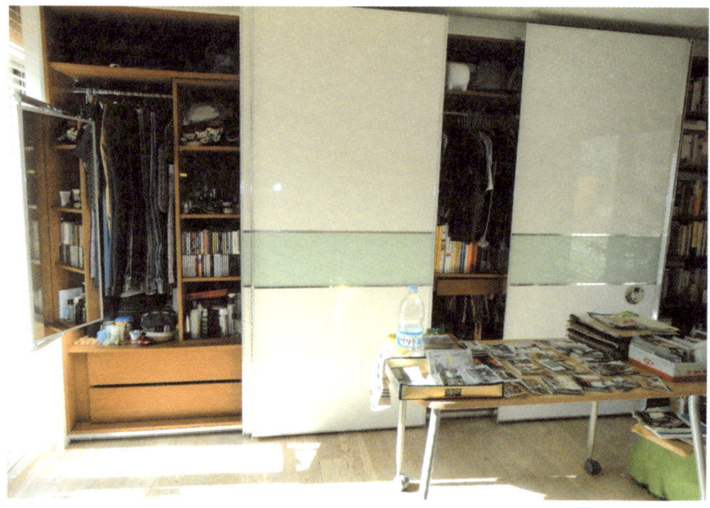

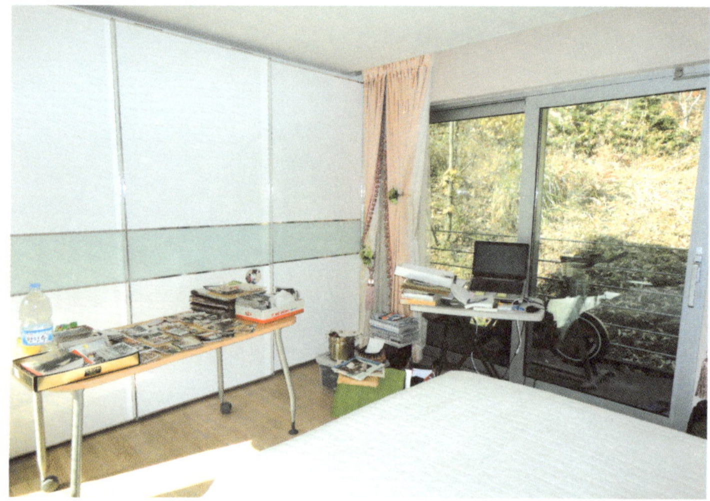

* 이 책의 작업이 이루어진 저자의 방입니다.

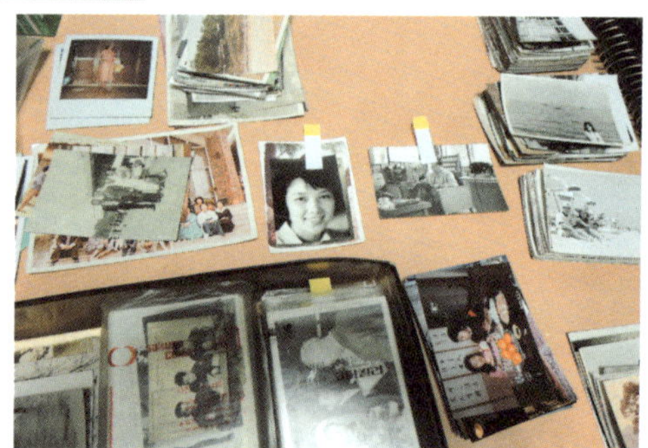

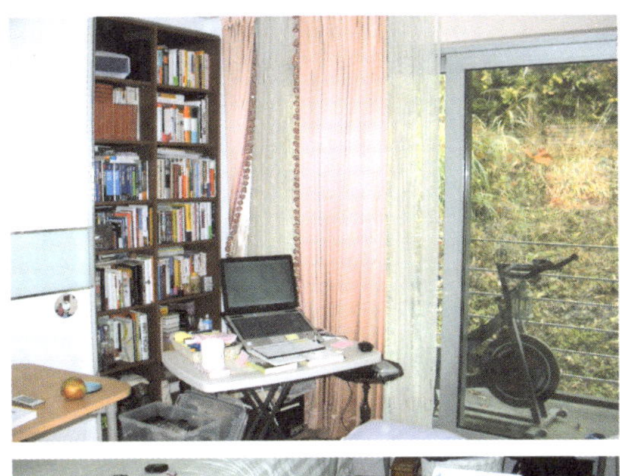
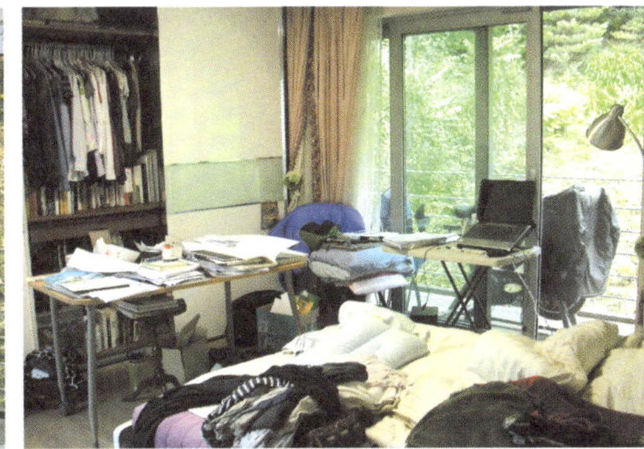
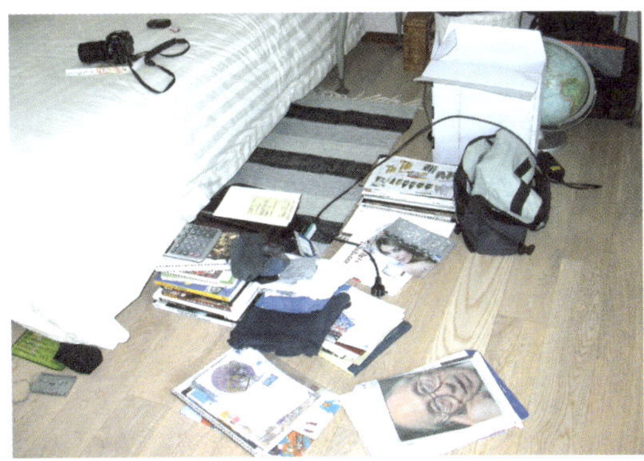
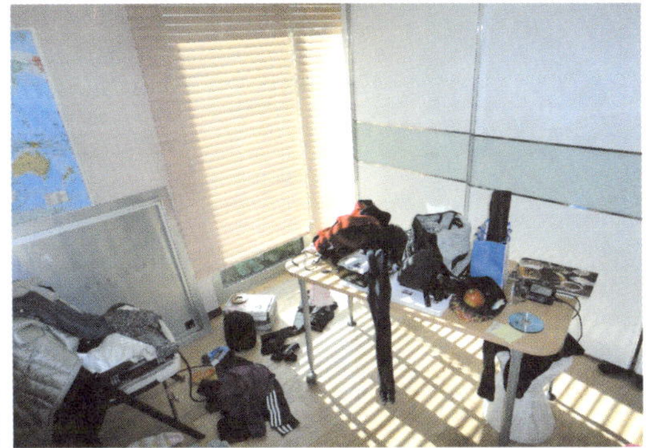
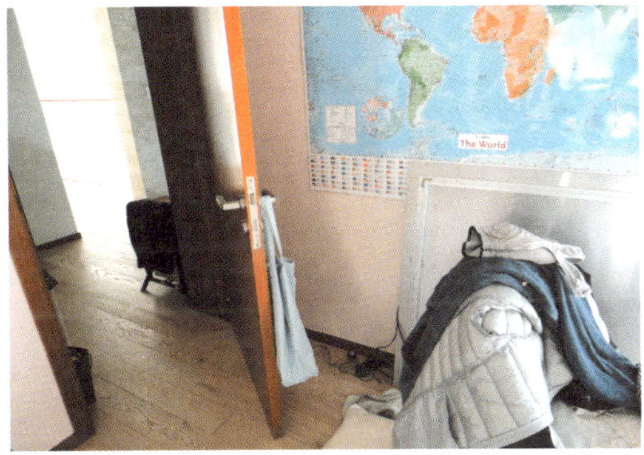
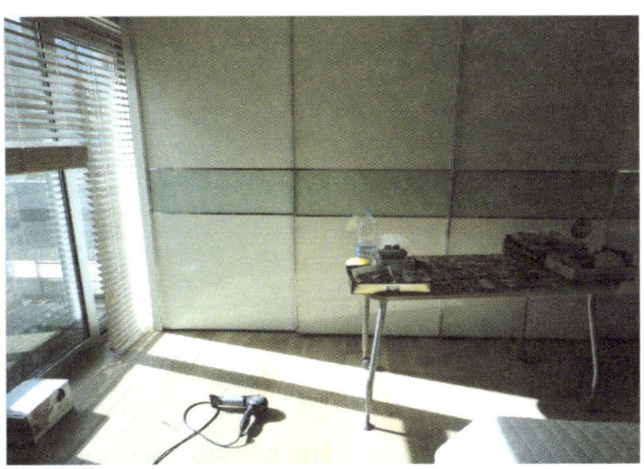
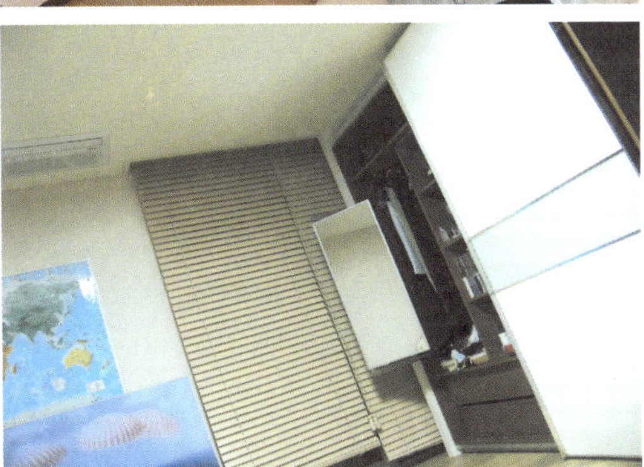
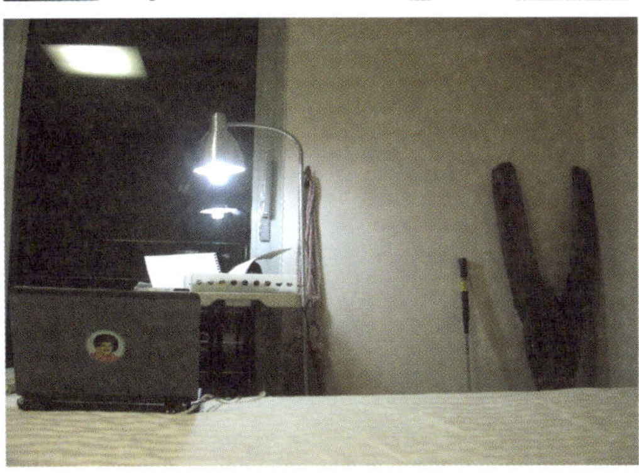

텅비고 가볍게 그리고 정확한 위치
이것이 내가 터득한 축지법이다